D1313503

Mauvaise réputation

JULIE ANNE LONG

LES SŒURS LOCKWOOD - 2

Mauvaise réputation

ROMAN

*Traduit de l'américain
par Elisabeth Luc*

Titre original
WAYS TO BE WICKED

Éditeur original
Warner Books, Hachette Book Group USA

© Julie Anne Long, 2006

Pour la traduction française
© Éditions J'ai lu, 2009

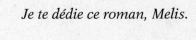

Je te dédie ce roman, Melis.

Remerciements

Je tiens à remercier les Fog City Divas pour leurs idées, leur soutien et leur bonne humeur. Merci à Melanie Murray pour sa patience et son efficacité, et à Steve Axelrod, qui m'offre sa sagesse et sa clairvoyance, et qui n'a cessé de se plaindre de la mauvaise qualité du café, à côté d'un ascenseur, dans un hôtel de Reno.

1

C'était étrange comme le roulis de ce maudit bateau avait le don de lui soulever l'estomac, alors qu'entrechats et pirouettes étaient pour elle une seconde nature. Sylvie passait en effet ses journées à sautiller, bondir, tournoyer, sans autre effet pervers que quelques courbatures, voire la jalousie des autres danseuses du corps de ballet de M. Favre. En fait, Sylvie Lamoureux était la reine de l'Opéra de Paris, l'objet de tous les désirs et de toutes les convoitises, la beauté et la grâce incarnées. Autrement dit, elle n'était pas femme à être terrassée sur le pont d'un navire par un vulgaire mal de mer.

Sans doute était-elle obnubilée par la maîtrise parfaite de son corps. M. Favre ne manquait, en effet, pas une occasion de souligner le moindre faux pas. « J'ai dit légère comme un papillon, Sylvie, pas comme un sac de pommes de terre ! Et tes bras ! De vrais bouts de bois ! Plus haut, voyons ! C'est ça, mon ange, tu es divine. Je savais bien que tu étais une danseuse-née… » Si M. Favre avait une nette tendance à l'exagération, il n'empêche que c'était grâce à lui qu'elle était devenue danseuse étoile. Et puis, son assurance n'était-elle pas la meilleure des armes contre les sarcasmes d'un chorégraphe tyrannique?

Cela dit, les remontrances de M. Favre n'étaient rien comparées à cette éprouvante épopée sur la Manche déchaînée. La jeune femme n'osait cependant imaginer sa colère quand il apprendrait qu'elle était partie.

La lettre qu'elle avait glissée dans son réticule ne disait pas grand-chose, mais son contenu méritait amplement qu'elle prenne le bateau pour l'Angleterre, où elle n'avait jamais mis les pieds. En proie à une curiosité sans nom, elle avait préparé ce voyage discrètement, durant deux semaines, le cœur lourd de fureur et d'espoir. Elle n'avait parlé à personne de son projet, qui semblait légitime au vu de l'ampleur des événements qu'on lui avait cachés.

Quelques phrases avaient suffi à tout déclencher. La lettre commençait par des excuses adressées à Claude, que la correspondante était désolée de solliciter une fois de plus. *Une fois de plus.* En songeant à cette formule, Sylvie sentait poindre la colère. Ce n'était donc pas la première lettre, ni même la deuxième… Ensuite, l'expéditrice implorait Claude de lui fournir des informations sur une jeune femme prénommée Sylvie, qui, selon elle, pouvait être sa sœur.

La lettre était signée Susannah Whitelaw, lady Grantham.

Sa sœur. Jamais, de sa vie, elle n'avait envisagé une telle possibilité.

Cette lettre évoquait un passé dont elle n'avait jamais rien su, un avenir dont elle n'aurait osé rêver, et des secrets qu'elle n'aurait pu soupçonner. D'après Claude, ses parents étaient morts. Paix à leur âme. Claude avait élevé Sylvie toute seule. Et si sa mère adoptive n'avait pas décidé de partir se reposer sur la Côte, comme tous les ans à la même époque, en confiant à Sylvie son perroquet, Guillaume, la jeune femme n'aurait jamais intercepté cette lettre.

Sylvie avait à son tour confié Guillaume à la servante de Claude. Le seul risque qu'il encourait était de s'ennuyer, car il parlait deux langues de plus que la servante, ce qui était deux de moins qu'Étienne.

Étienne. Sylvie le chassa bien vite de son esprit. Puis, prise de remords, y songea de nouveau. Étienne était un être généreux et ardent, qui la couvrait de cadeaux. Charmeur comme seul le descendant d'une longue lignée de courtisans pouvait l'être, il affichait la confiance en soi de ceux à qui l'on n'a jamais rien refusé. Il lui faisait d'enivrantes promesses auxquelles elle n'osait croire, des promesses qui lui offriraient la vie dont elle avait toujours rêvé…

Son caractère, en revanche… Sylvie ne le comprendrait jamais. Autant elle était exubérante, vive, totalement dévouée à la danse, au spectacle, autant Étienne se montrait patient, froid, implacable en toutes circonstances. Il aimait contrôler la situation, et se vengeait du moindre affront avec une rare détermination.

La dernière fois qu'elle l'avait vu, une semaine plus tôt, aux premières lueurs de l'aube, il dormait près d'elle. Elle avait posé sur son oreiller la lettre dans laquelle elle lui disait qu'elle était désolée, et qu'ils se reverraient bientôt.

Étienne l'aimait. Mais il utilisait ce terme si facilement…

En tout cas, le connaissant, il aurait tenté de la dissuader de quitter Paris. De même qu'il allait sans doute la chercher par monts et par vaux…

La jeune femme tenait à garder secrète sa destination tant qu'elle n'aurait pas découvert la vérité sur son passé.

Peu après l'accostage du navire, les passagers franchirent un à un la passerelle. En foulant le sol anglais, Sylvie fut envahie par un sentiment de satisfaction intense. Jusqu'à présent, elle s'en sortait à merveille et sans l'aide de personne. Elle ressentait encore un léger mal de mer, mais fut vite saisie par le spectacle haut en couleur qui s'offrait à elle. Sous les premiers rayons timides du soleil, des hommes aux muscles saillants déchargeaient la cargaison sur le quai en effervescence. Des mouettes tournoyaient dans un ciel limpide qui annonçait une belle journée. Sylvie inspira l'air frais à pleins poumons.

Les odeurs qui flottaient sur les quais étaient un peu incommodantes, mais elle était habituée à se contrôler dans les moments difficiles. Elle adressa un signe de tête à un porteur, qui s'approcha et hissa sa malle sur son épaule tandis qu'elle cherchait des yeux la diligence qui la conduirait au cœur de Londres. C'était la première fois qu'elle voyageait seule, mais elle ne risquait pas de se faire remarquer, car elle avait trouvé le déguisement idéal, et parlait en outre couramment la langue de Shakespeare. Et puis, elle n'était plus une enfant ou une petite chose fragile ayant besoin de protection. Après la vie parisienne et l'Opéra, plus rien ne pouvait l'impressionner. Et toutes les grandes villes se ressemblaient, après tout.

Elle leva les yeux, distingua le dos d'un homme à peu de distance. Ses larges épaules, sa façon de se tenir. Il lui rappela soudain Étienne, au point qu'elle en eut un frisson d'effroi. Non, ce n'était pas possible! Pas déjà...

C'était toutefois un risque qu'elle n'était pas prête à courir. Elle tourna la tête, aperçut la diligence, et prit sa décision.

Seul dans la diligence, Tom Shaughnessy ruminait, au terme d'un nouveau déplacement infructueux dans le Kent, lorsqu'une femme se jeta sur ses genoux sans crier gare, enroula les bras autour de son cou et se blottit contre lui.

— Mais que diable est-ce… siffla-t-il en lui empoignant les bras pour se dégager de son emprise.

— Chut ! *Je vous en prie*, l'implora-t-elle, affolée.

À cet instant, un homme passa la tête par la fenêtre de la diligence.

— Oh, pardon ! fit-il avant de s'éloigner rapidement.

Sur les genoux de Tom, la jeune femme était tendue comme un arc, son souffle précipité. Pendant un long moment, nul n'osa bouger. Tom perçut un froissement d'étoffe, il sentit un corps svelte, un parfum d'épices, de vanille et de rose, et de… de femme, qui lui tourna la tête.

La situation était pour le moins étonnante, mais pas déplaisante, à la vérité.

Jugeant qu'il s'était écoulé suffisamment de temps, la jeune femme le lâcha, glissa de ses genoux et s'assit à distance raisonnable.

— Dommage, je commençais tout juste à m'habituer, madame, fit-il, narquois, avant de lui toucher le bras. Permettez-moi de me prés… Aïe !

Il retira vivement la main. Quelle mouche l'avait piquée ? Son regard fut accroché par un reflet scintillant dans les mains gantées de la jeune femme. N'était-ce pas… Mais si ! C'était bien une aiguille à tricoter !

L'inconnue venait de le piquer avec une *aiguille à tricoter* ! Pas assez pointue pour blesser autre chose que sa fierté, mais suffisamment pour… euh… mettre les choses au clair.

— Je regrette de vous avoir inséré, monsieur, mais je ne puis vous permettre de me toucher de nouveau, dit-elle d'une voix douce et distinguée, quoique un peu tremblante.

Aussi absurde que cela paraisse, ses regrets semblaient sincères.

— Vous regrettez de m'avoir insé… Oh, vous voulez dire *piqué*, rectifia Tom, dérouté.

— Oui ! acquiesça-t-elle, l'air reconnaissant. Je regrette de vous avoir *piqué*, et aussi de m'être assise sur vos genoux. Mais je ne peux vous laisser me toucher. Je ne suis pas…

Elle eut un geste exaspéré de la main, comme si elle cherchait ses mots. Que n'était-elle pas ? Saine d'esprit ? Tom décela chez elle une pointe d'accent français. Voilà qui expliquait son choix inhabituel en matière de vocabulaire, supposa-t-il, et peut-être aussi son aptitude à manier l'aiguille à tricoter. Dieu seul savait de quoi une Française était capable ! N'eût été ce chevrotement, il aurait juré qu'elle était incroyablement sûre d'elle. De toute évidence, quelque chose l'effrayait, ou quelqu'un. Et il soupçonnait qu'il s'agissait de l'homme qui venait de jeter un coup d'œil dans la diligence.

Tom étudia l'inconnue, qui s'évertuait à fuir son regard. Il remarqua qu'elle était en deuil. Son chapeau et sa voilette dissimulaient partiellement un menton délicat et des cheveux soyeux qui semblaient auburn, à moins qu'il ne prenne ses désirs pour des réalités. Droite comme un I, elle avait le cou gracile et le corps mince, encore que sa robe ne révélait pas grand-chose de ses courbes.

Elle était certes bien coupée, mais elle lui allait mal. Elle l'avait empruntée, décida-t-il. Il avait l'habitude de jauger la coupe d'une tenue féminine, or cette robe était non seulement trop grande, mais elle était faite pour quelqu'un de fort différent.

Il n'avait rien fait d'autre que de la regarder durant presque une minute, aussi dut-elle être rassurée sur l'honorabilité de ses intentions, car elle glissa son aiguille à tricoter dans sa manche comme on range son ouvrage.

— Qui vous poursuit, madame ? s'enquit-il.

Elle se crispa imperceptiblement. Voilà qui était intéressant. Sa belle assurance était bel et bien feinte...

— Je ne comprends pas, monsieur, répondit-elle.

— Je n'en crois pas un mot, répliqua Tom.

Il ne connaissait que trop le caractère fantasque des Françaises, car la plupart des danseuses du *Lys blanc* étaient originaires d'outre-Manche.

Sa voilette s'agita ; elle respirait un peu plus vite, à présent.

— Si vous m'expliquiez ce qui vous tourmente, je pourrais peut-être vous aider, insista-t-il avec douceur.

Pourquoi proposer assistance à une femme qui s'était littéralement jetée sur lui, avant de lui enfoncer une aiguille à tricoter dans la main ? Par curiosité, sans doute. Et à cause de ce menton délicat...

Elle réfléchit un instant.

— Vous m'avez déjà amplement aidée, monsieur.

Sous cette note d'ironie, était-ce un soupçon de... badinage, qu'il percevait ? Quoi qu'il en soit, il était déjà sous le charme.

Il ouvrit la bouche pour parler, mais elle se tourna vers la fenêtre et parut oublier complètement sa présence.

De plus en plus fascinant, songea Tom.

Il mourait d'envie d'attirer son attention, mais s'il lui parlait, elle l'ignorerait sans doute. Et s'il se risquait à lui effleurer la manche, sa main se retrouverait assurément clouée au siège, transpercée par une aiguille à tricoter.

Il l'observait si intensément qu'il sursauta presque en sentant la diligence ployer sous le poids de nouveaux passagers : une matrone accompagnée de deux fort jolies demoiselles, un couple radieux, sans doute des jeunes mariés, un homme aux allures de vicaire et un marchand prospère. Tom les jugea d'un coup d'œil, à leurs vêtements et à leur attitude. Il avait croisé tant de leurs semblables au cours de sa vie.

Avec sa silhouette frêle et sa tenue sombre, la jeune inconnue se fondait dans le décor. Nul ne se hasarderait à l'aborder si elle s'obstinait à afficher cet air fermé. Mais après tout, elle était veuve, et ostensiblement en proie au chagrin.

Tom avait cependant des doutes. Il avait l'œil pour détecter un déguisement. Lorsque le véhicule s'ébranla enfin, bondé, et saturé d'odeurs plus ou moins agréables, Tom ne distinguait plus l'inconnue.

L'homme occupé qu'il était ne put s'empêcher de songer aux affaires qui l'attendaient à Londres. Il assisterait d'abord à une réunion importante avec des investisseurs potentiels pour le *Gentleman's Emporium*. Ensuite, il devrait annoncer à Daisy Jones qu'elle n'incarnerait pas Vénus dans le prochain numéro du spectacle du *Lys blanc*, son théâtre.

Ah, Vénus! C'était une idée géniale, un défi si exaltant pour le Général, son talentueux associé et chorégraphe, que celui-ci avait presque pardonné à Tom d'avoir promis à un comte de sa connaissance un autre tableau figurant des damoiselles en détresse et des châteaux... dans la semaine. La chorégraphie, les décors, les querelles étant réglés, le spectacle s'était révélé fort plaisant, avec des demoiselles en petite tenue et une chanson très suggestive sur les lances. Un véritable triomphe, mais le Général ne lui avait pas adressé la parole pendant des jours.

Tom était certain que ce tableau de damoiselles serait un succès. Les idées brillantes et inspirées qui lui venaient à tout moment se révélaient invariablement un succès. Ce spectacle était depuis lors l'un des plus demandés. Mais si le public était fidèle et assidu, c'était parce qu'il savait pouvoir compter sur Tom Shaughnessy pour les surprendre et nourrir leur désir sans cesse renouvelé de nouveauté. Celui-ci devrait du reste trouver bientôt une nouvelle idée de génie pour répondre aux attentes de spectateurs avides de sensations.

Mais Vénus... Pour une fois, cette idée n'était pas le fruit d'une inspiration fulgurante, mais du théâtre lui-même. Un soir, alors qu'il balayait du regard les fresques de la salle peuplées de dieux et de déesses, l'image de la Vénus de Botticelli jaillissant de son coquillage géant lui avait traversé l'esprit. Il avait aussitôt imaginé le tableau. Ce serait un tour de force, un chef-d'œuvre, et les bénéfices financiers qu'il en tirerait, sans oublier le soutien de quelques investisseurs, lui permettraient de réaliser son rêve: le *Gentleman's Emporium*.

Il ne restait plus qu'à annoncer à Daisy Jones que ce ne serait pas elle qui jaillirait du coquillage.

Tom sourit à cette pensée et leva les yeux. Le vicaire assis en face de lui esquissa un sourire timide en réponse.

— Il fait très chaud pour la saison, observa-t-il.

— En effet. Et s'il fait chaud sur la côte, on n'ose imaginer ce que ce sera à Londres, répondit poliment Tom.

La pluie et le beau temps. Quel sujet de conversation plus efficace pour surmonter les barrières sociales ?

C'est ainsi que, durant plusieurs heures, les passagers moites de sueur échangèrent des banalités. La jeune veuve demeura murée dans le silence. Tom consulta discrètement sa montre. Dans une heure, la diligence ferait halte dans une auberge, sur la route de Westerly, le temps de prendre un repas insipide. Il espérait être à Londres à temps pour souper, rencontrer ses investisseurs potentiels, et superviser le dernier numéro du *Lys blanc*. Pour terminer la soirée, il se rendrait peut-être au *Gant de velours* pour profiter de la compagnie de la peu farouche Bettina.

Un coup de feu retentit soudain. La diligence s'arrêta brutalement, projetant les passagers les uns sur les autres.

Bon sang, des bandits de grand chemin !

Tom aida le vicaire à se rasseoir et épousseta sa veste. Ces bandits étaient bien téméraires de s'attaquer à une diligence en plein jour. La route étant quasiment déserte, des malfaiteurs s'en prenaient parfois aux proies faciles qu'étaient les voyageurs. Cette fois, ils devaient être nombreux et armés jusqu'aux dents.

Tom glissa vivement sa montre dans sa botte, dont il sortit un pistolet. Le vicaire écarquilla les yeux et eut un mouvement de recul. « Un homme

ne devrait pas craindre de tirer si nécessaire ! »
songea Tom, agacé, tout en tirant sur sa manche
pour dissimuler son arme. Pas question de risquer
une escarmouche en affolant les brigands.

— Enlevez vos alliances et cachez-les dans vos
souliers, ordonna-t-il aux jeunes mariés.

Les mains tremblantes, ils obéirent. Nul n'osait
prononcer un mot. Tom savait qu'il avait peu de
chances de repousser les bandits, quel que soit leur
nombre. Mais il ne lui serait jamais venu à l'idée de
se résigner sans avoir tenté sa chance. Il n'avait rien
d'un saint. Dans sa jeunesse, il avait lui-même vécu
de menus larcins. Il avait dérobé de la nourriture,
des babioles, avant de se décider à travailler hon-
nêtement. Le travail lui permettait d'assouvir son
besoin de sécurité, de… propriété. Il n'était pas dit
qu'il se laisserait dépouiller sans se battre, même
s'il ne s'agissait que de défendre quelques livres
sterling et une montre.

— Tout le monde dehors ! cria une voix
rocailleuse. Et les mains en l'air !

Les passagers descendirent un à un, le visage
blême, éblouis par le soleil. La jeune mariée se
pâma. Au bord de la panique, son époux se mit à
l'éventer fébrilement.

La chaleur était accablante. Tom observa attentivement la bande de malfrats : cinq hommes, les
cheveux longs et comme taillés à la serpe. L'un
d'eux, visiblement le chef, avait un couteau entre
les dents. Tom réprima un sourire. « En voici un qui
a le sens du spectacle, nota-t-il. Il en faisait un peu
trop, peut-être, mais il avait un charisme évident. »

Naturellement curieux, Tom l'examina avec
attention. Ce type avait quelque chose…

— Allons, messieurs… bredouilla le marchand,
indigné.

Cinq pistolets et un couteau se braquèrent sur lui. L'homme pâlit et n'insista pas. De toute évidence, il n'était pas habitué aux attaques à main armée et ignorait qu'il valait mieux se taire si on tenait à la vie.

C'est alors que Tom se souvint. Presque dix ans auparavant, alors qu'il s'échinait à travailler dans une taverne des docks depuis quelques mois, il avait rencontré un personnage haut en couleur qui buvait plus que de raison un alcool décapant, racontait des histoires grivoises, mais distribuait des pourboires généreux. Il indiquait au jeune Tom les prostituées à éviter ou à courtiser, et se distinguait par sa sagesse unique.

— Biggsy ? hasarda-t-il.

Le brigand fit volte-face et le dévisagea à son tour.

Puis il ôta le couteau qu'il avait entre les dents, et son visage se transforma.

— *Tom ?* Tom *Shaughnessy ?*

— C'est bien moi, Biggs. En chair et en os.

— Ça alors, j'en crois pas mes yeux !

Il lui serra la main avec un enthousiasme sincère.

— Ça fait un bail, depuis l'époque de Bloody Joe ! T'as toujours fière allure, dis-moi !

Biggsy émit un rire gras et flanqua une tape dans le dos à son ami d'autrefois.

— T'es devenu un monsieur respectable, hein, Tom ? Regardez-moi ce costume !

Tous les regards se braquèrent sur Tom, qui sentit ses compagnons de voyage s'écarter de lui. Était-ce parce que le brigand l'appelait par son prénom ? Ou parce que ses propos suggéraient qu'il n'avait pas toujours été respectable ?

— Respectable est peut-être un peu exagéré, Biggsy, mais on peut dire que je m'en suis pas mal sorti, en effet.

— Moi aussi, comme tu vois ! clama fièrement Biggsy en désignant ses acolytes telles des pièces de collection.

Jugeant préférable de ne pas le contredire sur ce point, Tom se contenta d'un hochement de tête.

— Je suis fier de toi, Tommy, ajouta Biggsy non sans émotion.

— Ça me fait plaisir…

— Et Daisy ? reprit le brigand. Tu l'as revue depuis l'époque de la *Pomme verte* ?

— Oh oui ! Elle va bien. Très bien, même.

— Une femme sublime, commenta Biggsy.

— On peut le dire.

En réalité, Daisy Jones était une source d'irritation constante, mais il lui devait une bonne partie de sa fortune.

Tom adressa à Biggsy un sourire charmeur.

— Dis-moi, Biggsy, comment te convaincre de nous laisser poursuivre notre voyage ? Tu as ma parole d'honneur que nul ne te poursuivra en justice.

— Depuis quand t'as une parole d'honneur, toi ? railla Biggsy en feignant l'étonnement, avant de rugir de rire.

Tom rit à son tour, et se donna une claque sur la cuisse pour faire bonne mesure. S'essuyant les yeux, Biggsy le scruta d'un air pensif, puis soupira, et baissa son arme. D'un signe de tête, il ordonna aux autres d'en faire autant.

— En souvenir du bon vieux temps, Tommy. Pour Daisy, et en mémoire de Bloody Joe, paix à son âme. Mais je peux pas tout vous laisser, tu sais ce que c'est… Les temps sont durs. Faut bien manger.

— Je sais, admit Tom, compatissant.

— Je vous laisse les malles. Je prends que ce que vous avez dans les poches, tous autant que vous êtes.

— C'est bien de ta part, Biggsy, murmura Tom.

— Et je veux aussi un baiser d'une de ces demoiselles avant de partir.

La jeune mariée, qui était revenue à elle, s'évanouit de nouveau, entraînant cette fois son mari dans sa chute.

Biggsy les considéra un instant avec un soupçon de mépris. Puis il se tourna vers Tom et secoua lentement la tête, atterré.

— Alors, qui va se dévouer ? lança le bandit d'un ton enjoué en parcourant la rangée de jeunes femmes d'un regard plein d'espoir.

Tom aurait dû se douter que son seul charme ne suffirait pas à les tirer d'affaire face à Biggsy.

Ses compagnons de voyage, qui s'étaient écartés un instant plus tôt, le regardèrent d'un air implorant. Tom n'était guère en mesure de savourer l'ironie de la chose, car il ne savait trop comment les tirer de ce mauvais pas.

— Écoute, Biggsy, reprit-il d'un ton enjôleur, ce sont des jeunes filles innocentes. Si tu viens me voir à Londres, je te présenterai des dames qui se feront un plaisir de…

— Je partirai pas sans un baiser d'une de ces jeunes filles-*là*, coupa Biggsy. Regarde-moi, Tom. Tu crois qu'on m'embrasse souvent ? Surtout des jeunes filles qui ont gardé toutes leurs dents et leur pucel…

— Biggsy ! l'interrompit Tom en hâte.

— Je veux un baiser !

Alertés par son ton implacable, les autres brigands relevèrent leur pistolet.

Tom soutint le regard de Biggsy, affichant une expression soigneusement neutre, tandis que son esprit tournait à plein régime. Devait-il proposer à ces demoiselles de tirer à la courte paille ? Peut-être devrait-il l'embrasser lui-même...

— J'accepte de l'embrasser.

Tous les regards convergèrent vers la petite veuve française.

— Laisserez-vous repartir la diligence ensuite ? demanda-t-elle à la stupeur générale.

Elle avait une voix limpide comme le cristal, sonore, et semblait presque impatiente. Toutefois, Tom décela un léger tremblement, ce qu'il trouva étrangement rassurant. Dans le cas contraire, il se serait de nouveau interrogé sur sa santé mentale et sur ce dont elle était capable avec son aiguille à tricoter.

— Ma parole d'honneur, répondit Biggsy humblement, presque décontenancé.

Tom était tiraillé entre l'envie de l'empêcher de se compromettre de la sorte et une curiosité perverse quant à sa capacité de passer à l'acte. Elle n'avait ni le langage ni l'attitude d'une traînée. « Je ne suis pas... », avait-elle commencé à dire. Elle n'était pas du genre à prendre les attentions des hommes à la légère, avait-elle voulu lui dire, ni n'avait coutume de grimper sur les genoux d'un inconnu, à moins d'avoir une raison légitime de le faire.

Il espérait juste qu'elle n'avait pas l'intention de tenter un coup d'éclat avec son aiguille à tricoter...

Biggsy retrouva enfin ses esprits.

— Je prends ça, d'accord ? fit-il en saisissant le réticule de la jeune femme.

Elle tressaillit, faillit protester, mais, fort sagement, se ravisa. Carrant les épaules, elle se hissa sur la pointe des pieds, souleva sa voilette et déposa un baiser appuyé sur la bouche répugnante du brigand.

Quelques instants plus tard, Biggsy affichait l'air béat d'un jeune marié.

2

Durant le trajet jusqu'à l'auberge, les passagers restèrent groupés d'un côté de la diligence, tandis que Tom demeurait isolé de l'autre, tel un pestiféré.

Avec la jeune veuve.

Il régnait un silence absolu. Si Tom et la veuve étaient les héros de cette mésaventure, nul n'était disposé à le reconnaître. Nul n'osait même les approcher. De toute évidence, ils étaient infréquentables.

Quand tous les passagers furent descendus dans la cour de l'auberge, Tom vit la veuve observer furtivement les alentours.

Au lieu de suivre les autres à l'intérieur, elle se dirigea discrètement vers les écuries, quoique d'un pas décidé, et disparut à l'angle. Tom accéléra le pas. Il s'arrêta en découvrant la jeune femme appuyée contre le mur, les épaules voûtées.

Dans un élan de compassion et de respect, il demeura immobile. Elle était prise d'une nausée, sans doute provoquée par l'odeur pestilentielle que dégageait Biggsy. Tom n'osait imaginer le calvaire qu'avait dû être ce baiser.

Sentant sa présence, elle fit volte-face, la main sur la bouche. Tom recula d'un pas, redoutant l'aiguille à tricoter. Mais la jeune femme se contenta de l'observer derrière sa voilette.

Sans un mot, il sortit de sa poche un flacon qu'il lui tendit. Elle regarda ce dernier, mais ne fit pas un geste.

— Préférez-vous garder sur les lèvres le goût de ce brigand… mademoiselle?

Elle redressa légèrement la tête, puis, d'un geste un peu théâtral, souleva lentement sa voilette de ses mains gantées. Elle était décidément sûre de ses charmes, ce qui ne fit qu'attiser l'impatience de Tom. Sa propre réaction l'étonnait et l'amusait à la fois, car s'il n'était pas à proprement parler blasé, les femmes ne le surprenaient plus que rarement… «Des voilettes, nota-t-il mentalement. Pour ses spectacles. Un numéro sur le thème du harem, peut-être…»

Rien n'aurait pu, cependant, le préparer à la stupeur qui le saisit face au visage de la jeune femme quand elle leva enfin les yeux vers lui.

Sa beauté le foudroya littéralement. Un choc presque physique. Elle arborait un air fier, ou peut-être arrogant, mais la courbe de ses lèvres pleines était douce et sensuelle. Son teint était trop pâle, et ses yeux, d'un vert pâle aux reflets mordorés, pétillaient d'intelligence sous les sourcils à l'arc délicat.

Leurs regards se croisèrent et, à la grande satisfaction de Tom, ses pupilles se dilatèrent furtivement. C'était toujours un moment délicieux que celui où l'attirance mutuelle entre deux êtres particulièrement gâtés par la nature se faisait jour. Il lui sourit, l'invitant à admettre son trouble.

Mais elle tourna lentement la tête – avec un peu trop de désinvolture –, comme si elle s'intéressait davantage aux pigeons qui picoraient devant l'écurie qu'à lui-même ou à la fiasque d'alcool qu'il lui offrait.

Son regard revint finalement sur lui et elle tendit la main vers le flacon, qu'elle porta à ses lèvres.

En la voyant écarquiller les yeux, Tom sourit de plus belle.

—À quoi vous attendiez-vous donc, mademoiselle ? À du whisky ? Vous donnerais-je l'impression d'être homme à boire du whisky ? C'est du vin. Du vin français, qui plus est. Allez, buvez… Il s'agit d'un excellent cru.

Sylvie garda le vin en bouche un instant avant d'avaler. Tom s'inclina alors avec élégance et respect.

—Tom Shaughnessy, pour vous servir. À qui ai-je l'honneur, mademoiselle…

—Madame, corrigea-t-elle sèchement.

—Pardonnez ma franchise, mais j'en doute… Car j'ai une intuition sans égale. Et je suis persuadé que vous êtes une demoiselle.

—Vous êtes bien présomptueux, monsieur Shaughnessy.

—Cela m'a toujours été très utile. On peut même dire que j'en vis.

Elle le parcourut de la tête aux pieds, et tira des conclusions de son apparence, conclusions auxquelles elle ajouta sans doute celles qu'elle avait tirées de ses liens avec les brigands. Il lut dans son regard une certaine réserve non dépourvue de cynisme, mais, étrangement, aucune crainte. Cette femme n'était peut-être pas mariée, mais elle n'était pas non plus innocente si elle était capable de le juger avec cynisme. Il en déduisit qu'elle connaissait un bel éventail de spécimens masculins.

—C'était courageux, ce que vous avez fait, observa-t-il.

— En effet.

Il sourit, et aurait juré qu'elle en faisait autant.

— Vous avez de l'argent ? s'enquit-il sans pré-ambule.

Elle se crispa légèrement.

— Cela ne vous regarde en rien, monsieur Shaughnessy.

— Une aiguille à tricoter, une robe de deuil, c'est très bien, mais l'argent, mademoiselle, c'est tout. En avez-vous assez pour atteindre votre destination ? Les brigands vous ont dérobé votre réticule, il me semble.

— En effet, votre *ami* M. Biggsy m'a pris mon réticule. Je n'aurais peut-être pas été si courageuse si j'avais su quel serait le prix à payer.

— Auriez-vous eu l'intelligence de coudre votre argent dans votre ourlet ? insista-t-il. Ou dans votre manche, avec votre arme ? Quand on voyage seule, mieux vaut se montrer astucieux.

— Pourquoi mon argent vous intéresse-t-il, monsieur Shaughnessy ?

— Peut-être parce que, en tant que gentleman, je suis simplement soucieux de votre bien-être.

— Permettez-moi d'en douter, monsieur. Voyez-vous, moi aussi, je suis intuitive, et je ne pense *pas* que vous soyez un gentleman.

Décidément, cette femme était aussi cinglante que belle. Elle venait même de le piquer au vif…

— Très bien, essayons ceci : peut-être que je me soucie de votre sort parce que vous êtes à la fois belle et troublante.

Elle le dévisagea un instant, puis :

— Peut-être ? répéta-t-elle.

Elle arqua un sourcil, et le coin de sa bouche se retroussa, comme si elle luttait contre sa véritable nature, mais que celle-ci avait gagné. Un petit fris-

son de plaisir courut le long de la colonne verté-
brale de Tom. Ah, elle était donc capable de coquet-
terie… Il l'avait deviné. Mais il avait l'impression de
la contempler derrière une vitre couverte de buée.
Il aurait voulu chasser ses craintes, sa méfiance,
pour révéler la vraie femme, vibrante et passion-
nante à n'en pas douter.

Elle avait repris des couleurs, les effets du bon
vin, probablement.

— Je peux vous aider, dit-il.

— Je vous remercie de vous… *soucier* ainsi de
moi, monsieur Shaughnessy, mais je ne souhaite
aucune assistance… de votre part.

Elle aurait tout aussi bien pu lui dire : « Seriez-
vous le dernier homme sur terre que je refuserais
votre aide. » Au vu des circonstances, il ne pouvait
lui en vouloir. Il respectait sa sagesse, qui l'incitait
à se méfier – elle n'avait rien d'une écervelée, même
si elle gardait tout son argent dans son réticule –,
mais n'en était pas moins fort déçu. Car elle avait
raison, bien sûr. La galanterie n'était pas sa motivation principale, loin de là. Et sa conversation
avec Biggsy avait de quoi la rendre soupçonneuse.

— Très bien, fit-il, disons simplement que je ne
« regrette » pas que vous m'ayez « inséré » à l'aide
d'une aiguille à tricoter, mademoiselle, ou que…
vous vous soyez assise sur mes genoux.

— Vous vous moquez de moi, monsieur Shaughnessy ? demanda-t-elle en inclinant la tête de côté.

— Je crois, oui. Un peu, répondit-il avec un soupçon d'impatience dans la voix.

À sa grande surprise, elle sourit. Un sourire
radieux, authentique, qui lui faisait pétiller les yeux.
Et qui frappa Tom de plein fouet.

Soudain, il eut désespérément envie de la faire
sourire encore.

Mais ne sachant que dire, ce qui n'était pas dans ses habitudes, il s'inclina et s'éloigna. L'esprit en émoi, il rejoignit le reste du groupe à l'intérieur de l'auberge.

Sans le petit fortifiant que venait de lui offrir M. Shaughnessy, elle tremblerait encore. Non seulement elle n'avait plus un sou, mais la lettre si précieuse de sa sœur s'était envolée avec son réticule. Comment ne pas avoir peur, en ces circonstances ? Heureusement, elle parvint à chasser ce sentiment, de même qu'elle avait surmonté sa répulsion lors de sa brève « rencontre » avec le brigand.

Ce qu'elle eut du mal à avaler, en revanche, ce fut la soupe claire et le pain sec servis à l'auberge, sans parler de la viande bouillie. Quelle horreur ! À en juger par ce repas insipide, les Anglais ne connaissaient vraiment rien à la gastronomie.

Nul ne tenta de lui adresser la parole, et, de son côté, elle ne se sentit pas d'humeur à engager la conversation. M. Shaughnessy semblait avoir déridé le vicaire et les jeunes mariés, car tous quatre riaient de bon cœur à quelque plaisanterie.

Sylvie se concentra sur sa viande grisâtre. Elle ne se rappelait pas avoir jamais été troublée par un homme au point de devoir se détourner le temps de retrouver ses esprits. Étienne était séduisant, admiré par les danseuses du corps de ballet, qui toutes le désiraient. Mais elle n'avait jamais eu le souffle coupé rien qu'en posant les yeux sur lui.

Et cependant, la vue de Tom Shaughnessy lui avait fait l'effet d'un coup de poing dans l'estomac. En plein soleil, il avait les yeux presque transparents tant ils étaient clairs. Argent, aurait-elle dit pour les décrire. Quant à son visage, il était d'une grande beauté, même si ses traits étaient dépourvus de douceur, trop acérés, trop marqués, un rien canailles. Son nom et ses cheveux blonds suggéraient des origines irlandaises, mais, il avait le teint mat... Elle n'aurait guère été étonnée d'apprendre qu'il avait du sang méridional dans les veines. Espagnol, peut-être, ou gitan.

Et puis, il y avait ce sourire. Éblouissant... Sans doute était-ce l'effet recherché. Il devait en user comme d'une arme, pour faire perdre la tête et profiter de la situation.

Sa tenue quant à elle ne manquait pas de fantaisie – veste vert pâle choisie sans doute parce que ce n'était pas une couleur orthodoxe, motif peu courant du gilet, boutons brillants, bottes bien cirées. Chez tout autre que lui, une telle excentricité aurait frisé la vulgarité. Chez Tom, elle semblait parfaitement naturelle.

Tandis qu'ils étaient tous au soleil, elle avait aperçu une lueur dans sa manche. En y regardant plus attentivement, elle avait reconnu un pistolet dont il dissimulait le canon dans sa paume. Il était de toute évidence prêt à s'en servir, le cas échéant. Et, curieusement, elle avait le sentiment qu'il excellait dans son maniement.

Tous les autres messieurs présents dans la clairière semblaient disposés à laisser les brigands les dépouiller sans piper mot.

Tom Shaughnessy, lui, possédait un peu trop d'armes : un physique avenant, un charme dévastateur, des habits un peu trop raffinés, et trop neufs, un pistolet caché dans sa manche, des amis peu recommandables... Un homme ainsi préparé au danger ne pouvait être que dangereux lui-même.

Sylvie regrettait déjà de ne pas avoir mangé davantage. Elle ignorait quand elle pourrait faire un nouveau repas, mais elle savait que la faim ne manquerait pas de se faire sentir, et qu'elle n'avait plus un sou vaillant.

Sa malle recelait bien quelques effets qu'elle pourrait vendre, quelques beaux vêtements, des gants et des bottines. Mais où et à qui les vendre ? Pour l'heure, elle n'en avait aucune idée. Cependant, elle savait qu'elle trouverait une solution, car elle parvenait toujours à ses fins. Quelqu'un aurait sûrement besoin d'une paire de chaussons de danse…

Quand la diligence arriva enfin à destination, tous les passagers se précipitèrent vers leurs proches, pressés de raconter leur mésaventure. Sylvie devinait qu'elle serait le sujet de bien des conversations, ce soir.

À cette pensée, elle se sentit soudain seule. Pas tant que cela, toutefois, car elle n'avait jamais connu de grandes tablées familiales, et ne pouvait donc regretter ce qu'elle n'avait jamais eu.

Parfois, elle s'imaginait un autre destin. La vie qu'elle avait partagée avec Claude, une femme gentille, parcimonieuse, et inquiète, car l'argent manquait souvent, l'avait privée de certains plaisirs. De son passé, elle se rappelait vaguement une diligence, au cœur de la nuit, avec d'autres fillettes. Un homme qu'elle ne connaissait pas, mais qui parlait d'une voix douce, essayant de les calmer, de les rassurer. Elle pleurait à chaudes larmes, mais tenait les mains des deux autres petites filles pour les réconforter.

Puis elle avait cessé de pleurer.

Depuis, elle n'avait plus jamais versé une larme, ou presque.

Ses sœurs, songea-t-elle. Ces fillettes désespérées étaient ses sœurs ! Il ne pouvait en être autrement. Hélas, le souvenir de cette nuit, et de ce qui s'était passé avant, demeurait flou! Il ne lui en revenait que des bribes, au point qu'elle avait commencé à se demander si elle n'avait pas rêvé.

Claude n'avait jamais rien fait pour l'en dissuader. Sylvie ignorait comment elle s'était retrouvée chez sa mère adoptive. Celle-ci lui avait simplement raconté qu'il y avait eu un accident et que sa mère biologique ne rentrerait jamais à la maison. Elle n'avait jamais évoqué ses sœurs, ce qui l'avait incitée à croire que les deux fillettes n'étaient que le fruit de son imagination.

Sylvie posa la main sur son cœur. Attaché à un ruban, le portrait miniature de sa mère était caché sous sa robe, tel un talisman qu'elle gardait précieusement. Bientôt, espérait-elle, ce portrait prouverait à Susannah, lady Grantham, qu'elles étaient bien sœurs.

Elle se tenait près de sa malle, dans la cour de l'auberge, petite tache sombre au milieu d'une véritable marée humaine. « Me voilà à Londres », songea-t-elle.

En vérité, elle n'aurait pu dire grand-chose de la ville, de là où elle se trouvait. Elle ressemblait à toutes les grandes agglomérations, avec ses rues pavées et ses boutiques. Au loin, une forêt de mâts se détachait sur le ciel. Il flottait dans l'air des odeurs familières : effluves de nourriture, fumée, chevaux…

Un frisson d'excitation la parcourut. Elle avait réussi! Elle était à Londres après avoir traversé la Manche toute seule, et bientôt, peut-être, elle découvrirait enfin la vérité sur son passé.

— Si vous continuez à scruter les alentours de la sorte, mademoiselle, tout le monde saura que vous venez de débarquer à Londres, surtout les âmes mal intentionnées. Quelque malfaiteur risque de vous voler vos effets… ou un baiser, une fois de plus.

Elle sursauta, et pivota pour se retrouver nez à nez avec M. Shaughnessy qui s'inclina, son chapeau à la main.

— Quelqu'un vient vous chercher ? s'enquit-il.

— Oui, répondit-elle vivement.

Tom afficha un air sceptique.

— Fort bien. Mais tâchez *toujours* d'avoir l'air de savoir où vous allez, mademoiselle. Et si ma compagnie vous manque, vous me trouverez au *Lys blanc*.

Il la gratifia d'un sourire, puis se fondit dans la foule avec aisance avant qu'elle ait pu dire un mot.

Jetant un coup d'œil autour d'elle, Sylvie croisa le regard d'un jeune homme avenant, près d'un fiacre dont il était manifestement le cocher. Elle vit qu'il la jaugeait d'après ses vêtements et son port, avant de prendre une décision favorable.

— Une voiture, madame ?

Il était poli et n'avait pas un regard de prédateur. De toute façon, elle était armée de son aiguille à tricoter – et de réflexes à toute épreuve –, au cas où elle aurait à se défendre. En outre, elle n'avait guère le choix.

— S'il vous plaît, répondit-elle. Je vais à Grosvenor Square.

— Ce sera un shilling, annonça-t-il, soudain plus empressé.

La jeune femme réfléchit à toute allure.

— Écoutez, je suis la sœur de lady Grantham, elle vous paiera la course à l'arrivée.

L'homme afficha une expression… étrange. Pas du tout le genre d'expression qu'un homme de sa condition était supposé arborer lorsqu'on évoquait un membre de la noblesse. D'abord dure, elle se fit curieuse, et finalement... *amusée*.

— Vous êtes la sœur de lady Grantham ?

— Oui, répondit-elle, les sourcils froncés.

— Lady Grantham est donc votre sœur ? insista-t-il.

— Il me semble avoir déjà répondu à cette question, rétorqua-t-elle, les dents serrées.

L'homme la dévisagea sans vergogne.

— Et vous avez une malle, et tout ça dit-il, presque admiratif.

Il secoua la tête, apparemment émerveillé. Sylvie ne savait que penser de ce comportement étrange. Les Londoniens étaient-ils tous aussi bizarres ?

— Et lady Grantham me réglera la course à votre arrivée, dites-vous ? reprit-il, narquois, comme s'il s'adressait à une folle. Lady Grantham ?

— Encore une fois, oui, répliqua-t-elle froidement.

Le jeune homme hésita encore. Puis il haussa les épaules et sourit d'un air résigné.

— Très bien, on va chez votre *sœur*, lady Grantham.

Son ton n'aurait pu être plus ironique.

3

Grosvenor Square était bordé d'imposantes bâtisses serrées les unes contre les autres comme pour empêcher symboliquement les intrus de se glisser entre elles.

— Très bien, allez voir votre sœur, déclara le cocher. Je descends votre malle ?

— Pas tout de suite, peut-être, répondit Sylvie.

— Naturellement, railla le cocher.

L'attitude moqueuse de ce garçon était décidément exaspérante. Sylvie gravit toutefois les marches du perron d'un pas assuré. Plusieurs paires d'yeux l'observaient derrière les fenêtres, mais il était trop tard pour reculer. Elle s'immobilisa devant la porte d'entrée massive, saisit le heurtoir, une tête de lion serrant un anneau dans la gueule, et l'actionna deux fois.

Qu'adviendrait-il si la femme vivant dans cette maison refusait d'entendre parler d'elle ? Se montrerait-elle aimable ? Serait-elle étonnée d'apprendre que sa sœur était ballerine et évoluait dans un univers artistique où des femmes comme elle l'admiraient – de loin, uniquement ? Et où leurs époux la courtisaient et la poursuivaient volontiers de leurs assiduités ?

Mais Étienne avait promis de lui offrir une belle maison. Il en possédait plusieurs, qu'elle n'avait jamais vues, et dont elle était sûre qu'elles étaient aussi grandes que celle-ci.

La porte s'ouvrit sur un majordome guindé qui la dévisagea d'un air impassible. Ses cheveux et son teint étaient assortis au gris des murs, résultat sans doute d'une existence passée entre quatre murs.

— Que puis-je faire pour vous, madame ? s'enquit-il poliment.

Comme il ignorait qui elle était et quel était son statut social, il afficha une expression neutre. Il jeta un discret coup d'œil au fiacre, puis reporta son attention sur Sylvie, probablement en quête des indices lui indiquant s'il devait se montrer plus chaleureux.

Il ne savait pas qu'elle était danseuse, qu'elle avait un amant, et qu'elle venait de traverser la Manche, se rappela-t-elle.

— Lady Grantham est-elle là ? demanda-t-elle en s'efforçant de ne pas paraître sur la défensive.

Le majordome ne sourcilla pas.

— Monsieur le vicomte et madame sont absents, madame. Souhaitez-vous me confier votre carte ?

— Absents ?

Peut-être étaient-ils sortis faire une course, ou une promenade, se dit-elle, au désespoir. Hélas, vu la façon dont son voyage jusqu'à Londres s'était déroulé, elle n'osait se montrer à ce point optimiste.

— Ils sont en France, madame, précisa le majordome, l'air soupçonneux.

En France ?

— Se pourrait-il qu'ils soient allés rendre visite à… la sœur de lady Grantham ? hasarda-t-elle.

— Sa sœur, madame ? rétorqua-t-il un peu vivement.

Son expression se fit ouvertement méfiante.

— Je suis la sœur de lady Grantham, déclara Sylvie avec dignité.

Elle entendit alors le cocher se racler la gorge de façon éloquente.

— Bien sûr, madame, dit le majordome avec un mépris qui la déstabilisa. Vous l'êtes autant que toutes ces créatures audacieuses venues du Continent depuis le procès. Ce n'est pas une idée très originale, mais je dois admettre que ce déguisement de veuve constitue une nouvelle tactique.

— Un pro… procès ?

— Allons, madame, le procès de M. Morley. Une affaire bien sordide. Ce monsieur était impliqué dans le meurtre de Richard Lockwood, dont Anna Holt avait été accusée. Le procès a révélé que lady Grantham – l'épouse d'un vicomte très fortuné, soit dit en passant – a deux sœurs disparues très jeunes, et dont elle ignore ce qu'elles sont devenues. Nous avons reçu des sacs entiers de lettres. Des jeunes dames sont venues frapper à la porte… Cette affaire a suscité bien des convoitises chez certaines. Vous n'êtes pas la première à avoir eu cette idée, madame. C'est très pénible, toutes ces créatures, ces lettres de suppliques… Vous avez du toupet – à moins que vous ne soyez simplement stupide – de venir raconter une telle histoire, alors que mes maîtres poursuivent désormais tout imposteur en justice. Ils offrent d'ailleurs une forte récompense pour leur arrestation.

Sylvie avait les mains moites et, en dépit de la chaleur qui lui plaquait les vêtements à la peau, elle fut parcourue d'un frisson.

— Mais… j'avais une lettre que m'avait adressée lady Grantham… Susannah. Je l'avais dans mon réticule, mais des bandits de grand chemin… Enfin, ils me l'ont volée…

Le majordome la fixait d'un regard de plus en plus incrédule.

— La sœur de lady Grantham vit en France, déclara-t-il froidement. Et lady Grantham est partie à sa recherche là-bas.

— Mais j'en viens ! Je suis française ! s'indigna-t-elle.

— Comme des millions d'autres gens, hélas !

À bout de patience et d'arguments, la jeune femme glissa la main dans son corsage pour y pêcher le portrait miniature de sa mère.

Choqué par ce comportement inconvenant, le majordome écarquilla les yeux, puis détourna le visage.

— Madame, ce n'est pas en vous exposant à moi que vous me convaincrez…

— Je vous prie, regardez ceci, coupa-t-elle en sortant le portrait.

Le majordome refusa de se compromettre.

— Il s'agit d'une miniature, insista-t-elle douce-ment.

Il y eut un silence. Au pied des marches, le cocher se mit à siffloter.

Au lieu de lui expliquer que la miniature en question était un portrait de sa mère, dont elle supposait que c'était aussi celle de lady Grantham, ce qui aurait été plus simple, Sylvie ne put s'em-pêcher de jouer les coquettes.

— Allons, regardez donc, monsieur…

Il n'était qu'un homme, après tout. Il tourna la tête vers elle, et Sylvie réprima un sourire. Le majordome se ressaisit bien vite en découvrant le portrait miniature, qu'il examina longuement.

Sylvie le laissa détailler le beau visage d'Anna, ses yeux clairs et rieurs, ses cheveux blonds, ses traits délicats, un portrait qu'elle chérissait depuis toujours. L'unique souvenir de la famille qu'elle avait perdue. À part Claude, Sylvie n'avait jamais montré ce portrait à personne.

L'expression du majordome se transforma. Au soupçon succéda l'incertitude, puis... une lueur de compassion s'alluma dans son regard.

Il se racla la gorge. Décidément, c'était une manie chez les Anglais !

— Puis-je tenir ce por...

— Non ! répondit sèchement Sylvie, à bout de patience. Vous comprenez, il m'est très précieux, ajouta-t-elle plus conciliante.

— Je comprends, oui, fit-il, l'air préoccupé. Puis-je vous demander comment vous êtes entrée en possession de ce portrait, madame...

— Je m'appelle Sylvie Lamoureux. Je le possède depuis toujours. On m'a dit que c'était celui de ma mère, monsieur...

— Bale. Je suis M. Bale.

Il se tut. Le cocher se manifesta de nouveau.

— Pour l'amour du ciel, un peu de patience ! lança Sylvie par-dessus son épaule.

Elle vit le majordome réprimer un sourire. Il paraissait songeur. Retournant le portrait, elle murmura :

— Et regardez, il y a une inscription.

— *Pour Sylvie, dans l'espérance, de la part de sa mère Anna*, lut Bale presque pour lui-même.

La jeune femme lui laissa le temps de la réflexion, puis remit le portrait dans son corsage, tandis qu'il détournait pudiquement les yeux. Dieu que cet homme était guindé !

—Les autres jeunes femmes qui ont frappé à votre porte possédaient-elles également un portrait, monsieur Bale? demanda-t-elle d'un ton un peu acerbe.

—Je n'ai jamais entendu parler de portraits d'Anna Holt, madame Lamoureux.

—Holt? répéta-t-elle, pleine d'espoir. Ma mère s'appelait Anna *Holt*? Monsieur, je ne sais rien d'elle! Toute ma vie, j'ai voulu...

Bale ne dit rien, se contentant de se mordiller les lèvres.

—Pouvez-vous me dire si lady Grantham et son mari avaient l'intention de rendre visite à une dénommée Claude Lamoureux, à Paris?

Le majordome se mura dans le silence. Il ne faisait que son devoir en protégeant l'intimité de ses maîtres, Sylvie le savait, mais en cet instant, ce silence était si cruel. Cela dit, il exprimait au moins des doutes, ce qui se traduisait par une attitude nettement moins condescendante de la part du majordome.

—Quand rentrent-ils à Londres? insista-t-elle.

—Je ne puis le dire, madame.

—Pouvez-vous au moins me dire si lady Grantham me ressemble physiquement?

—Je ne puis le dire, répéta le majordome.

—Vous le ne *voulez pas*, plutôt!

Elle comprit tout à coup pourquoi elle avait cru déceler de la compassion dans son regard, quelques instants plus tôt.

—Susannah ressemble à ma mère, n'est-ce pas? souffla-t-elle. Je veux dire, lady Grantham... Moi, je ne lui ressemble peut-être pas, mais ma sœur a les mêmes traits que la femme figurant sur ce portrait.

L'expression du majordome lui indiqua qu'elle ne s'était pas trompée. Il la scruta, comme s'il cherchait sur son visage une preuve concrète de ce qu'elle avançait. Elle sentit l'espoir renaître.

— Je vous en conjure, monsieur Bale ! Toute ma vie, j'ai cherché la vérité sur mon passé, ma famille. Voyez-vous, on m'a raconté… des choses qui, je crois, sont fausses.

— Madame Lamoureux, vous n'imaginez pas combien cette situation fâcheuse a porté tort à lady Grantham. Le vicomte a réussi à faire arrêter un imposteur en jupons. Comprenez mon dilemme. Je vous implore de cesser cette mascarade, s'il s'agit bien d'une mascarade.

Si elle comprenait son dilemme ? Que dire de sa situation à *elle* ? Elle se retrouvait seule, sans un sou, à des centaines de kilomètres de chez elle, tout cela parce qu'elle était follement impétueuse.

Un long silence gêné tomba entre eux.

Sylvie eut envie de lui crier qu'elle était sincère, mais cela n'aurait servi à rien. Elle tenta donc une autre approche.

— Lady Grantham sera-t-elle fâchée contre vous si elle découvrait que vous avez fermé la porte au nez de sa véritable sœur ?

Son astuce se révéla efficace. Visiblement contrarié, Bale la foudroya du regard, regrettant sans doute d'avoir ouvert la porte.

— Où logerez-vous durant votre séjour à Londres, mademoiselle ? s'enquit-il enfin, résigné.

— Je n'en ai pas la moindre idée, monsieur Bale, répondit-elle amèrement.

Ce butor méritait une punition pour avoir douté de ses intentions, aussi ajouta-t-elle :

— Au *Lys blanc*, peut-être.

Elle entrevit son expression stupéfaite tandis qu'elle tournait les talons et descendait dignement les marches du perron.

— Vous étiez au courant, n'est-ce pas ? lança-t-elle au cocher. Pourquoi ne m'avez-vous rien dit ?

— Rien dit ? Je croyais que vous saviez ce que vous faisiez, mademoiselle. Et vous aviez l'air de mijoter quelque chose. Enfin, je veux dire, avec votre déguisement, votre malle… Je voulais vous accorder votre chance.

Il lui adressa un sourire édenté avant d'enchaîner :

— Alors, où je vous emmène, maintenant ? Chez quelque autre parente ? Voir si le roi est dans son palais ?

Elle réfléchit un instant, mais il ne lui restait, hélas, qu'une seule solution.

— Au *Lys blanc*, je vous prie.

— Vous avez bien dit… au *Lys blanc* ?

— Oui, répondit-elle, ne sachant trop comment interpréter son étonnement. M. Tom Shaughnessy réglera ma course.

Du moins l'espérait-elle, car il était hors de question qu'elle envisage d'autres moyens d'obtenir de l'argent.

— Tom Shaughnessy ? répéta-t-il, tout sourire.

Seigneur, *tout le monde* le connaissait donc ? Peut-être aurait-elle dû citer son nom au majordome pour réussir à entrer chez le vicomte.

— M. Shaughnessy ! reprit le cocher. Eh bien ! Vous cherchez un travail honnête, c'est ça ? Le genre qui convient à une demoiselle comme vous ? Vous laissez tomber la mascarade ?

— Il ne s'agit en rien d'une mascarade, monsieur…

— Je m'appelle Mick.

— Je ne cherche nullement un « travail honnête ». M. Shaughnessy est… une connaissance.

Le cocher écarquilla les yeux.

— Une connaissance ?

— Oui.

Ce garçon était de plus en plus pénible...

Soudain, sans prévenir, il éclata de rire.

— *Une connaissance !* hurla-t-il en se tapant sur la cuisse. Vous connaissez tout le monde, à Londres, hein ? Des vicomtes *et* des types comme le Tom !

Des types comme le Tom ? Voilà qui ne présageait rien de bon. Vu sa chance, Tom Shaughnessy devait être une espèce de criminel... Mais elle ne pouvait interroger le cocher sur ce mystérieux *Lys blanc* et encore moins sur Tom si elle ne voulait pas s'attirer de nouvelles moqueries.

Le jeune homme finit par se calmer, poussa un soupir d'aise, et s'essuya les yeux.

— Très bien, mademoiselle. Je rentrerai bredouille chez moi, ce soir, mais, au moins, je me serai bien amusé. Montez vite !

4

La durée du trajet en disait long sur le gouffre social qui séparait le quartier huppé de Grosvenor Square et ce mystérieux *Lys blanc*. Par la fenêtre du fiacre, Sylvie vit les rues s'assombrir à mesure qu'elles devenaient plus étroites et plus sales. Les élégantes faisaient place à des enfants en guenilles que les marchandes des quatre saisons tentaient d'empêcher de chiper un fruit. Aux alentours des pubs traînaient des ivrognes qui tenaient à peine debout.

L'enseigne en forme de lys accrochée au-dessus de l'entrée d'un grand bâtiment n'en apprit guère plus à Sylvie. Était-ce une maison close ? Une taverne ? Un théâtre, plutôt. Une maison de passe ne s'afficherait pas aussi ouvertement. Du moins le supposait-elle, car, au fond, elle en savait moins qu'elle ne le pensait sur la vie frénétique des grandes métropoles. Et Londres était peut-être différente de Paris.

Quelle ironie s'il s'agissait bel et bien d'un théâtre ! En effet, elle avait passé la majeure partie de sa vie à éviter de se retrouver dans un établissement comme le *Lys blanc*.

— À vous de jouer, lâcha le cocher avec un grand sourire moqueur.

Sylvie n'avait pas l'habitude qu'on la prenne pour une comédienne. Carrant les épaules, elle poussa la porte du *Lys blanc* d'un geste décidé.

Il n'y avait personne à l'intérieur, et il faisait sombre. Elle fut toutefois frappée par le luxe et l'opulence ostentatoires du lieu. À la limite de la caricature. Le rouge profond dominait : tapis, velours des sièges, rideau de scène… Il y avait un piano dans la fosse d'orchestre. La salle évoquait celle d'un théâtre italien classique, avec des balcons, des dorures, des moulures, sans oublier quelques loges qui offraient un peu d'intimité aux spectateurs qui le souhaitaient. En levant les yeux, Sylvie remarqua un somptueux lustre en cristal sous la coupole. Les murs étaient ornés de fresques représentant des dieux et des déesses qui se pourchassaient en tenue légère.

L'endroit était ouvertement, joyeusement scabreux. Une ode au sexe, du moins tel que les hommes le voyaient – nécessaire, agréable, un jeu, peut-être –, sans aucune honte.

— Vous n'avez pas pu résister, mademoiselle ? fit une voix douce, à sa gauche.

Elle sursauta, pivota, et découvrit Tom Shaughnessy.

L'espace d'un instant, elle demeura muette de saisissement. Le visage de cet homme était un choc chaque fois qu'elle le voyait, semblait-il. C'était le genre de visage qui ne cessait de surprendre tant il paraissait difficile d'en épuiser les multiples facettes. Dans la pénombre, ses yeux clairs étincelaient.

Il s'inclina avec une élégance presque moqueuse. Sylvie se rendit compte qu'elle était restée bouche bée, ce qui devait flatter l'orgueil de cet homme.

— Elle dit que tu es une connaissance à elle, Tommy, expliqua le cocher, qui avait passé la tête dans l'entrebâillement. Tu en as un paquet, de connaissances, si tu veux mon avis. Rien que des femmes ! Et pas que des cousines !

Tom se mit à rire.

— Que veux-tu que je te dise, Mick ? Les Shaughnessy doivent être exceptionnellement… fertiles.

L'insolent cocher s'esclaffa à son tour, et Sylvie réprima un soupir exaspéré. Encore un qui se moquait d'elle de la sorte et elle pourrait bien casser quelque chose.

Soudain, à son grand étonnement, Tom lui demanda :

— Vous avez faim ? Voulez-vous manger quelque chose ?

Sylvie était lasse, elle avait l'estomac vide, et elle se demandait ce qu'il allait exiger en échange de la course du cocher. Pourvu qu'il se montre conciliant, car elle n'avait aucune envie de jouer de l'aiguille à tricoter contre un homme au visage si enchanteur. Son ventre criait famine, oui, mais elle redoutait de renouveler l'expérience gastronomique de l'auberge.

— Non merci, répondit-elle. Je n'ai pas faim.

— Vous n'avez presque rien avalé, à l'auberge.

Il l'avait observée ? Peut-être était-il aussi fasciné par elle qu'elle l'était par lui. Difficile à dire avec ce genre d'homme. Dans sa profession, elle avait côtoyé des beaux parleurs presque aussi habiles que Tom Shaughnessy, qui savaient s'y prendre avec les femmes.

— J'ai un appétit d'oiseau, monsieur Shaughnessy, donc très peu de besoins.

Il sourit à cette remarque, y décelant visiblement un double sens.

— Permettez-moi une fois de plus d'en douter, mademoiselle. Je devine en vous une femme insatiable.

Elle réprima un sourire, incapable de résister à ce badinage. Toutefois, elle était trop fatiguée pour se laisser aller totalement. Et en colère contre elle-même. Comment avait-elle pu se retrouver dans cette impasse?

Elle rechignait à l'admettre, mais elle avait également peur. Le cocher se racla la gorge.

— Ah, oui, Mick! Bien sûr. Désolé.

Tom sortit quelques pièces de sa poche et les lui tendit. Le cocher disparut, puis revint avec la malle de la jeune femme, qu'il posa sans ménagement sur le sol.

— Merci d'avoir veillé sur elle, Mick, déclara Tom. Je… m'en charge, maintenant.

Mick leva son chapeau et prit congé.

«Je m'en charge, maintenant», se répéta Sylvie dans le silence qui suivit.

— J'ai l'impression que vous m'êtes redevable, à présent, mademoiselle. Et si nous discutions des termes de votre remboursement?

Le cœur de Sylvie s'emballa. Le jeu de la séduction l'attirait autant que la danse classique, mais l'angoisse l'étreignait. Elle avait l'impression d'être une souris entre les griffes d'un chat. Pourvu qu'il ne se doute de rien…

— Nous savons tous deux que je vous suis redevable, monsieur Shaughnessy. Je vous écoute. Quelles sont vos intentions?

Amusé, il haussa les sourcils.

— D'abord, quel est votre nom?

— Mlle Sylvie…

Elle hésita, se rappelant les propos du major-dome au sujet des procès intentés contre toutes celles qui prétendaient être la sœur de lady Grantham. Mieux valait garder l'anonymat.

— Cha… Chapeau, bredouilla-t-elle.

— Mademoiselle Sylvie Chapeau, répéta-t-il.

Elle hocha faiblement la tête.

— Vous vous appelez Chapeau, répéta-t-il, comme pour lui accorder une chance de choisir un nom moins ridicule.

— Oui, s'entêta-t-elle, la tête haute.

— Et vous venez de…

— Paris.

— Vous vous trouvez à Londres pour…

— Pour visiter la ville.

Elle n'avait guère envie de voir ce beau visage devenir aussi cynique que celui du cocher ou du majordome si elle lui révélait qu'elle était la sœur de lady Grantham.

Tom s'esclaffa.

— Allons ! Ce jeu de la vérité avait si bien commencé ! Permettez-moi de reformuler ma question. Qui fuyez-vous exactement ?

— Personne, répondit-elle d'une voix qui se voulait assurée.

— Alors où allez-vous ? insista-t-il.

— Je croyais que nous parlions de mon remboursement, monsieur Shaughnessy, et non des raisons de mon voyage.

Cet homme mettait sa patience à rude épreuve.

— Et si vous me remboursiez en me fournissant des informations sur votre personne ?

C'était une requête raisonnable, quoique un peu cavalière. Sylvie demeura silencieuse, mais elle fulminait.

— Vous parlez de mieux en mieux notre langue, observa-t-il soudain.

— C'est peut-être parce que je ne suis plus…

Elle faillit dire « nerveuse », mais ne jugea pas raisonnable de l'avouer à Tom.

— En fuite ? suggéra-t-il.

Elle tourna les talons et fit mine de partir. Il ignorait encore qu'elle n'avait nulle part où aller. Il chercherait sûrement à la retenir, ce qui était un excellent moyen d'arriver à ses fins.

— C'est donc cela, dit-il vivement. Désolé de me montrer aussi curieux, mademoiselle Chapeau. Je ne vous poserai plus que des questions en rapport avec votre dette. Combien de temps comptez-vous séjourner dans notre belle ville ?

Elle hésita.

— Je ne sais pas.

— Et vous n'avez pas d'argent ?

Elle ne répondit pas.

— Ce n'est qu'une simple question, mademoiselle Chapeau, assura-t-il avec un soupçon d'impatience. Répondez par oui ou par non. Si vous êtes ici, c'est soit parce que vous n'avez pas d'argent et pas d'autre choix, soit parce que vous me trouvez si irrésistible que...

— Non ! s'exclama-t-elle.

Il sourit, ce diable d'homme. Il avait presque réussi à lui faire admettre sa plus grande faiblesse : elle n'avait plus un sou. Mieux valait ne pas se croire plus maligne que lui. Parmi ses amis, il comptait des cochers, des brigands, et Dieu savait qui, encore !

— Vous n'avez pas d'argent, répéta-t-il, songeur, en la fixant sans ciller.

Elle ne parvint pas à lire ses pensées dans ses yeux trop clairs. Il avait des épaules d'une largeur déconcertante, nota-t-elle malgré elle.

— Avez-vous besoin d'un endroit où dormir ?

Elle se contenta de hocher la tête.

— Savez-vous danser, mademoiselle Chapeau ?

— Bien sûr !

— Je ne pensais pas à la valse.

— Moi non plus.

Il demeura silencieux et, l'espace d'un instant, quelque chose qui ressemblait à du regret assombrit son visage.

— Vous avez de la chance, reprit-il. En tant que directeur de ce théâtre, je suis en mesure de vous offrir un emploi et un toit. Vous tombez à pic. Venez avec moi.

Il pivota et se dirigea vers le fond de la salle. Sylvie jeta un coup d'œil à la porte par laquelle elle était entrée. Dehors, il faisait encore jour et une ville inconnue l'attendait...

Elle tourna la tête et suivit Tom du regard.

Elle sut alors dans quel précipice elle préférait se jeter. Et lui emboîta le pas.

Tom s'arrêta devant une porte et frappa sur le battant. Des gloussements et des froissements de tissu leur parvinrent. Des sons familiers aux oreilles de Sylvie, pour qui les coulisses d'un spectacle et le comportement des danseuses entre elles n'avaient plus de secrets.

La porte s'ouvrit sur une femme superbe.

— Bonjour, monsieur Shaughnessy, fit-elle, avant d'esquisser une révérence.

— Bonjour à vous, Lizzie. Je peux entrer ? Vous êtes toutes habillées et présentables ? ajouta-t-il d'un ton enjoué.

— Cela vous poserait un problème, monsieur Shaughnessy ? roucoula Lizzie en battant des cils.

Il rit, plus par politesse que par jeu, selon Sylvie, et attendit. Il émanait de lui une calme autorité. Il était le directeur, après tout, et les jeunes femmes s'écartèrent pour leur permettre d'entrer.

Sylvie se retrouva dans une loge sans fenêtre, mais bien éclairée et tapissée de miroirs. Les coiffeuses et les chaises étaient usées. Il flottait dans l'air une odeur de poudre de riz, des effluves de parfums, de savon, de maquillage… Sylvie était comme chez elle. Elle s'était tant de fois préparée dans des loges similaires avant de se produire sur scène!

Il y avait une brune aux paupières tombantes, une blonde au teint de porcelaine, une autre blonde aux joues comme des pêches mûres. Elles étaient toutes différentes, mais possédaient ces rondeurs féminines qui plaisaient aux hommes. Chaque soir, ces derniers devaient se presser pour les admirer, et les courtiser, s'ils en avaient les moyens.

Tom Shaughnessy proposait-il ses danseuses en pâture à ses clients?

— C'est quoi, *ça*? souffla l'une d'elles, les yeux rivés sur Sylvie.

Il s'ensuivit un chœur de chuchotements et de gloussements. Tom n'entendit pas la question, du moins fit-il mine de ne pas l'entendre.

— Bonjour, Molly, Rose, Lizzie, Jenny, Sally…

Sylvie ne retint pas tous ces prénoms nouveaux, mais elle étudia les filles une à une. Certaines étaient très belles.

— Permettez-moi de vous présenter Mlle Sylvie Chapeau, qui va se produire sur scène avec nous. Merci de l'accueillir avec chaleur. Je vous fais confiance. Comme vous le savez, le Général vous attend sous peu. Désolé de ne pouvoir rester plus longtemps avec vous, mademoiselle Chapeau, mais j'ai un rendez-vous important.

Sylvie lut dans son regard une jubilation à peine déguisée. De toute évidence, il lui faisait comprendre que son aiguille à tricoter ne lui serait d'aucun secours dans cet univers.

Sur ces mots, il s'inclina brièvement, laissant la jeune femme à la merci de ses danseuses.

Tous les yeux demeurèrent rivés sur elle, plus froids que des glaçons.

— C'est une vraie poulette, fit la dénommée Molly. Une petite poule plumée aux grands yeux.

Les rires fusèrent, aussi cinglants et malveillants que des flèches empoisonnées.

La tête haute, Sylvie endura les moqueries sans sourciller. Pour elle, la jalousie féminine était un fléau inévitable, quoique mineur, qui ne faisait que souligner la grandeur de l'étoile.

Car c'était *elle*, l'étoile, à Paris, où elle jouissait d'une grande notoriété.

— Ça fait très mal ? reprit Molly, la mine faussement soucieuse, quand les rires cessèrent.

Elle avait les cheveux châtains, des yeux bleus, des lèvres pleines, peintes en rose. Sylvie devina le piège, mais à part feindre la surdité, ce qui était peu crédible pour une danseuse, elle n'avait d'autre solution que de répondre. Elle décida de commencer par essayer la politesse.

— Pardonnez-moi mais, de quoi parlez-vous, mademoiselle ?

— De ce balai, que vous avez dans le derrière. Ça vous fait mal ?

Les rires fusèrent de plus belle. Un peu tendus, cette fois, dans l'attente de ce qui allait suivre.

— Pas autant que la jalousie, répondit posément Sylvie. C'est du moins ce qu'on m'a dit.

Silence.

— Ohhhhh ! fit l'une des danseuses.

Admiration ou terreur en imaginant la réaction de Molly ?

Celle-ci s'empourpra et crispa les doigts autour du manche de sa brosse à cheveux.

— Ça fait mal, la jalousie ? murmura la jeune Rose, sincèrement curieuse.

Sa voisine lui donna un coup de coude.

— Pourquoi serais-je jalouse d'une poule déplumée ? jeta Molly en se regardant dans le miroir.

Elle parut satisfaite du reflet qu'elle lui renvoyait, malgré ses joues un peu rouges, et retrouva son assurance. Pour se donner une contenance, elle se remit à brosser ses cheveux soyeux.

Sylvie allait lui répondre quand un homme de très petite taille, vêtu d'un costume chatoyant, entra en trombe. Tout le monde sursauta.

— L'heure est passée de cinq minutes ! aboyat-il. Qu'est-ce que vous fab… ?

En voyant Sylvie, il s'interrompit abruptement. Puis la foudroya du regard.

— Qui êtes-vous ?

Sans doute le « Monsieur Favre » du *Lys blanc*, supposa-t-elle.

— Mlle Sylvie Chapeau, dit-elle en esquissant une révérence.

L'homme ne daigna pas se présenter. Il semblait juger sa présence incongrue. De toute évidence, il n'imaginait pas un instant qu'elle puisse faire partie de la troupe.

— M. Shaughnessy m'a engagée, expliqua-t-elle.

— Ah, fit-il d'un ton impudent.

Il passa en revue ses épaules, son torse, ses bras, s'attarda sur son visage. Son examen n'était pas désapprobateur, mais il semblait la regarder comme un investissement, un objet qu'on s'apprête à acquérir, plus que comme une femme. Sylvie était habituée à ce qu'on l'examine d'un œil neutre, professionnel. Dans son métier, un peu de distance était même préférable.

Toutefois, ce petit homme ne la connaissait pas, et elle non plus ne le connaissait pas. Son attitude commençait à être vexante.

Elle soutint son regard, même si elle devait, pour cela, baisser les yeux, et se redressa d'instinct. Il parvint à une conclusion; elle le lut dans son regard.

— Je... vais en toucher deux mots à M. Shaughnessy, déclara-t-il. Attendez ici, mademoiselle Chapeau. Les filles, vous savez ce que vous avez à faire. Je vous rejoins tout de suite.

Les danseuses se levèrent et emboîtèrent le pas au Général, non sans gratifier au passage Sylvie de regards acérés.

Tom ne tressaillit même pas lorsque le Général fit irruption dans son bureau. En revanche, les documents sur sa table de travail faillirent s'envoler tant il claqua la porte avec force.

— C'est une danseuse, Tom.

— Je sais, Général, je l'ai engagée. Va lui dire ce qu'elle doit faire.

Tom commençait à s'impatienter. La pile de courrier – factures, invitations, lettres de jeunes femmes sollicitant un rôle, comptabilité des dépenses, profits et pots-de-vin versés à Crumstead, l'agent du roi, pour qu'il ferme les yeux sur les numéros les plus licencieux du *Lys blanc* – était particulièrement haute, ce matin. Un jour, il faudrait qu'il engage quelqu'un pour s'occuper de cette paperasse. Dans une heure, il devrait convaincre un groupe d'investisseurs que son projet était viable. Et quand le *Gentleman's Emporium* serait prospère...

Tom leva les yeux, étonné par le jugement du Général, et par le ton de sa voix, où se mêlaient mise en garde, colère et... envie.

— Elle t'a dit qu'elle était danseuse classique ?

— Non, répondit sèchement le Général.

Tom scruta son ami, sans douter une seconde de sa sincérité. Ils étaient associés depuis des années, mais il ne savait pas grand-chose de son passé. De temps à autre, quelques bribes surgissaient au hasard d'une conversation. Tom avait appris à ne pas se montrer indiscret. Il appréciait de découvrir ce passé peu à peu.

— Qu'est-ce qui fait d'une ballerine une « vraie » danseuse, Général ? fit-il, un peu irrité. C'est que le classique ne rapporte pas d'argent ! Seul le roi s'intéresse à ça ! Et les femmes.

— Elle va nous causer du souci, je te le garantis. Elle a un port particulier, expliqua le Général, énigmatique.

Tom ne put réprimer un sourire.

— Elle n'a pas que cela, non ?

Le Général demeura un instant sans voix.

— Bon sang, Tommy, fit-il enfin. Dis-moi que tu n'as pas… souri à cette femme.

— Mon sourire ravageur n'a guère d'effet sur elle, Général, avoua-t-il avec une note de nostalgie. Rien ne semble en avoir.

Le Général ferma les yeux, le temps de retrouver son calme, puis :

— C'est donc pour ça que tu l'as *engagée* ? Pour essayer sur elle toutes les méthodes de séduction jusqu'à ce que tu trouves celle qui fonctionne ?

— Pour l'amour du ciel ! s'exclama Tom en s'installant plus confortablement. Détends-toi, Général ! C'est une jolie femme, et elle cherchait du travail. Je lui en ai offert. Et, comme tu le sais, je ne… euh… fricote pas avec les danseuses. C'est une règle à laquelle je ne déroge jamais.

— Ce n'est pas une jolie femme, Tom. C'est une véritable beauté. Pire, il n'est pas impossible qu'elle soit *intéressante*. Et elle a de toute évidence une très haute opinion d'elle-même. Mais elle n'a pas un brin de graisse. Que va donc regarder notre public ? C'est à se demander si elle a même des seins...

— Elle sera différente, voilà tout, répondit Tom. Et notre public adore la nouveauté.

— Elle ne nous attirera que des ennuis, insista le petit homme. Elle a déjà commencé. Les autres la regardent comme une meute de chiens guette un renard.

— Je parie qu'elle saura se défendre, répondit Tom en esquissant un sourire.

— Et comment ! Molly était rouge comme une pivoine, avoua le Général, l'air indigné.

— Vraiment ?

Voilà qui était intéressant. Que diable pouvait avoir dit l'intrigante Mlle Chapeau à Molly – qui était aussi dure que du marbre sous son apparente douceur – pour la faire rougir de colère ?

Malgré tout, Tom se rendait compte qu'il compliquait la tâche du Général en lui imposant Sylvie. Cette attitude égoïste ne lui ressemblait guère. En introduisant un élément perturbateur dans la troupe, il obligeait son associé à reprendre les chorégraphies, retoucher un costume. Chaque nouveau numéro engendrait beaucoup de travail, de discussions, de répétitions. La danseuse vedette était sélectionnée avec soin parmi un nombre impressionnant de candidates.

En vérité, en installant délibérément Sylvie parmi ses danseuses, il n'avait fait que la tenir à distance de lui, hors d'atteinte. Dès qu'il avait posé les yeux sur elle, une foule de sentiments contradictoires l'avaient envahi. Il avait réagi d'instinct, comme on repousse une balle ou esquive un coup de poing. Il n'en était pas fier, mais le mal était fait, et il était entêté. Il n'allait pas changer d'avis pour faire plaisir au Général.

— Je suis certain que tu t'en sortiras à merveille, assura-t-il.

Tom vit son ami prendre une profonde inspiration, avant de soupirer exagérément tout en tripotant nerveusement son foulard.

— Tom, je t'ai construit un satané château en une semaine, sans jamais me plaindre ! J'ai fait faire des costumes de damoiselles, et voilà que tu...

— Nos spectateurs ont adoré, non ? Ils ont plébiscité nos belles en détresse, et la chanson sur les lances ! Et ne me dis pas que tu n'apprécies pas le tintement des pièces d'or, dans ta poche.

— J'aime les poches silencieuses, bougonna le petit homme.

Tom sourit. Quel caractère ! Quel don pour le sarcasme. Le Général était déjà passé de la colère à l'ironie, et céderait bientôt à la résignation. Tom se contenta d'attendre la fin de l'orage. Il lui suffisait de laisser son charme agir pour obtenir gain de cause.

— Tu aurais dû me consulter avant d'engager cette fille, Tom. Tu le fais d'ordinaire.

— C'est vrai, j'aurais dû, admit Tom. Pardonne-moi. Mais, depuis le temps, tu devrais avoir appris à faire confiance à mon instinct.

— Ton instinct en affaires est très sûr, mais, sur le plan privé, il ne t'attire que des duels. Un beau jour, tu y laisseras ta peau.

Le Général posa sur lui un regard plein de défi. Tom ne trouvant pas de repartie appropriée, le défi se mua en une satisfaction dénuée de tout triomphalisme.

— Il est 1 h 15, remarqua Tom.

C'était un coup bas, mais il n'avait pas d'autre stratégie de défense.

Le Général sursauta, jura dans sa barbe et se rua hors du bureau. Tom soupira, puis tendit la main vers la pile de courrier. S'emparant d'une enveloppe, il fronça soudain les sourcils.

Il lut l'adresse et se figea. Little Swathing, Kent…

Il ouvrit l'enveloppe.

Nous serions heureux de vous recevoir si vous revenez.

Le ton était froid, formel, plein de fierté ravalée, ou d'une réserve enfin surmontée au terme d'une campagne insistante de sa part.

Depuis des mois, il se rendait une fois par semaine dans le Kent. Mais aujourd'hui il n'avait trouvé personne dans le petit cottage. Et maintenant cette lettre…

Tom fixa la feuille de papier, conscient de l'ironie de la situation.

Maintenant qu'il avait obtenu ce qu'il convoitait depuis si longtemps, il n'était plus si certain de le vouloir vraiment.

Sylvie patientait dans la loge depuis à peine dix minutes quand la dénommée Rose réapparut. Sylvie esquissa un sourire. Rose était apparemment la fleur la moins épineuse de ce bouquet si particulier. En fin stratège, le Général préférait sans doute ne pas la laisser seule en compagnie d'une jeune femme plus… dangereuse. Molly, par exemple.

Rose observa Sylvie avec une sorte de curiosité perplexe, une expression qui semblait lui être coutumière. C'était dommage, car elle possédait le genre de beauté à laisser les hommes cois – des cheveux d'un noir de jais, un teint d'ivoire, des yeux brillants –, mais il lui manquait cette étincelle qui l'aurait rendue fascinante. Nul doute qu'un jour, elle tomberait entre les griffes d'un homme mûr désireux d'entretenir une maîtresse peu exigeante. Rose portait sa beauté avec la même nonchalance que son costume, comme si elle était résignée à son destin, et savait qu'elle n'aurait jamais que des seconds rôles.

— Tu es française, alors ? fit-elle en ouvrant une armoire. Vraiment ?

Oui… Non… Peut-être, songea Sylvie.

— Oui, répondit-elle simplement.

— Eh bien, je suppose que le Général veut que tu joues le rôle d'une fée, comme nous autres. Alors tu vas avoir besoin d'une baguette…

Elle se mit à fouiller dans l'armoire, et finit par en sortir une baguette en bois surmontée d'une étoile.

— C'était celle de Kitty. La fille qui était là avant toi.

De peur d'avoir un malaise, Sylvie préféra ne pas trop penser au fait qu'elle allait devoir se déguiser en fée d'opérette pour gagner sa vie… Elle préféra interroger la jeune femme.

— La fille qui était là avant moi ?

— Elle est partie depuis quelques mois. Il paraît que c'est M. Shaughnessy qui l'a renvoyée. On raconte qu'elle s'est mise dans un sacré pétrin, si tu vois ce que je veux dire, ajouta-t-elle en posant la main sur son ventre d'un air suggestif.

— Alors il l'a… renvoyée ? fit Sylvie, abasourdie.

— Elle ne pouvait quand même pas monter sur scène avec un gros ventre, répliqua Rose, pragmatique, en mimant une femme enceinte. Un jour, en larmes, elle a raconté à Molly qu'elle était allée parler à M. Shaughnessy de ses problèmes. Le lendemain, elle était partie. On ne l'a jamais revue.

Rose étudia Sylvie un moment, se demandant visiblement si elle devait lui parler en toute confiance. À en juger par son expression, ses révélations promettaient d'être intéressantes.

— Molly affirme que c'est M. Shaughnessy le père.

Sylvie sentit son estomac se nouer. Rose hocha la tête, ravie de son effet.

— Mais Molly raconte un tas de choses, ajouta-t-elle, comme si elle réprouvait les commérages.

— Tu n'y crois pas ? s'enquit Sylvie.

Rose hésita, puis haussa les épaules.

— Monsieur Shaughnessy… c'est pas le genre à toucher une fille qui travaille pour lui.

— Comment le sais-tu ?

Et qui donc touchait-il, alors ? songea-t-elle frénétiquement.

— C'est que… on a toutes essayé, vois-tu, avoua Rose avec un sourire un peu gêné. M. Shaughnessy est resté indifférent. Quand il s'agit du *Lys blanc*, il ne plaisante jamais. Avec les danseuses, il se contente de sourire jusqu'à ce qu'elles abandonnent.

C'était étrange, car il semblait enclin à la frivolité et avait visiblement le goût du danger.

— Pourquoi Molly raconte-t-elle une chose pareille ?

— Parce qu'il refuse de la toucher, elle. C'est pas faute d'avoir essayé ! Elle est persuadée que c'est à cause de Kitty qu'il n'a jamais voulu d'elle. Elle dit que Kitty était sa préférée. On le pensait toutes, d'ailleurs. C'est vrai qu'il semblait l'apprécier beaucoup… Il riait tout le temps avec elle. Et il ne l'a jamais remplacée… Jusqu'à aujourd'hui.

Et Molly, elle veut toujours M. Shaughnessy, pour elle seule. Comme nous toutes, du reste, non ?

Non... Oui... Peut-être...

Sylvie préféra ignorer la question, qui semblait purement rhétorique. Elle déclara avec entrain et désinvolture que M. Shaughnessy possédait un charme susceptible de plaire à toute femme.

— Mais depuis le départ de Kitty, M. Shaughnessy... Enfin, il se rend dans le Kent une fois par semaine. Je l'ai entendu en parler au Général, un jour. Personne ne sait ce qu'il fabrique, là-bas. Pas même le Général. Pas même sa Majesté la reine.

— Sa Majesté la reine ?

Sylvie savait que c'était un roi qui régnait sur l'Angleterre. Peut-être était-ce encore un surnom, comme pour le Général...

— Daisy, précisa Rose, laconique, comme si ce prénom expliquait tout. Elle a droit à sa propre loge où elle reçoit des invités. Elle ne fréquente pas les filles comme nous. Tu la verras bien assez tôt. Mais elle ne parle pas aux petites gens.

Une diva, songea Sylvie, qui en avait souvent croisé. À certains égards, elle était elle-même une diva.

— Mais il y a quand même des dames qui viennent voir M. Shaughnessy, s'empressa d'ajouter Rose, comme si le fait qu'il ne fréquente pas ses danseuses laissait planer un doute sur sa virilité. En fait, elles le supplient, elles rampent à ses pieds... Et les maris trompés ne cessent de le provoquer en duel, bien qu'il ne soit pas bien né. Mais c'est un excellent tireur.

— Il se bat en duel ?

— C'est le meilleur tireur de Londres. En plein dans le mille chaque fois !

Sylvie se sentit défaillir. Les duels étaient-ils légaux, en Angleterre ? Elle se rappela le pistolet qu'il cachait dans sa manche, lorsqu'ils avaient été encerclés par les brigands.

— Il tue des gens ?

— Tuer ? fit Rose, à peine choquée par cette accusation.

Rose était-elle capable de ressentir la moindre émotion un peu forte ? Étant elle-même dotée d'un tempérament un peu trop passionné, Sylvie ressentit une pointe d'envie, et se demanda ce que l'on ressentait à se laisser dériver tranquillement à travers les drames de la vie.

— Oh non ! Ces messieurs se tirent dessus, mais ils se ratent.

Tom Shaughnessy tirait sur des hommes régulièrement et se faisait tirer dessus ? Pour les beaux yeux de femmes mariées ?

— Et le Général, lui, il est… responsable de la danse ? hasarda Sylvie.

— C'est ça. Il crée les spectacles, mais il est quand même sous les ordres de M. Shaughnessy, qui lui donne le thème. Il y a une représentation par soir, sauf le dimanche, avec au moins trois tableaux, soit entre six et huit chansons. M. Shaughnessy aime bien mettre son grain de sel. Il a une idée nouvelle par semaine. Avec lui, on ne s'ennuie jamais. On répète tous les jours. C'est du travail, mais on est bien payées, et M. Shaughnessy veille sur nous.

Du travail ? En quoi consistaient ces chorégraphies ? s'interrogea Sylvie.

— Tu vis ici, au théâtre, Rose ?

— Au théâtre ? répéta Rose, les yeux écarquillés. J'ai un logement, au bout de la rue. M. Shaughnessy paie bien. On a toutes notre propre logement. Les filles, ainsi que Poe et Stark, les vigiles qui surveillent l'entrée des artistes. Sans oublier les garçons qui travaillent pour les décors du Général. Mais il y a des chambres, ici, à l'étage. Avant, c'était une maison somptueuse. Et toi, tu loges où ?

Sylvie ne sut que répondre. Rose se remit à fouiller dans l'armoire, dont elle sortit une robe diaphane, rose pâle et argentée, qui ne dissimulait sans doute pas grand-chose. Sylvie l'observa d'un œil perplexe.

— Voilà. On a cinq minutes. Ensuite, le Général risque de piquer une crise. Je vais t'aider à ôter ta robe.

Sylvie était habituée à se changer en présence d'autres femmes. La pudeur n'était pas de mise dans le monde du spectacle. Mais elle se sentit soudain maigrichonne comparée à ces filles plantureuses. Au fil des ans, la danse classique avait façonné son corps, ne laissant que le strict nécessaire : les muscles.

Elle tourna le dos à Rose qui entreprit de délacer la robe de deuil. Celle-ci ne se gêna pas ensuite pour la regarder enfiler la tenue rose.

Elle était trop grande et pendait lamentablement, exposant presque ses seins. Et le portrait miniature de sa mère, attaché à son ruban. Sylvie le dissimula de la main.

— Le Général ne veut pas qu'on porte de corset, mais tu n'as pas beaucoup de poitrine, hein ?

Comment répondre à une telle question ? Ironiquement, décida Sylvie.

— Je suppose que non.

— Hum… Dans ce cas, le corset te sera utile… Il donnera l'impression que tu en as un peu plus.

Rose prit ses propres seins en coupe dans les mains et les remonta pour illustrer ses propos.

Sylvie appréciait ses efforts pour l'aider, mais elle commençait à en avoir assez. Elle n'avait jamais souhaité avoir une poitrine généreuse. Les seins étaient plutôt une gêne, pour les danseuses classiques.

Quand Rose lui tendit sa baguette magique, elle se regarda dans la glace, et fut submergée par une vague d'indignation.

Mais apparemment, Rose n'en avait pas terminé. Elle sortit de l'armoire une paire d'ailes en tulle, montées sur un cadre en fil de fer, équipées de bretelles. Un procédé très astucieux, Sylvie devait l'admettre. Qu'elle aurait admiré encore davantage si elle n'avait pas été obligée de s'en affubler.

Rose lui tendit les ailes, et Sylvie s'en empara de mauvaise grâce. En une seconde, elle se transforma en fée. Le costume était vraiment joli, dut-elle reconnaître. Digne de l'Opéra de Paris, qui employait pourtant les meilleures couturières.

— Pourquoi M. Shaughnessy t'a-t-il engagée ? s'enquit Rose.

De toute évidence, elle avait remarqué que Sylvie n'avait pas le profil idéal pour faire partie de la troupe. Pour justifier sa présence, la meilleure tactique était de s'inventer une légende.

— M. Shaughnessy et moi nous trouvions dans la même diligence, qui a été attaquée par des brigands. J'ai accepté d'embrasser l'un d'eux, alors ils nous ont laissés partir.

— Eh ben dis donc ! s'exclama Rose, les yeux écarquillés.

Si Sylvie n'hésitait pas à embrasser un bandit de grand chemin, de quoi *d'autre* était-elle capable ?

Sylvie se sentit absurdement heureuse. Elle était peut-être maigrichonne et déguisée en fée, mais elle parvenait encore à impressionner quelqu'un.

— Ce qui est drôle, c'est qu'il se soit décidé si vite, commenta Rose. En général, il met du temps à recruter une nouvelle fille. On croyait qu'il ne remplacerait jamais Kitty. Ton arrivée nous a sidérées, tu sais.

Sylvie ne l'imaginait que trop bien.

5

Le Général détailla Sylvie d'un air impassible : la robe trop grande, la baguette magique, l'expression soigneusement stoïque.

— Il va falloir retoucher ce costume. Savez-vous manier une aiguille, Sylvie ?

— Mademoiselle Chapeau, rectifia-t-elle presque d'instinct.

C'était peut-être une erreur, mais elle était passablement irritée après les commentaires de Rose sur sa poitrine, sans parler de ce costume mal ajusté.

— Je possède les compétences nécessaires, ajouta-t-elle.

— Vous avez sans doute remarqué qu'on ne fait pas de manière, ici, *Sylvie*. Les filles ! En place, s'il vous plaît ! Sylvie, vous êtes grande, vous vous mettrez entre *Molly* et *Jenny*...

— Quel est *votre* prénom ?

Peut-être aurait-elle dû manger quelque chose quand Tom Shaughnessy le lui avait proposé. Elle était toujours de mauvaise humeur lorsqu'elle avait l'estomac vide.

Le chorégraphe lui adressa un regard visiblement destiné à l'intimider.

— Le Général, répondit-il posément. On m'appelle le Général, tout simplement. À présent, Joséphine, si tu veux bien commencer…

— Votre prénom est « le » ? s'enquit Sylvie d'un ton suave.

Elle sentit les autres filles retenir collectivement leur souffle.

Le Général se tourna vers elle très lentement et la regarda d'un air songeur.

— Alors je peux vous appeler « le », insista-t-elle, prenant un plaisir pervers à lui résister.

Le Général marmonna quelques paroles indistinctes. Sylvie aurait juré qu'il insultait Tom. Puis il prit une profonde inspiration.

— Oui, répondit-il enfin à Sylvie avec un sourire radieux. Je vous en prie, appelez-moi « le ». Ou bien mon petit chou. Appelez-moi « beau gosse », si vous voulez ! Peu m'importe, car c'est plutôt moi qui *vous* appellerai, Sylvie. À présent, si vous voulez bien vous placer entre Molly et Jenny. J'imagine que vous savez… bouger sur de la musique ?

Ces dernières paroles chargées d'ironie troublèrent Sylvie.

— Je ferai de mon mieux, en tout cas, répondit-elle solennellement.

— Joséphine ! aboya le Général.

La jeune blonde, qui semblait bien ordinaire, comparée aux autres membres de la troupe, sursauta et posa les doigts sur le clavier du piano. Elle entonna une valse enjouée.

Sur la scène, les jeunes femmes commencèrent à se trémousser en agitant leur baguette magique au-dessus.

Sylvie ne mit guère de temps à imiter leurs pas. Le Général avait les yeux rivés sur elle. Elle aurait juré qu'il s'amusait.

La chorégraphie était assez anodine, en dépit des tenues légères. Sans doute offraient-elles un spectacle enchanteur, le soir, toutes gracieuses et scintillantes.

— Souriez, les filles ! hurla le Général.

Elles obéirent aussitôt. Sylvie soupçonna son sourire de ressembler davantage à une grimace, à en juger par ce qu'elle ressentait en cet instant.

Au bout de quelques mesures, les filles pivotèrent pour former un cercle, dos tourné au public, sans cesser d'agiter leurs baguettes magiques au-dessus de leur tête. Sylvie n'avait guère envie de prendre Molly par la taille, mais elle n'avait pas le choix. Elle en fit autant avec Jenny, et se déhancha en rythme.

Cette chorégraphie était un jeu d'enfant qu'elle aurait pu suivre les yeux fermés. En fait, un petit somme ne lui aurait pas…

Soudain, les danseuses se penchèrent en avant tout en agitant leur derrière et en criant à tue-tête. Sylvie suivit le mouvement.

Puis les déhanchements reprirent.

— La prochaine fois, tu agiteras davantage les fesses, Jenny ! Un petit effort ! ordonna le Général, comme s'il dirigeait des manœuvres militaires.

Elles se dirigèrent vers une barre, en agitant leurs baguettes, et tout à coup…

— Ouiiiii !

Elles se plièrent en deux, le menton aux genoux, les fesses en l'air, entraînant Sylvie avec elle.

En se relevant, la jeune femme avait les yeux écarquillés d'effroi.

— Vous n'avez pas les fesses très rebondies, Sylvie. Il faudra faire retoucher votre costume en conséquence ! hurla le Général par-dessus la musique. Et je veux vous entendre crier ! *Un*, deux, trois, *un*, deux, trois, *un*, deux, trois…

Sans prévenir, Sylvie se libéra de la ronde et dévala le petit escalier de la scène. Elle n'avait qu'une envie, fuir le triste destin qu'elle redoutait depuis toujours.

Elle ne savait pas très bien où elle allait, mais il fallait qu'elle quitte cet endroit sordide. Elle se dirigea donc vers la sortie du théâtre.

Et heurta quasiment tête la première un torse puissant. S'immobilisant abruptement, elle leva les yeux sur Tom Shaughnessy.

— En auriez-vous déjà assez de danser, mademoiselle Chapeau ?

— Agiter les fesses… se pencher en avant… crier à tue-tête… bredouilla-t-elle, furieuse, incapable d'exprimer son effroi. Ce n'est pas danser, monsieur Shaughnessy !

— Vous êtes là, vous bougez, vous souriez, fit-il, visiblement intrigué par sa réaction. Bien sûr que c'est de la danse ! Le public paie cher pour voir des fesses et entendre des cris de joie, mademoiselle Chapeau. Le verbe «danser» signifie-t-il autre chose en France ?

Comprenant enfin, il plissa le front.

— Ah ! Je vois où vous voulez en venir. Hélas, je crains que personne ne veuille payer pour voir… un ballet classique. Si c'est ce que vous vous demandiez. Sachez que la danse classique ne rapporte pas un sou.

Sylvie se figea. Comment diable savait-il… ?

— N'y a-t-il pas autre chose que je puisse faire, pour me rendre utile dans ce théâtre ? hasarda-t-elle. Pour gagner ma vie.

Pourvu qu'il ne se méprenne pas sur ses intentions… Elle fut vite rassurée.

— Vous chantez ?

— Eh bien…

Sylvie chantait juste, mais ce n'était pas son métier. Elle avait le sens du rythme, certes…

— Oui, répondit-elle sans s'étendre.

— Vous chantez… bien ? insista-t-il, l'air un peu inquiet. Voyez-vous, il ne faudrait pas effrayer le public en chantant… divinement. La plupart de ces messieurs peuvent écouter une soprano dans les salons londoniens. S'ils viennent ici, c'est pour *fuir* les sopranos. Elles leur rappellent les longues soirées d'hiver avec leurs épouses.

— Nul ne m'invitera jamais à chanter dans son salon, assura-t-elle en toute sincérité.

— Vous seriez disposée à interpréter une chanson grivoise ?

— Une chanson griv… balbutia-t-elle.

Elle faillit rire, mais se ravisa en lisant dans le regard de Tom qu'il ne plaisantait nullement. C'était une question sérieuse, au contraire. En homme d'affaires, il cherchait à exploiter au mieux un atout, en l'occurrence elle-même.

— Une chanson grivoise, reprit-il. Comme…

Tom réfléchit un instant, puis il entonna d'une voix de ténor très honorable :

Nell était jeune et en quête d'amour
Fière de sa vertu, jusqu'au jour
Où elle alla faire un tour avec Lord Adair
Qui lui en fit voir une belle paire…

— C'est ça, une chanson paillarde, conclut Tom abruptement.

Il affichait une expression tellement contraire aux paroles de sa chanson qu'elle ne sut que dire, partagée entre hilarité et incrédulité.

— C'est charmant, déclara-t-elle finalement. Vous devriez la chanter vous-même.

— Je le ferai volontiers, répondit-il le plus sérieusement du monde. Si je pensais que mon public apprécierait de me voir en tenue légère et maquillé.

— Êtes-vous bien sûr que certains de ces messieurs n'en rêvent pas secrètement ?

Elle n'avait pu se retenir, comme toute coquette digne de ce nom, mais elle regretta aussitôt ses paroles. Étrangement, elle était impatiente de découvrir la réaction de Tom.

Il ne dit rien, du moins l'espace d'un instant. Il se contenta de la contempler, l'œil pétillant de plaisir. De toute évidence, il était très satisfait d'elle, et s'interrogeait quant à sa réponse.

— J'en connais une version en français, dit-il. Mon ami Henri me l'a apprise. Vous voulez l'entendre ?

— Ai-je vraiment le choix ?

Ignorant sa question, il ferma les yeux pour mieux se concentrer, cherchant à se rappeler les paroles.

Enfin, il rouvrit les yeux et prit une profonde inspiration.

La chanson qu'il interpréta n'avait certes rien à voir avec des demoiselles peu farouches et des lords. Elle racontait ce qu'un homme avait envie de faire avec une certaine dame, dans quelle position, et quel plaisir il entendait lui procurer. Le tout avec moult détails anatomiques... Le refrain était très entraînant et les rimes riches.

Tandis qu'il chantait, Sylvie sentit le rouge lui monter aux joues tandis qu'une onde de chaleur la submergeait. Elle eut soudain la certitude que ce satané Tom Shaughnessy venait d'improviser ces paroles pour le moins évocatrices.

Pour l'amour du ciel, elle avait dansé devant des rois ! Elle ne se rappelait pas quand elle avait rougi de la sorte pour la dernière fois. Or cet homme venait de lui faire perdre contenance comme jamais cela ne lui était arrivé.

Quand il eut terminé, le silence s'installa, aussi solennel qu'après un tomber de rideau. L'expression de Tom était grave, mais ses yeux pétillaient de malice. Les mains derrière le dos, il attendit ses commentaires.

Jamais Sylvie ne s'était trouvée à ce point à court de mots.

— C'était… commença-t-elle d'une voix rauque. C'était une tout autre chanson que la première, monsieur Shaughnessy.

— Vraiment ? fit-il d'un air faussement innocent. Henri m'a induit en erreur. J'irai lui en toucher deux mots.

— Mais vous chantez très bien, ajouta-t-elle en hâte, le cœur battant.

— Vous êtes cruelle. Seriez-vous en train de vous moquer de moi, demanda-t-il avec le sérieux d'un écolier qui cherche à résoudre un problème d'arithmétique.

Elle ne put s'empêcher de rire de ce badinage qui lui plaisait plus qu'il n'aurait dû. C'était un pas de deux qui lui coupait le souffle.

Naturellement, sa réaction ne fit que l'encourager.

— Quelle partie de cette chanson avez-vous préférée, mademoiselle Chapeau ?

— La fin, répondit-elle vivement, se ressaisissant.

— Hum, fit-il, pensif. C'est possible, mais…

Il effleura du bout du doigt la joue empourprée de Sylvie.

— … vous auriez dû voir comme le reste de la chanson vous a joliment empourpré les joues.

Elle se figea. Quelle suffisance, quelle prétention !

Il laissa retomber sa main, et la regarda brièvement, l'air perplexe.

Alors même que l'indignation s'emparait d'elle, le souvenir du contact furtif de son doigt sur sa joue continuait de tarauder Sylvie.

Un silence pesant tomba entre eux.

— Ce n'en est pas moins une chanson évocatrice, mademoiselle Chapeau, vous ne trouvez pas ? reprit-il enfin.

— Elle n'a suscité en moi que l'envie d'entendre chanter un *bon* ténor, monsieur Shaughnessy.

Cette tentative désespérée pour retrouver une contenance et prendre ses distances était un peu pathétique.

— Dans ce cas, je vous dois des excuses, déclarat-il, l'air sincèrement déçu. Je pensais que vous en aviez compris les paroles. De toute évidence, je me trompais. Je me suis mépris à votre sujet. Finalement, vous n'êtes qu'une simple innocente.

— Je ne suis pas une *simple*…

Un sourire canaille apparut sur les lèvres de Tom.

— Oui ?

Trop tard, elle se rendit compte combien il était grotesque de chercher à défendre son honneur en affirmant ne pas être innocente. Bizarrement, c'était le mot « simple » qui l'avait fait réagir vivement. Elle n'avait jamais été « simple » en quelque domaine que ce fût.

Ne sachant trop comment se tirer de ce mauvais pas, elle décida de garder le silence.

— Hum, je me doutais bien que vous ne l'étiez pas, observa-t-il, nonchalant.

Il sortit de sa poche une montre qui scintilla dans la pénombre. Découvrant l'heure qu'il était, il reprit d'un ton brusque :

— Pour en revenir au sujet qui nous intéresse, mademoiselle Chapeau, je ne dirige pas une association charitable.

Elle cilla. Il donnait soudain l'impression d'avoir déjeuné sur le pouce et de quitter la table pour vaquer à ses occupations.

— Pardon ? fit-elle.

— C'est très simple. Vous pouvez chanter une chanson paillarde de mon choix, ou bien danser avec les autres filles, ou encore vous en aller. À vous de voir. Certes, vous avez un physique agréable, mais ce ne sont pas les beautés qui manquent en ce bas monde. Au *Lys blanc*, c'est une qualité indispensable. Si vous aviez été quelconque, je vous aurais congédiée plus tôt. Je vous l'ai dit, je ne peux me permettre de faire la charité.

Sylvie en demeura sans voix. *Un physique agréable ?* Un peu plus tôt, il l'avait trouvée belle.

— Cela s'appelle le travail, mademoiselle Chapeau. Mais peut-être que cette notion vous est étrangère…

Cette accusation lui fit l'effet d'un coup de poignard. Puis l'indignation et la colère montèrent en elle.

Tout ce qui lui était précieux dans la vie, son lit douillet, les applaudissements nourris, les bouquets de fleurs après le spectacle, les piques des autres danseuses, pleines de respect et d'envie, l'adulation du Tout-Paris et la dévotion d'un homme comme Étienne… Elle avait tout obtenu à force de travail, de rigueur et de détermination. Que savait ce ruffian des souffrances endurées pour faire rêver un public par sa grâce et son talent de danseuse ?

La colère la paralysait presque.

— Vous ne savez rien de moi, monsieur Shaughnessy, articula-t-elle froidement.

— À qui la faute, mademoiselle Chapeau? rétorqua-t-il d'un ton aimable, comme si son indignation n'était qu'une brise d'été.

Elle se mura dans un silence incrédule.

— Cela signifie-t-il que vous savez ce qu'est le travail? reprit-il patiemment en plongeant les yeux dans son regard vert.

— Oui, monsieur Shaughnessy, répliqua-t-elle d'un ton où perçait l'ironie. Je pourrais même vous en remontrer sur le sujet.

Il laissa échapper un rire bref.

— Je n'en doute pas une seconde, mademoiselle Chapeau! Prenez mon métier, par exemple. Cela ne me dérange pas de donner des ordres à un groupe de jolies filles. C'est même jeu d'enfant. Je suis impatient d'entendre ce que vous avez à m'apprendre. En attendant, il faudra que vous portiez ce que le Général vous dira de porter, que vous fassiez ce qu'il vous dira de faire. Vous devrez sourire et coopérer avec les autres filles. Cela vous semble-t-il du domaine du possible, ou préférez-vous partir tout de suite?

Elle écoutait ses paroles, mais ne parvenait à chasser de son esprit l'expression «physique agréable». C'était étrange qu'elle en soit blessée à ce point. Allait-il vraiment la renvoyer si elle refusait d'obtempérer? Elle ne lui était pas aussi indifférente qu'il voulait le faire croire, elle le sentait, et elle était tentée de se risquer à le prendre au mot.

Cela dit, Tom Shaughnessy était peut-être du genre à s'emballer pour la nouveauté, puis à se lasser très vite. Un homme aussi séduisant était conscient de son charme. Toutes les femmes rampaient à ses pieds, avait dit Rose. Il était comme un miroir reflétant le monde à l'envers: chez lui, tout était différent, neuf, exaspérant parfois, mais aussi vivifiant qu'une rasade de whisky, et sans doute aussi dangereux et enivrant.

Sylvie avait sa fierté, mais elle avait également besoin d'argent.

— Quand serai-je payée ?

Était-ce un effet de la lumière, ou était-ce du soulagement qui adoucit brièvement l'expression de Tom ?

— Quand vous vous serez produite sur scène face au public, mademoiselle Chapeau, répondit-il. Dans l'intervalle, considérez-vous comme une apprentie vivant de la charité du *Lys blanc*. Alors, vous restez ?

Sylvie Lamoureux, apprentie danseuse de cabaret vivant de la charité !

— Vous restez ? insista-t-il avec un soupçon d'impatience, cette fois.

S'inquiétait-il de son départ imminent ou du rendez-vous auquel il risquait d'arriver en retard ? s'interrogea-t-elle. Il consulta nerveusement sa montre. Peut-être finançait-il son théâtre grâce au butin de malfrats. Devait-il rejoindre l'odieux Biggsy Biggens pour toucher sa part ?

— Je reste, et je...

Elle prit une profonde inspiration.

— ... je danserai, conclut-elle, sarcastique.

Nouveau silence. Par pure vanité, Sylvie l'interpréta comme du soulagement.

— Très bien, fit-il. En retournant répéter, présentez vos excuses au Général. Il m'avait prévenu que vous causeriez des problèmes. Peut-être parviendrez-vous à le convaincre du contraire.

Son sourire ironique indiquait qu'il n'y croyait guère, mais elle ne fit rien pour l'en détromper.

— Quand vous aurez terminé, Sylvie, demandez à Joséphine de vous montrer votre chambre. Je lui ai ordonné de vous faire préparer quelque chose à manger. Il ne faudrait pas que vous mouriez de faim...

Elle soutint dignement son regard.

— Merci, parvint-elle à murmurer.

Puis elle tourna les talons pour aller rejoindre le petit troupeau de femelles hostiles. Cependant, incapable de résister à la tentation, elle jeta un coup d'œil par-dessus son épaule pour voir s'il admirait sa sortie.

Ce n'était pas le cas. La mine sombre, il fixait sa main.

— Vous saluerez la jolie Melinda de ma part, répondit-il avec une solennité feinte, en levant son verre. Je suis heureux d'avoir contribué au bonheur de deux êtres aussi précieux.

— À Melinda et au major! renchérit le groupe à l'unisson.

Ils vidèrent leur verre d'une traite, puis enchaînèrent plusieurs autres tournées.

— Venons-en maintenant à l'affaire qui nous intéresse, proposa enfin Tom. Messieurs, je crois pouvoir affirmer que le *Lys blanc* a largement contribué au... bonheur de nous tous, ces dernières années. Notre ami le major ne me contredira pas sur ce point.

— En effet, confirma le major, sous les rires de ses amis. Vous avez fait du bon boulot, Shaughnessy. Grâce à vous, j'ai doublé la mise. Vous avez le don pour ce genre d'affaires.

Les autres approuvèrent.

Tom accepta leurs compliments d'un modeste hochement de tête.

— Je ne saurais rêver meilleurs partenaires financiers que vous, messieurs. C'est pourquoi je vous ai conviés, ce soir. J'aimerais que vous soyez les premiers à être informés d'un... projet exclusif.

Pinkerton-Knowles étouffa une éructation.

— Un projet, Shaughnessy? Quel genre de projet?

— Eh bien, il s'agirait de participer à l'une des entreprises les plus audacieuses, les plus lucratives, les plus sûres de toute votre existence, répondit-il posément. Dois-je continuer?

Le silence se fit. La bonhomie fit place au plus grand sérieux.

— Messieurs...

Doué d'un sens inné du spectacle, Tom écarta les rideaux de la fenêtre. La lumière entra, éclairant un superbe croquis installé sur un chevalet.

— Je vous présente le *Gentleman's Emporium*. Un théâtre, un club huppé, une salle de jeux, des divertissements… le tout sur plusieurs étages, au sein d'un bâtiment élégant. Imaginez une sorte d'alliance entre le *Lys blanc* et le *White's*, ce dernier étant allié au *Gentleman Jackson's*. Imaginez que, en tant que membres, vous puissiez dîner en privé avec de belles femmes, après un spectacle de qualité.

— « Dîner », seulement ? fit l'un des notables, un peu déçu.

Quelques huées lui répondirent.

— Dîner seulement, confirma Tom, compatissant. Ce que vous parviendrez à obtenir d'elles *après* le repas est une autre histoire, naturellement.

Il se tut le temps que les rires se calment et que le silence revienne dans la pièce.

— Pour ces choses-là, vous devrez trouver un autre endroit, car le *Gentleman's Emporium* n'offrira aucune prestation de cette nature.

C'était là une façon diplomatique de leur préciser qu'il ne s'agirait pas d'une maison close.

— J'aimerais être aussi persuasif que vous, Shaughnessy.

— Je me réjouis que ce ne soit pas le cas, rétorqua Tom.

Les hommes rirent de plus belle, puis le silence revint.

— Et les locaux ? s'enquit le major. Vous comptez construire ou acheter ?

Un frisson d'excitation parcourut Tom. Ce type de questions trahissait un intérêt authentique.

— Acheter, rénover et construire. J'ai déjà repéré le bâtiment. Il nécessitera pas mal de travaux, mais vous voyez sur ce croquis quel aspect il aura ensuite. Je vous invite à regarder de plus près.

Dans un silence religieux, ils se groupèrent autour de l'illustration et en scrutèrent les moindres détails. Puis ce fut une pluie de questions sur l'emplacement, les autorisations, les délais, les aspects... artistiques. Il leur répondit habilement.

Puis chacun reprit sa place, l'air pensif. Tom les observa, attendant de leur part la question essentielle que nul n'avait encore posée. Une question qui trahirait plus qu'un vague intérêt. Hélas, il ne pouvait la soulever lui-même sans se placer dans une position vulnérable !

Le major prit la parole.

— Autant que ce soit moi qui pose la question, Shaughnessy. Combien voulez-vous de chacun d'entre nous ?

Tom le lui dit sans détour. Le silence qui lui répondit était de ceux qui suivent un direct à l'estomac.

— Bon sang, Shaughnessy ! s'exclama le major dès qu'il eut retrouvé ses esprits. C'est une idée de génie, je vous l'accorde. Si quelqu'un est capable de mener à bien un tel projet, c'est bien vous. Mais vous n'avez pas une épouse à gâter, un fils à envoyer à Eton ou à Oxford. Moi si, et l'argent...

— Votre fils n'a pas cinq ans, major, lui rappela Tom. Votre investissement aura plus que doublé quand il sera en âge d'aller à Oxford.

Certains se moquèrent gentiment du manque d'audace du major. C'était bon signe. Ils commençaient à se remettre du choc initial et à entendre le chant des sirènes. L'heure des négociations avait sonné.

— Le fils de Tom n'ira jamais à Eton ou à Oxford, n'est-ce pas ? Ne le prenez pas mal, mais vous avez vraiment de la chance, Tom. Nous devons donner à nos enfants un bon départ dans la vie, et les enfants coûtent les yeux de la tête.

D'autres rires fusèrent.

Tom était trop sûr de lui et de sa réussite pour s'offusquer d'une telle remarque. N'était-il pas absurde, en effet, d'imaginer le fils d'un bâtard irlando-gitan à Oxford, entouré de jeunes gens de bonne famille ?

Il rit donc de bon cœur ; l'homme de spectacle qu'il était savait ce qu'il fallait faire pour leur vendre son projet. Cependant, cette remarque, si juste soit-elle, ne l'amusait que très peu.

Le moment était venu de reprendre le contrôle de la situation, ce qui faisait d'ailleurs partie de sa stratégie. Il ferma les rideaux, privant ses invités du spectacle alléchant de bénéfices potentiels et de divertissements masculins.

— Messieurs, il me reste à vous remercier d'être venus. Je recherche un groupe très restreint d'investisseurs triés sur le volet, des hommes en qui j'ai toute confiance, c'est pourquoi j'ai d'abord pensé à vous. Rien ne me ferait plus plaisir que de continuer à contribuer à votre richesse et à votre bonheur... sans parler des miens.

Des rires approbateurs lui répondirent.

— Mais le propriétaire du bâtiment en question exige une réponse sous quinzaine, car il a d'autres acquéreurs potentiels. Réfléchissez, posez-moi toutes les questions qu'il vous plaira. Vous savez où me trouver...

— Il suffit de chercher des jolies femmes ! lança un homme un peu éméché.

— Ou bien d'aller voir dans les bras de Bettina, au *Gant de velours*, à minuit !

Tom sourit.

— Sans nouvelles de vous d'ici à quinze jours, j'en déduirai que vous avez décidé d'investir votre argent ailleurs, conclut-il. J'espère vous voir au *Lys blanc*, ce soir. J'aimerais que vous soyez les premiers à savoir que nous avons en projet un numéro extra-ordinaire, ajouta-t-il en baissant la voix.

Tous se penchèrent vers lui avec un enthousiasme juvénile.

— Dites-nous tout, Tom !

— Je vais vous donner un indice, messieurs. Un seul mot, alors ne l'oubliez pas.

Calculant son effet, il articula dans un murmure :

— Vénus.

— Vénus, répéta l'un de ses compagnons, impressionné.

— Parlez-en autour de vous. Vous n'avez jamais rien vu de tel, et vous ne l'oublierez pas de sitôt.

Outre cette chanson grivoise improvisée pour Sylvie Chapeau, la journée avait été une succession de défis. De retour de sa réunion avec les investisseurs, Tom décida de s'entretenir avec Daisy. Il voulait régler le problème une fois pour toutes. Elle dînait souvent dans sa loge avant le spectacle, et ne se joignait jamais aux autres filles pour les répétitions.

Comment aborder la question ? Avec gravité ? Sévérité ? Entrain ? La tâche était délicate. Daisy était finaude, et ils se connaissaient presque trop bien. De longues années de complicité, de triomphes, et de tragédies avaient forgé leur amitié. Une amitié souvent houleuse, mais précieuse à bien des égards.

— Je veux jouer Vénus, Tom, déclara-t-elle à brûle-pourpoint dès qu'il eut franchi le seuil de sa loge.

Enfer et damnation. Comment avait-elle deviné ? Le Général ne pouvait avoir mangé le morceau. En songeant aux investisseurs qu'il avait quittés une heure plus tôt, il jura intérieurement. L'un d'eux s'était manifestement débrouillé pour informer Daisy. Celle-ci était assez futée pour deviner que s'ils ne lui avaient pas encore parlé de ce spectacle, c'était qu'ils avaient une autre Vénus en tête.

— Écoute, Daisy, tu ne crois pas que tu devrais accorder aux autres filles une chance de briller, de temps en temps ?

— Pourquoi ?

D'abord, et elle ne l'ignorait pas, Daisy commençait à vieillir. Son menton devenait flasque, son postérieur plus gros que pulpeux, ses costumes de plus en plus amples, ses seins moins sémillants qu'autrefois. Tous deux en étaient conscients, de même que le Général. Mais Daisy voulait entendre Tom le lui dire en face, tout en sachant que jamais il ne le ferait.

Qu'elle aille au diable !

— Parce que j'ai besoin de les occuper, dit-il. Et que si j'offrais à une ou deux d'entre elles l'occasion de faire ses preuves, cela apaiserait les tensions…

Ce n'était pas totalement faux, et Daisy le savait. Tom décela dans son regard une lueur d'amusement et d'admiration teintée d'ironie.

— Tu songes à laquelle ? demanda-t-elle. La petite Molly ? Elle manque de présence.

De présence ? Depuis quand Daisy s'en souciait-elle ? Il était temps de se montrer ferme.

— Daisy, le *Lys blanc* vit grâce aux nouveautés. Changer de vedette est une question de stratégie, tout simplement. Et si le spectacle ne fonctionnait pas…

— Il ne peut pas échouer, coupa Daisy. C'est pourquoi je tiens à jouer Vénus. C'est une idée merveilleuse, et le Général est un gén…

Elle s'interrompit abruptement et se tourna vers le miroir pour s'occuper de sa chevelure.

— Le Général est quoi, Daisy ?

— Un bouffon qui a besoin d'une cour.

— C'est curieux, mais j'aurais juré que tu étais sur le point de le qualifier de génie.

— Cette demi-portion tyrannique n'est pas plus un génie que tu n'es un saint, Tom.

— C'est bien le seul rôle que je n'aie jamais endossé, mais j'y songerai…

Elle lui adressa un rictus narquois dans le miroir.

— Ne détourne pas la conversation, Tom. Tu sais bien que je serais parfaite en Vénus.

Il n'était pas de cet avis. En observant Daisy, il s'efforça d'imaginer une coquille d'huître géante en train de s'ouvrir sur une perle aux cheveux teints en roux et aux formes opulentes, au lieu de la créature de Botticelli qu'ils envisageaient, le Général et lui. Il n'y avait pas à discuter. La survie de son théâtre dépendait de ce projet, ainsi que son rêve du *Gentleman's Emporium*.

De plus, il avait fait une promesse au Général, qui devait avoir une idée derrière la tête, et seule une fille frêle conviendrait.

— Daisy…

— À présent, écoute-moi, espèce de salaud ! coupa-t-elle en faisant volte-face.

Elle brandit sa brosse à manche de nacre qui devait valoir une fortune, comme tous les objets de la pièce : canapé capitonné de velours rose, tapis orientaux, miroir doré…

— Dois-je te rappeler grâce à qui ce théâtre tient debout ?

— Au fait que j'aie eu la bonne idée d'exploiter tes talents ? hasarda-t-il avec un sourire triomphal.

Elle voulut le fusiller du regard, n'y parvint pas, et se contenta de soupirer.

— Approche un peu, ordonna-t-elle avec un geste de la main.

Il obéit et la laissa ôter un fil qui pendait d'un bouton de sa veste. Puis elle lissa le tissu avec affection.

— Il ne faudrait pas qu'un détail vienne briser tant de perfection, observa-t-elle avec une pointe d'amertume.

Tom ne savait trop que faire devant tant d'amertume, de fierté blessée, de peur. Il demeura silencieux, sachant qu'elle interpréterait sa réaction comme de la compassion, et détesterait cela. Mais Daisy jouait un peu trop les divas. Elle évitait les autres filles et les traitait avec dédain, arrivait en retard aux répétitions et menait tout le monde à la baguette. Tom n'ignorait rien de ses origines, pas plus qu'elle n'ignorait les siennes. Ce mépris était peut-être sa façon à elle de garder son passé à distance, être propriétaire d'un théâtre et gagner de l'argent étant la sienne à lui.

Mais c'était *lui* qui avait offert à Daisy son trône et son statut de diva. Elle n'avait jamais perdu son accent des faubourgs. Elle n'avait même pas essayé, contrairement à lui, qui avait imité celui des nantis qu'il côtoyait. Il avait enrichi son vocabulaire, s'était cultivé. Il avait ravalé sa fierté et posé des questions. Il avait appris à lire quand Daisy estimait que ses atouts physiques la dispensaient de tout effort.

— Toi aussi, tu vieilliras, tu sais.

Ce n'était ni une accusation ni une menace. Plutôt une supplique qui le mit affreusement mal à l'aise. Il préféra détourner la conversation.

— Tu ne devineras jamais qui j'ai croisé! Biggsy Biggens.

— Biggsy! s'exclama Daisy, les yeux écarquillés. C'est pas vrai! Où ça? Il pendait au bout d'une corde?

Elle ne plaisantait qu'à moitié.

— Il a attaqué la diligence dans laquelle je voyageais.

— Il a bon cœur, mais il n'est pas très futé, ce pauvre Biggsy. Il finira mal.

— Il m'a demandé de tes nouvelles.

— Eh bien, tu vois, même après toutes ces années, on ne m'oublie pas!

Elle croisa le regard de Tom dans le miroir. Il lut dans le sien du défi, de la fierté, mais aussi de la nervosité. Il détestait la nervosité. Elle était déplacée chez quelqu'un comme Daisy et lui donnait l'impression d'être un goujat. Il détourna nonchalamment les yeux, faillit se servir un cognac, puis se ravisa : il avait déjà bu plus que de raison en compagnie des investisseurs.

— Apparemment, Biggsy ne t'a pas descendu, reprit-elle.

— J'ai réussi à l'en dissuader, en souvenir du bon vieux temps. Il a simplement exigé qu'une des passagères l'embrasse, en échange de quoi il nous a laissé presque toutes nos affaires.

Daisy sourit.

— Je retire ce que j'ai dit sur lui. Il l'a obtenu, son baiser?

Tom marqua une pause.

— Oui. Quelqu'un s'est… dévoué.

Il revit la scène : le corps svelte de Sylvie qui, carrant les épaules, se hissait sur la pointe des pieds pour atteindre la bouche répugnante du brigand. La réaction presque humble de ce dernier.

Il ressentit un malaise étrange, une émotion indéfinissable.

Il commença à s'agiter. Cette conversation avec Daisy s'éternisait. Il décida de trancher dans le vif.

— Daisy, j'aimerais qu'une autre que toi interprète Vénus. Je ne sais pas encore qui. J'ai aussi engagé une nouvelle.

Elle leva vivement la tête.

— Tu as engagé une nouvelle ? Quand ?

— Aujourd'hui.

— Le Général est au courant ?

Daisy était décidément rusée.

— Oui, répondit Tom en esquissant un sourire.

— Qui est-ce ? s'enquit Daisy, pensive. Elle remplace Kitty ?

— Elle ne « remplace » personne, rétorqua-t-il. C'est la jeune femme à qui Biggsy a soutiré un baiser.

Daisy en demeura bouche bée.

— Tu l'as engagée par pitié ? Voilà qui ne te ressemble pas, Tom.

Il en fut un peu vexé. Plus que quiconque, Daisy avait bénéficié de son pragmatisme et de son sens des affaires, mais il n'était pas dépourvu de cœur, et elle le savait. Attribuant cette réflexion à sa fierté bafouée, il ne releva pas. Il se doutait qu'elle n'en serait que davantage blessée, mais ne put s'en empêcher.

— Je l'ai engagée sur une impulsion.

C'était là une réponse plus acceptable pour Daisy.

— Il faut dire qu'elle m'a agressé avec une aiguille à tricoter quand je lui ai touché le bras.

Manifestement intriguée, Daisy émit un petit rire incrédule.

— Elle est jolie ?

— Non. Je me suis dit que ce serait bien, d'engager une fille avenante, pour changer.

— Je cherchais simplement à m'assurer que tu possédais encore toutes tes facultés, Tom. Cette fille... tu crois que ce sera elle, ta Vénus ?

Oui... Non... Enfin, peut-être, songea-t-il.

— Je n'ai encore rien décidé.

— En tout cas, tu as décidé que ce ne serait pas moi.

— Je suis ravi que tu l'aies compris, Daisy.

Sur ce, il quitta la loge. Fort sagement, Daisy se garda de tout commentaire. Elle ne connaissait que trop bien les limites de Tom.

Le Général les fit travailler d'arrache-pied pendant trois heures. Quoique épuisée, Joséphine joua les mêmes airs encore et encore. Toute autre serait devenue folle, mais Sylvie comprenait cette exigence. Elle-même avait répété ses ballets d'innombrables fois, reproduisant les mêmes gestes, les mêmes figures, jusqu'à atteindre la perfection.

Ce spectacle ne malmenait guère son corps aguerri. En revanche, sa dignité souffrait comme jamais.

Les autres filles dansaient avec entrain, du moins avec un certain enthousiasme, déployant le même naturel que si elles balayaient le sol. Elles souriaient, tournoyaient, bondissaient, ondulaient des hanches, exposant une cheville, ici ou là. Sylvie, quant à elle, ne s'habituerait jamais à agiter le derrière en poussant des cris stridents.

Molly chanta même une chanson grivoise que les autres reprenaient en chœur tout en agitant de manière suggestive leur baguette magique. Sylvie comprenait désormais l'importance de cet accessoire : il servait à donner des fessées – à soi-même ou à ses compagnes.

À son corps défendant, elle se retrouva en train de fesser le voluptueux derrière de Molly. Dieu du ciel !

Elle assimila rapidement la chorégraphie, qui n'exigeait ni la grâce ni la précision d'un jeté ou d'un entrechat. Au bout d'une heure, le Général ne l'avait réprimandée qu'une ou deux fois.

— Lève les fesses, Sylvie ! Et ne fais pas la grimace quand tu donnes une fessée à Molly ! Elle a un postérieur magnifique ! Considère cela comme un honneur !

Sylvie serra les dents pour ne pas lui répondre. Elle avait tellement faim qu'elle était au bord de l'évanouissement lorsque le Général mit enfin un terme à la répétition.

Les danseuses se dispersèrent et regagnèrent leur loge pour se changer. Elle se demandait si elle devait les suivre quand quelqu'un lui toucha le bras. C'était Joséphine, les joues rouges et le chignon un peu de guingois après cette séance énergique au piano.

— M. Shaughnessy m'a demandé de m'occuper de toi. Et j'ai l'impression que tu as grand besoin de manger. Tu es un peu pâle. Viens avec moi.

Sylvie emboîta le pas à la pianiste qui s'engagea dans un long couloir étroit. En passant devant la porte close de la loge, elle perçut des gloussements. N'aurait-elle pas dû se changer et ranger sa baguette magique ? s'interrogea-t-elle, se sentant exclue de la bonne humeur ambiante. Peut-être l'accueil serait-il plus chaleureux maintenant qu'elle avait crié et donné des fessées.

Cela dit, à Paris déjà, son statut de danseuse étoile la mettait à part. Dans le corps de ballet, certaines la flattaient, d'autres complotaient contre elle, d'autres encore étaient ouvertement jalouses, mais toutes l'enviaient.

Elle avait l'impression qu'un mur invisible la séparait des autres, un peu comme dans la diligence après l'attaque.

Elle porta la main à sa poitrine pour palper le portrait miniature de sa mère et songea à Susannah. Comment savoir si elle était rentrée de France ?

Joséphine la vit regarder la porte de la loge.

— Tu ferais mieux de manger d'abord, lui conseilla-t-elle. M. Shaughnessy sera fâché si tu t'évanouis. Ce serait un mauvais exemple pour les autres filles, ajouta-t-elle avec un sourire, pour montrer qu'elle plaisantait. Je vais te montrer ta chambre.

Elles passèrent devant une porte à double battant semblable à celles qui donnaient dans la salle de bal, dans les belles demeures. Sylvie entendit des bruits de marteaux et de scies. Un objet lourd tomba à terre avec fracas. Un homme se mit à jurer comme un charretier. Sylvie crut reconnaître la voix du Général.

— Ils sont en train de construire des décors, expliqua Joséphine à voix basse. Pour *Vénus*, ajouta-t-elle d'un ton empreint de respect.

Que diable était-ce que cette *Vénus* ?

Joséphine et Sylvie gravirent une volée de marches, apparemment un escalier de service. Puis elles longèrent un nouveau couloir jalonné de portes étroites. Seule une petite fenêtre éclairait les lieux. Les quelques chandelles disposées dans des niches n'avaient visiblement pas servi depuis longtemps.

— Le *Lys blanc* était en piteux état quand M. Shaughnessy l'a racheté. Il en a fait un théâtre magnifique, expliqua fièrement Joséphine, comme si ce dernier était son propre fils.

Elle s'arrêta devant la troisième porte à gauche.

— Voici ta chambre, ma belle. En général, les filles dînent seules avant le spectacle. Elles se font monter une collation par la gouvernante.

Sur la table de chevet, Sylvie découvrit un plateau couvert d'une serviette. Elle en souleva un coin, redoutant la viande bouillie qu'il dissimulait peut-être. Elle découvrit deux tranches épaisses de pain frais. Rassurée, elle ôta la serviette. Il y avait aussi du fromage découpé en lamelles généreuses, ainsi que deux pommes et du blanc de volaille rôtie, sans oublier des couverts étincelants, une théière et une tasse.

Sylvie était en proie à une faim si violente que son estomac se souleva. Cela faisait vingt-quatre heures qu'elle n'avait pas fermé l'œil, se rendit-elle compte comme une lassitude sans nom s'emparait d'elle.

Elle balaya la pièce du regard. Le plancher, propre, était en partie recouvert d'un tapis. Un petit lit en fer, avec des draps blancs, un édredon, un couvre-pieds et deux oreillers moelleux, était appuyé contre le mur. Sur une table de toilette étaient posés un broc et une cuvette. Il n'y avait ni fenêtre, ni cheminée, mais une coiffeuse surmontée d'un miroir ovale suspendu par un ruban à un simple clou.

Rien à voir avec l'appartement sombre et encombré de Claude, à Paris. Et à mille lieues du luxe que serait son existence avec Étienne. Mais cette simplicité et cette propreté étaient rassurantes, comme une cellule de religieuse.

À cette pensée, elle faillit éclater de rire. La faim l'égarait ! Grâce à Étienne, elle n'avait rien d'une nonne.

— Le pot de chambre se trouve sous le lit, précisa Joséphine d'un ton détaché. Tu pourras descendre à la cuisine un peu plus tard, si tu veux. Mme Pool a préparé une tarte. Tu n'auras qu'à suivre les effluves dans l'escalier. On n'est pas très nombreux à loger au théâtre : moi, la gouvernante, Mme Pool et les domestiques, et M. Shaughnessy.

— M. Shaughnessy vit ici ?

Sylvie l'imaginait plutôt dans un appartement cossu, ou une belle maison. Cela dit, elle l'avait rencontré dans une diligence. Son budget passait peut-être intégralement dans l'achat des boutons argentés de sa veste.

— M. Shaughnessy est quelqu'un de pratique, répondit Joséphine. Il habite sur son lieu de travail. Il connaît le sens du mot « économie ».

Mais pas celui du mot « sobre » à en juger par son apparence, songea Sylvie. Le contraste était intéressant.

— Le Général a un appartement en ville, poursuivit la pianiste. Au fait, si tu sais manier l'aiguille, tu pourras donner un coup de main pour les costumes. En dehors des répétitions, expliqua Joséphine, l'air plein d'espoir. Enfin, c'est M. Shaughnessy et ses idées. Il en a toujours un tas, et il veut qu'on les réalise tout de suite. Il arrive qu'on couse le matin, qu'on répète l'après-midi et qu'on se produise sur scène le soir.

Gagnerait-elle davantage pour ces travaux de couture ? Après tout, pourquoi pas ? Un peu de couture l'occuperait. Elle accepta d'un signe de tête.

— Quelle heure est-il ? s'enquit-elle.

— Il est l'heure de manger. Je viendrai te chercher avant le spectacle, vers 8 heures.

— Pour y assister ?

— Tu seras sur scène, ce soir, ma belle ! C'est pour ça que M. Shaughnessy t'a engagée, non ? On va épingler ton costume, et on fera les retouches demain. Le travail ne manque pas au *Lys blanc*, tu verras.

Elle sourit et sortit, laissant Sylvie à son festin.

Celle-ci hésita entre le plateau et les oreillers moelleux. Quelques instants plus tard, oubliant les bonnes manières, elle dévorait à belles dents, et avec les doigts. Une fois l'estomac plein, elle se sentit beaucoup mieux.

Il n'était sans doute pas raisonnable de se coucher juste après avoir mangé, mais son corps fourbu ne lui laissait pas le choix. Elle s'essuya les lèvres avec la serviette et s'écroula sur le lit avec un soupir d'aise. Sa tête avait à peine touché les oreillers qu'elle dormait.

7

Sylvie fut réveillée en sursaut par quelques coups frappés à la porte. Durant son sommeil, elle s'était empêtrée dans son costume de fée. Elle remua les jambes pour s'en dégager, puis roula sur le côté en clignant des yeux. Sa baguette magique était posée à côté d'elle, sur l'oreiller.

Ce n'était donc pas un cauchemar…

— Sylvie? Il est temps de te préparer pour le spectacle, ma belle! fit la voix enjouée de Joséphine, derrière le battant.

Sylvie saisit sa baguette et se leva d'un bond pour aller ouvrir la porte. La pianiste la détailla d'un œil critique.

— Avec un peu de rouge à lèvres, quelques épingles et les cheveux sur les épaules, tu devrais être plutôt jolie, fit-elle, résignée. Allez, suis-moi!

Les deux femmes rejoignirent la loge pleine de jeunes filles pulpeuses en tenue légère. Elles fouillaient dans les armoires en quête d'accessoires tout en s'extasiant sur les petits présents offerts par leurs admirateurs. Les lampes nimbaient leurs bras nus d'une lueur dorée et faisaient scintiller leurs cheveux et leurs ailes de fées.

Lizzie exhiba fièrement une paire de boucles d'oreilles.

— Oh, des grenats ! s'exclama Molly. Des dormeuses…

— Hélas, on peut en dire autant du type qui me les a offertes, commenta Lizzie. Pas très vigoureux, le bonhomme, si tu vois ce que je veux dire…

Elle fit un geste éloquent avec sa baguette magique, déclenchant l'hilarité générale. Molly ouvrit une petite boîte et se figea.

— Qu'est-ce que tu as là ? s'enquit Lizzie.

La jeune femme sortit un éventail en ivoire et soie très raffiné, dont le prix équivalait sans doute à une dizaine de paires de boucles d'oreilles en grenat. Elle osait à peine le toucher. Les autres retinrent leur souffle.

— C'est un nouvel admirateur, confia Molly avec une nonchalance feinte. Il a chargé Poe de livrer cette boîte à la plus… jolie fille du théâtre.

Elle avait hésité, comme si cet adjectif ne faisait pas partie de son vocabulaire, comme si elle n'était pas certaine qu'il s'appliquât à elle… Mais elle retrouva vite un air triomphant. Peut-être voyait-elle enfin là la confirmation de quelque chose qu'elle soupçonnait depuis longtemps.

Du seuil, Sylvie remarqua la délicatesse de l'éventail. Un cadeau presque ostensiblement singulier, destiné à intriguer sa destinataire, à la flatter, à la désarmer… Un premier pas dans le jeu de la séduction, elle le savait. Un homme fortuné pouvait offrir des bijoux à une fille comme Molly – Sylvie avait été couverte de joyaux par certains admirateurs transis –, mais seul un homme de goût aurait choisi cet éventail si recherché. C'était le genre de présents qu'Étienne lui offrait lorsqu'il avait commencé à la courtiser. Des petits cadeaux scintillants auxquels elle avait fini par s'habituer, puis attendre avec impatience.

Elle se sentit soudain comme oppressée. Elle prit une profonde inspiration, puis expira, comme pour se prouver qu'elle respirait encore.

Peut-être était-ce dû au fait qu'elle n'avait pas dansé (*vraiment* dansé) depuis des jours, n'avait pas ressenti le plaisir de l'effort, le front moite, les muscles tendus. Son corps brûlait de s'étirer, de se libérer…

Quand aurait-elle de nouveau l'occasion de se produire sur scène ? Dans un ballet, bien sûr. Pas dans ce… cette parodie de spectacle qu'on appelait « danse » au *Lys blanc*.

— Tu l'as vu, ce type, Molly ? Il est beau garçon ? s'enquit Lizzie d'une voix pressante.

— Je le saurai ce soir, après le spectacle, répondit Molly. Il m'envoie un fiacre. C'est Poe qui me l'a dit.

— Tu as tellement d'admirateurs ! soupira Rose, résignée, mais sans rancœur. J'espère qu'il ne sera pas trop… endormi, celui-là.

Les rires fusèrent.

— Tes autres admirateurs ne vont pas être jaloux, Molly ?

Blasée, la jeune femme haussa les épaules.

— J'ai dit à Belstow que je ne pouvais pas lui accorder plus de temps tant qu'il ne recevrait pas plus d'argent de son père. Quant à Lassiter, ce qu'il ignore ne peut l'ennuyer.

Elle leva les yeux de son éventail, qu'elle n'avait cessé de contempler, et remarqua Sylvie et Joséphine sur le seuil.

— Tiens, voilà Mlle Poulette déplumée !

— Oh, tu seras une fée dès ce soir, Sylvie ? s'enquit Rose, ravie. Demain, tu joueras peut-être une demoiselle en détresse.

— C'est vrai que tu as embrassé un bandit de grand chemin ? demanda Jenny, les yeux écarquillés. C'est Rose qui nous l'a raconté.

— C'est vrai, confirma Sylvie. Il exigeait un baiser en échange de quoi il ne dévalisait pas la diligence. Alors je l'ai embrassé.

— Oh !

Tous les regards convergèrent sur Sylvie. Seule Molly s'était tournée vers la glace et posait du fard sur ses pommettes, s'efforçant désespérément de ne pas avoir l'air intéressé.

Sylvie haussa nonchalamment les épaules, et omit délibérément de préciser que le brigand lui avait volé tout son argent, ainsi qu'une lettre très importante de sa sœur, d'où sa présence parmi elles.

Entretenir le mystère n'était pas une mauvaise idée, et pouvait même se révéler utile. Joséphine lui fit lever les bras.

— Ne bouge pas, ordonna-t-elle, je vais épingler ta robe.

Ses mains expertes s'affairèrent pour rajuster le costume.

— Alors M. Shaughnessy t'a engagée pour ton courage ? voulut savoir Lizzie.

Étrangement, Sylvie se sentit un peu insultée. « Non, parce que je suis belle ! » faillit-elle répliquer.

Pour quelle autre raison l'aurait-il engagée, sinon ?

— Je ne sais pas, répondit-elle sans grande franchise. J'avais besoin de travailler.

— Pas de haussements d'épaules, la prévint Joséphine en prenant une nouvelle épingle.

La porte s'ouvrit soudain à la volée, si violemment qu'elle heurta le mur. Les filles sursautèrent et se mirent à crier.

Un homme se tenait sur le seuil : jeune, séduisant, mais un peu enveloppé, déjà, il avait le visage rouge de colère, le souffle court comme s'il avait couru. Ses poings crispés étaient levés, prêts à frapper.

Sylvie sentit venir le danger.

— Va chercher de l'aide, souffla-t-elle à Lizzie, la plus proche de la sortie.

Plaquée contre le mur, Lizzie parvint à sortir comme l'inconnu s'avançait. Il tourna la tête, repéra Molly.

— Toi ! fit-il, méprisant, en s'approchant.

Il empoigna le haut de sa robe d'une main et la força à se lever.

— Qui est cet homme ?

— Belstow, je…

— Dis-moi qui c'est ! gronda-t-il. À qui accordes-tu tes faveurs, désormais, sale garce ?

Au grand effroi de Sylvie, il gifla Molly, qui poussa un cri. Quand il leva de nouveau la main sur elle, Sylvie s'interposa.

Avant chaque spectacle, pendant que les filles se préparaient, Tom et le Général se retrouvaient pour discuter des affaires du *Lys blanc* dans un petit bureau confortable. Des fauteuils moelleux étaient installés près de la cheminée où crépitait un feu qui éclairait des fresques spectaculaires, plus licencieuses que celles de la salle : satyres et nymphes, dieux et déesses s'y ébattaient sans vergogne. Depuis qu'il savait lire, Tom aimait la passion charnelle joyeuse et sans honte qui traversait les mythes grecs, leur violence et leur énergie, leur magie et les leçons qu'on pouvait en tirer.

Toutefois, un personnage important ne figurait jamais dans les fresques : celui de Chiron, le guérisseur blessé, qui n'avait rien d'érotique. Chiron souffrait jour après jour, et cette souffrance le rendait plus sage. C'était un maître, un être plein de noblesse.

Tom savait que lui-même n'avait rien de noble, et doutait de l'être un jour. Constat qui ne l'empêchait nullement de dormir.

Il sortit sa montre en or de sa poche. Le brouhaha du public qui s'installait, impatient d'assister au spectacle, lui parvenait, assourdi. C'était là un son familier qu'il aimait presque autant que le tintement des pièces de monnaie et les gémissements de plaisir d'une femme.

Cette dernière pensée fut suivie d'un petit tressaillement pas désagréable, qui lui fit songer à une femme en particulier.

— Alors, comment s'en est sortie la nouvelle, aujourd'hui, Général ?

Le chorégraphe ôta son cigare de sa bouche et en contempla l'extrémité incandescente.

— Elle n'a pas de fesses, elle est fière, impudente, et je crois que la moitié des filles sont follement jalouses d'elle, à cause de toi et de cette façon que tu as eue de l'imposer au sein de notre petit groupe. D'après toi, comment peut-elle s'en sortir dans ces conditions ?

Cette description amusa Tom, qui sourit.

— Sait-elle au moins danser ? demanda-t-il.

— Elle fera l'affaire, grommela le Général.

— Tant mieux. Je viendrai m'en assurer par moi-même dès demain, pendant la répétition.

— Au fait, tu as… annoncé la nouvelle à Daisy… à propos de Vénus ? hasarda prudemment le Général.

— Oui.

— Et elle a pris la nouvelle gracieusement ? railla-t-il.

— Ça te viendrait à l'idée de décrire Daisy comme un être gracieux ?

Un silence curieux s'installa. Le Général se plongea de nouveau dans la contemplation de son cigare.

— Ce n'est pas le mot qui me viendrait à l'esprit en premier, admit-il.

Les sourcils froncés, Tom étudia son ami. Il avait cru déceler de la nostalgie dans sa voix.

— J'ai déjà reçu des messages du major et de lord Cambry, annonça-t-il. Ils marchent avec nous. Ils veulent participer à l'aventure du *Gentleman's Emporium*.

Il avait beau s'exprimer calmement, il y avait une note de triomphe dans son ton.

— Mmm, fit le Général. Tu as besoin de l'accord de tous les membres du groupe avant de te lancer?

— Si j'obtiens au moins l'engagement de tout le monde cette semaine, j'achète le bâtiment avec le capital que je possède déjà et je signe les accords avec les entrepreneurs. Tu en es, Général?

— Tu as vraiment besoin de me poser la question? Je veux ma part dans cette affaire, Tommy. Tu m'as garanti une rente confortable.

— Tu comprends, maintenant? Nous aurons...

Il s'interrompit comme quelqu'un martelait frénétiquement la porte, se leva d'un bond et l'ouvrit.

Lizzie se tenait sur le seuil, l'air affolé, le souffle court.

— Dans la loge... Molly... M. Bestow... vous feriez mieux de venir tout de suite... Je vous en prie...

Les deux hommes foncèrent dans le couloir.

Un regard suffit à Tom pour comprendre ce qui se passait dans la loge. Molly se protégeait le visage d'un bras, tandis que quatre autres danseuses plus ou moins dévêtues étaient recroquevillées dans un coin. Belstow dominait Molly de toute sa hauteur, le bras levé. Pour la frapper, ou pour se protéger ? C'était difficile à dire.

À côté de lui, Sylvie Chapeau s'apprêtait à le corriger à coups de baguette magique.

D'un geste vif, quoique non dépourvu de douceur, Tom attrapa Sylvie par le bras et la tira derrière lui. Elle résista un instant, presque par réflexe, tant elle était hérissée de colère.

— À quel endroit dois-je vous le donner, monsieur Belstow, je vous prie ? s'enquit Tom d'une voix sourde, avec une politesse trompeuse.

Belstow fit volte-face, étonné, puis se figea.

— Quoi ? répliqua-t-il.

Ce salaud avait presque l'air de s'attendre à recevoir un cadeau.

— Mon coup de couteau, précisa Tom avec une froideur presque enjouée. Dans la gorge, peut-être… ?

Il écarta nonchalamment un pan de sa veste, révélant un couteau dans un fourreau, à sa ceinture. Belstow tressaillit, incrédule.

— Vous n'oseriez pas, Shaughnessy. Je vous signale que j'ai surpris cette traînée avec un autre…

En guise de réponse, Tom l'empoigna par la cravate, le soulevant de terre. Debout sur la pointe des pieds, Belstow vacilla.

— Essaie un peu de me défier, répliqua Tom, impassible, les yeux rivés aux siens.

Le silence se prolongea entre les deux hommes. Belstow blêmit, et Tom sut qu'il avait compris. Il le relâcha brutalement. Les jambes de Belstow cédèrent sous lui, et il tomba à genoux. Nul ne vint lui prêter main-forte pour l'aider à se relever, ce qu'il fit en tremblant. Il se massa le cou.

— Quand mon père apprendra ça, Shaughnessy...

— Je connais votre père, monsieur Belstow, et lorsque je lui ferai part de votre conduite, je peux vous assurer que vous regretterez que je ne vous aie pas éventré. Je me demande s'il approuve qu'on frappe une femme ?

Tom tentait un coup de bluff, car il ne connaissait pas M. Belstow père. Il l'avait vu une ou deux fois, au théâtre. C'était un homme bien, apparemment, et Tom se fiait toujours à son instinct dans ce domaine.

Une fois de plus, il avait vu juste. Belstow parut sur le point de défaillir. Décidément, la plupart de ces freluquets redoutaient les foudres paternelles.

— Inutile de préciser que vous n'êtes plus le bienvenu dans cet établissement, ajouta-t-il poliment. Et je vous laisse imaginer ce qui arriverait si vous remettiez les pieds ici. Partirez-vous par vos propres moyens, monsieur Belstow, ou aurez-vous besoin d'aide ?

Le jeune homme ouvrit la bouche, puis la referma, et foudroya Tom du regard. Ce dernier le fixa sans ciller.

La seconde d'après, Belstow quittait les lieux sans un mot.

Tom referma la porte d'un coup de pied et inspira à fond, conscient du silence pesant.

— Bon, fit-il en se tournant vers Molly. Montre-moi ça.

La jeune femme hésita, leva la tête, la main sur l'œil, honteuse et tremblante. Tom repoussa doucement sa main. Son œil était rouge et enflé. Il n'allait pas tarder à se teinter de toutes les couleurs de l'arc-en-ciel.

— Je… j'ai besoin de travailler, monsieur Shaughnessy.

Elle avait peur, et pour cause. Elle savait que Tom ne pouvait faire monter sur scène une danseuse arborant un œil au beurre noir. Elle savait aussi que des dizaines de filles brûlaient de prendre sa place, car elle gagnait de quoi se payer une chambre convenable et des vêtements, et avait l'occasion de rencontrer des messieurs fortunés. En contrepartie de tous ces avantages, il suffisait d'obéir et de se trémousser en tenue légère.

Nul n'était irremplaçable, elle pas plus que les autres.

Tom la dévisagea Se montrer plus diplomate aurait été plus sage. Belstow était riche, il avait des relations haut placées, dont il connaissait l'importance et les dangers.

Cependant, il méprisait les lâches qui s'en prenaient aux femmes. Quand il vivait dans des taudis, il avait connu la violence provoquée par l'alcool et le désespoir. Mais Belstow, lui, était un homme fortuné qui n'avait jamais manqué de rien. Tom crispa les poings.

— Comment est-il entré ici ? demanda-t-il d'un ton sec à la cantonade. Où est Jack ? Pourquoi ne surveillait-il pas l'entrée ?

Silence.

Jack avait sans doute quitté son poste, attiré par quelque bouteille de gin. Tom évita le regard du Général de peur d'y lire le reflet de sa propre culpabilité dans ses yeux.

Il prit une profonde inspiration. Sans doute devrait-il sermonner Molly, lui recommander de se montrer plus prudente à l'avenir. N'apprenait-on pas par ses erreurs ? Le *Lys blanc* avait permis à bien des âmes égarées de rester dans le droit chemin.

En observant Molly, il eut soudain une inspiration.

— Ce n'est pas une si mauvaise nouvelle, Molly. Nous avons décidé d'introduire un numéro sur le thème des... pirates, dans le spectacle de la semaine prochaine. Le Général va nous construire un bateau, et nous aurons une ou deux chansons de pirate accompagnées d'une chorégraphie. Tu porteras un bandeau sur ton œil au beurre noir. Tu seras ravissante !

Tom n'osait regarder le Général, qu'il venait de contraindre à construire un nouveau décor, créer une chorégraphie et des costumes en une semaine.

Molly s'autorisa un rire timide, réconfortée par les propos de son directeur. Autour de lui, les autres se détendirent, soulagées qu'il ait rétabli l'ordre.

Maintenant qu'il y songeait, des pirates en jupons, ce n'était pas une si mauvaise idée... Encore un coup de génie ! C'était exactement ce dont ils avaient besoin pour tenir leur public en haleine, le temps de monter *Vénus*.

Tom risqua enfin un coup d'œil du côté du Général, qui lui adressa un regard assassin.

— Me... merci, monsieur Shaughnessy, bredouilla Molly.

Tom se tourna vers Sylvie, qui n'avait pas lâché sa baguette. L'étoile scintillait sur le plancher. Sylvie était aussi choquée que les autres, mais ses joues étaient rouges et ses yeux brillaient comme des diamants.

Elle était furieuse.

— Décidément chaque fois que je vous vois, vous tenez à la main un objet pointu, plaisanta-t-il dans l'espoir de l'aider à se calmer.

Elle esquissa un sourire.

— Vous l'avez frappé? reprit-il doucement.

— Pas assez fort, répliqua-t-elle avec fougue.

— Aura-t-il une ecchymose en forme d'étoile? railla-t-il.

— Je l'espère bien.

— Vous a-t-il touchée? reprit-il, soudain inquiet.

— Il m'a poussée, rien de plus.

Tom observa sa frêle silhouette. Sylvie arrivait à peine à l'épaule de Belstow. À la pensée de ce que ce goujat aurait pu lui infliger s'il n'était pas arrivé à temps, l'angoisse lui noua les entrailles. Sylvie n'aurait pas battu en retraite, alors même qu'elle n'avait aucune chance. Plutôt que de se mettre à l'abri, elle était descendue dans l'arène.

Ses yeux brillaient toujours lorsqu'elle était sous le coup d'une émotion, avait-il remarqué auparavant. Elle avait beau s'être montrée peu bavarde quant aux détails de sa vie, son regard révélait la femme qui était en elle, ce qu'elle ressentait. Et pour l'heure, elle ressentait une colère justifiée. Ses cheveux étaient défaits, et quelques mèches étaient plaquées sur son visage. Le rose de sa robe soulignait de manière charmante ses joues empourprées.

Les doigts de Tom le démangeaient. Il rêvait de découvrir si ses cheveux étaient aussi soyeux que sa peau.

Alors même qu'il se tenait au milieu d'une loge peuplée de superbes créatures.

— Il l'a… frappée, articula Sylvie d'un ton désespéré, comme s'ils étaient seuls.

— Je sais, répondit-il doucement. Je ne permettrai pas que cela se reproduise.

Il se rendit soudain compte qu'ils se regardaient dans les yeux depuis un certain temps. Il tourna la tête. Les autres le fixaient, attendant qu'il leur dise ce qu'elles devaient faire, car elles lui accordaient une confiance aveugle.

Curieusement, l'espace d'un instant, il avait oublié leur présence.

— Il aurait cogné Molly de plus belle, monsieur Shaughnessy, si Sylvie ne l'avait pas frappé avec sa baguette, l'informa Rose avec fierté. Ensuite, vous êtes arrivé.

— Il faudra poser une compresse froide sur cet œil, et boire un verre de cognac, Molly, histoire de te remettre les nerfs d'aplomb, dit-il. Poe, Stark ou un autre surveillera l'entrée, dorénavant. Sylvie, emmenez-la dans la pièce du fond et occupez-vous d'elle. Ensuite, revenez finir de vous habiller. Tu crois pouvoir danser, ce soir, Molly ?

— Oui, répondit-elle vivement.

Il jeta un coup d'œil à Sylvie, qui faisait grise mine. Elle le regardait étrangement, presque d'un air de reproche.

— Quant à vous autres... préparez-vous, il y a un spectacle à donner ! lança-t-il d'un ton enjoué. Mettez vite vos ailes !

8

Quelques minutes plus tard, Sylvie patientait dans les coulisses, vêtue d'une robe qui ne tenait que grâce à quelques épingles. Sa baguette magique, réparée à la hâte, à la main, elle allait bientôt fesser ses partenaires sous le regard lubrique de messieurs enthousiastes. Tout cela pour avoir un toit sur la tête, du moins temporairement.

Face à l'absurdité de sa situation, elle était partagée entre la panique et le rire. Toute sa vie, elle avait travaillé pour échapper au destin peu enviable de Claude, et voilà qu'elle était comme elle, finalement. Cette revue vulgaire ne pouvait que l'entraîner vers la déchéance.

C'était inconcevable ! Dans sa vie, tout avait été planifié avec soin. À l'instant où M. Favre avait décelé du talent chez elle, Sylvie avait voué sa vie à cet art. C'était sans doute son unique chance d'échapper à la médiocrité. Chaque entrechat, chaque jeté, chaque pas répété inlassablement lui éviterait de sombrer un jour dans la pauvreté, la solitude, l'amertume qui avaient été le lot de Claude. La danse lui avait donné un but dans la vie. Puis le succès était venu… Et Étienne. Son avenir était tout tracé.

Ce public libidineux du *Lys blanc*, les tenues légères, les fessées… c'était là sa récompense pour un moment d'imprudence.

En coulisses, toutefois, il régnait toujours la même ambiance avant la représentation, quelle que soit la nature du spectacle. Sylvie aimait cette tension. Le brouhaha dans la salle, les rires, les voix, les lumières qui se tamisaient, tous ces rituels décuplaient son impatience. Elle ne parvenait pas à avoir vraiment peur. Cela faisait presque deux semaines qu'elle n'était pas montée sur scène. Soudain, elle eut envie de s'élancer comme une danseuse étoile, ce qui aurait sans doute choqué bien davantage les spectateurs que les paroles crues de certaines chansons.

La nostalgie la submergea. Quand pourrait-elle s'adonner de nouveau à son art ? Elle jeta un coup d'œil dans la salle. Plusieurs musiciens avaient rejoint Joséphine : un violoniste, un violoncelliste et un trompettiste. La pianiste portait une robe en velours rouge très décolletée. Sylvie leva les yeux vers les balcons. L'un des rideaux se mit à frissonner. Un homme très riche était présent, ce soir-là, disait-on. Le nouvel admirateur de Molly, peut-être…

À l'extrémité d'une rangée, près de l'entrée de la salle, non loin de l'endroit où se trouvait Sylvie, se tenaient Tom et le Général, tels deux aristocrates accueillant leurs clients. Ils arboraient un gilet à rayures et une cravate élégante. Les boutons d'argent de Tom scintillaient presque autant que les yeux des spectateurs avides de sensations. Ils formaient un duo spectaculaire. Le «grand élégant» et le «petit élégant», aurait-on pu les surnommer.

Toujours cachée derrière le rideau, Sylvie observa le défilé continuel des spectateurs. Tom saluait chacun par son nom. Qui aurait pu deviner qu'il avait failli égorger le fils Belstow un peu plus tôt ?

—Bonsoir, monsieur Pettigrew !

De taille moyenne, bedonnant, la mise classique, il devait être habillé par sa femme, songea-t-elle. La malheureuse avait-elle la moindre idée de l'endroit où son mari se trouvait ce soir ?

—Cher Shaughnessy ! répondit-il avec entrain. Désolé de ne pas être venu depuis quelques jours, mais mon épouse tenait à ma présence lors de nos réceptions. J'ai dû endurer plusieurs sopranos pour lui faire plaisir. Que nous réservez-vous ce soir ?

—Si je vous le disais, Pettigrew, ce ne serait plus une surprise. Vous n'aimez donc plus les surprises ?

—J'aime celles que vous nous proposez, Shaughnessy. Ce sont même mes préférées. Très bien, je vais me laisser surprendre !

—Et pour qui sont ces fleurs superbes ? s'enquit Tom en lui prenant des mains un joli bouquet multicolore.

—Pour Rose, répondit Pettigrew, l'air soudain moins assuré. Vous lui glisserez un petit mot en ma faveur ? ajouta-t-il, anxieux.

—Naturellement ! assura Tom.

Pettigrew se détendit visiblement et gagna sa place. Tom confia les fleurs au Général, qui les remit à un garçon chargé de porter les bouquets dans la loge.

Tom attendit que Pettigrew se fût éloigné un peu.

—Je glisserai un mot pour lui, mais aussi pour Johnstone, et Mortimer, et Carrick, et Bond, et… souffla-t-il au Général.

—Lassiter également, je crois, lui rappela ce dernier. Tu as fait la même promesse à Lassiter.

— Je pense qu'il s'intéresse désormais à Molly, fit Tom.

— Ah. Molly est largement en tête de peloton pour ce qui est des admirateurs. Elle a sans doute battu Daisy sur son terrain.

Sylvie se tourna vers Rose et lui murmura :

— Tu as un admirateur. Un certain Pettigrew. Il t'a apporté des fleurs.

— Oh, j'ai beaucoup d'admirateurs ! répondit Rose sans la moindre vanité. Mais ce n'est rien à côté de Molly.

Cette dernière croisa le regard de Sylvie, puis se détourna.

Elle manquait un peu d'entrain, et n'avait pas remercié Sylvie d'avoir volé à son secours. Par honte, peut-être. Nul doute que sa fierté avait été ébranlée. Sylvie faillit lui demander si elle aurait la force de danser, mais elle se ravisa ; Molly prendrait mal sa sollicitude.

Elle reporta donc son attention sur la salle. Un séduisant jeune homme blond à l'allure juvénile s'emportait.

— Désignez vos témoins, Shaughnessy !

— Allons, Tammany...

— C'est ma *femme*, nom de Dieu, Shaughnessy ! Ma femme ! Elle a crié votre nom dans un...

Tammany hésita, puis ajouta dans un marmonnement :

— ... dans un certain moment.

L'hésitation ainsi que le marmonnement limitaient quelque peu l'impact de l'accusation.

— Elle a vraiment crié « Tom Shaughnessy »... dans un *certain* moment ? fit Tom, sincèrement perplexe. Cela me semble un peu long dans ce genre de... circonstances, non ? Je ne suis pas le seul Tom dans tout Londres, il me semble.

Il se tourna vers le Général pour confirmation.

— J'en connais une bonne dizaine, confirma celui-ci.

— Elle a crié Tom ! précisa le jeune homme, indigné. *Tom !* J'ai su tout de suite qu'il s'agissait de vous ! Elle ne cesse de parler de vous. Elle vous trouve charmant. Qu'est-ce que vous lui avez donc fait ? J'exige réparation !

Il y eut un silence, puis :

— Ai-je rencontré sa femme ? demanda Tom à voix basse au Général.

— Bien sûr, espèce de malotru ! hurla Tammany. Dans la boutique de jouets en bois, sur Bond Street, la semaine dernière. Vous nous avez croisés tous les deux, et vous avez dit...

— Très bien, coupa Tom, résigné. Si c'est si crucial, à vos yeux, le Général ici présent sera mon témoin, comme d'habitude. Retrouvons-nous... disons, à l'aube, dans deux jours ? Je vous tirerai dessus, ensuite je devrai consoler votre femme, pour vous rendre service, car vous lui manquerez, une fois mort. À moi aussi, soit dit en passant, car vous êtes l'un de mes plus fidèles clients, Tammany. L'un de mes favoris, même, sans exagérer. En attendant, me ferez-vous l'honneur de vous asseoir et de profiter du spectacle une dernière fois ? En souvenir de notre amitié passée.

Tom sourit et parvint à feindre à la fois chaleur et regrets. Sylvie en fut impressionnée. Cet homme était un comédien-né !

Soudain Tammany parut moins sûr de lui.

— Contentez-vous de vous excuser, Shaughnessy, et l'affaire sera réglée, bougonna-t-il.

— Je le ferais volontiers, monsieur Tammany, si je pensais avoir une raison de m'excuser, répondit Tom aimablement.

Il apparut à Sylvie que Tom pourrait bien s'amuser de toute cette histoire. Il n'y avait pas trace de peur sur son visage, ni même d'appréhension. Il ne se sentait visiblement pas menacé.

Tammany se contenta de le foudroyer du regard. De toute évidence, il était partagé entre des considérations pratiques – la réputation de meilleur tireur de Londres de Tom – et son désir de laver son honneur.

Bateson, l'adversaire que Tom avait délibérément raté la veille, choisit cet instant précis pour apparaître dans l'allée, sans se douter du drame qui se déroulait.

— Tammany, cher ami! Il faut absolument que tu voies tirer Shaughnessy au pistolet! Il fait mouche à tous les coups, lança-t-il avec entrain. Il me donne des leçons, figure-toi.

Sur ces mots, il continua son chemin.

— Bateson dévie trop à gauche, expliqua Tom. J'ai bien failli le descendre, hier soir.

Tammany pâlit.

— Le spectacle est de choix, ce soir, enchaîna Tom. Et nous avons une nouvelle danseuse. Très jolie, mais un peu effacée.

Sylvie aurait juré qu'il s'agissait d'elle. Elle crut voir les commissures de ses lèvres se retrousser légèrement, comme s'il savait qu'elle l'écoutait.

Tammany le fusilla de nouveau du regard, mais déjà la foule les entourait, les hommes se saluant les uns les autres avec chaleur.

— Hé, Tammany! appela l'un d'eux. Hé, Shaughnessy!

— Allons, fit Tom. Ce soir, il y a un numéro sur le thème des fées. Je sais que vous aimez les fées. Quant à ce que nous préparons pour dans une semaine ou deux, vous n'y croirez jamais.

Tammany ne se dérida pas, mais Tom était décidé à garder sa bonne humeur, de sorte que le malheureux n'avait plus personne sur qui déverser sa rage de mari bafoué.

Il tourna donc les talons et remonta l'allée. Puis il s'arrêta brutalement, revint vers Tom.

— Que nous réservez-vous pour la semaine prochaine ?

Tom lui entoura les épaules du bras comme s'il voulait lui faire une confidence.

— Des *pirates*.

Tammany ouvrit de grands yeux, anticipant les plaisirs à venir.

— Et Daisy ? risqua-t-il comme s'il n'osait y croire.

— Elle sera le capitaine du bateau, confirma Tom.

Tammany se radoucit, et afficha un large sourire.

— Comment diable trouvez-vous toutes ces idées, Shaughnessy ?

Modeste, Tom haussa les épaules tandis que Tammany, rasséréné, allait enfin s'asseoir.

— Ne t'inquiète pas, Général. Il tient à rester en vie pour les pirates. Tu vois ! C'est une bonne idée que j'ai eue !

Le petit homme ignora ce commentaire.

— Qu'as-tu fait à sa femme, Tom ?

— Hum… Franchement, je n'en sais rien. Je crois que je lui ai simplement souri et elle…

— Ta façon de sourire aux femmes n'a rien de « simple », Tom. Jamais.

— Elle était jolie, maintenant que j'y songe, admit Tom. Mais avec les femmes mariées, je m'en tiens à des sourires. C'est pour cela que Dieu a créé le *Gant de velours*.

— Je doute que Dieu y soit pour quelque chose.

Sylvie se tourna vers Rose.

— C'est quoi, le *Gant de velours* ? chuchota-t-elle.

— Une maison close, fut la réponse laconique de la jeune femme.

Sylvie sursauta, partagée entre horreur et hilarité.

— Tu vas y laisser ta peau, Tom, si tu continues à provoquer ces maris au sang chaud, prédit le Général.

— Il faut bien que je défende mon honneur, non ? répliqua Tom avec une indignation feinte.

— Si je ne m'abuse, à tes yeux, l'honneur est un concept réservé aux riches et aux oisifs.

— C'est le cas. Je n'en ai pas l'utilité. La survie a rarement à voir avec l'honneur. Mais je considère que ma mission dans la vie est de divertir les riches et les oisifs.

Le Général poussa un soupir.

— Encore une question, Tom. Que fabriquais-tu dans un magasin de jouets ?

— Tammany s'est trompé sur ce point, répondit Tom, l'air absent. J'ai dû croiser sa femme ailleurs.

Le Général demeura silencieux, mais son scepticisme était assourdissant.

— À l'église, peut-être ? hasarda-t-il finalement.

— Je ne l'ai pas touchée, Général, je te le jure, lâcha Tom, soudain sur la défensive.

— Certains se contentent d'*une seule* femme, observa le Général. Ils se casent et cessent de sourire aux épouses des autres, ou de se battre en duel.

— Que c'est égoïste de ta part, Général. Tu ne penses qu'à ta tranquillité d'esprit en disant cela, et non à mon bonheur.

Tom consulta sa montre.

— C'est l'heure de lever le rideau ! annonça-t-il.

Quelques minutes plus tard, devant un parterre exclusivement masculin, Sylvie Lamoureux et ses partenaires se penchèrent en avant et agitèrent le postérieur en poussant un cri strident.

Dieu merci, ce fut vite terminé. Hélas, ce n'était que partie remise !

La réaction de l'assistance fut enthousiaste, à tel point que Sylvie en vint à se demander pourquoi elle s'échinait à perfectionner son art alors qu'il était si facile de satisfaire le public – masculin, du moins.

Cela dit, la satisfaction du public n'était pas son objectif principal.

Après que Molly eut interprété sa chanson paillarde en agitant sa baguette magique de manière suggestive, quelques assistants poussèrent sur scène une longue structure ornée de sculptures figurant, semblait-il, des algues.

Sylvie comprit enfin le pourquoi de la trompette. Dès qu'elle résonna, le silence se fit dans la salle.

Entendant un craquement, elle leva les yeux. Une grande balançoire ornée de fleurs en soie, et suspendue à des chaînes, descendit sur la scène. Des coulisses, Sylvie découvrit, étonnée, une femme aux formes plus que généreuses dont le bas du corps disparaissait dans une étincelante queue de sirène pourpre. Ses longs cheveux étaient teints en roux ; quelques mèches couvertes d'une substance brune évoquaient des algues.

— C'est sa Majesté, souffla Rose.

— Si elle prend encore un kilo, les chaînes de la balançoire vont céder sous son poids, marmonna Molly d'un ton amer.

C'était donc là la fameuse Daisy Jones...

Fascinée, Sylvie vit les assistants la hisser sur la balançoire, qui émit un bruit alarmant. De ses mains gantées de soie, elle saisit les chaînes. Les deux hommes se placèrent ensuite derrière elle et s'acharnèrent en vain pour donner de l'élan à la balançoire. Daisy dut intervenir, non sans maugréer un juron, en soulevant sa queue de sirène. La balançoire s'ébranla alors dans un grincement, au son de la trompette, et le rideau rouge se leva.

— Daisy ! Daisy ! scanda la foule.

Elle les salua et leur envoya des baisers en minaudant. Puis elle battit de la queue. Chaque fois que la balançoire s'élevait dans les airs, les hommes en profitaient pour lorgner son imposant postérieur. Ses longs cheveux couvraient sa poitrine, drapée d'un tissu translucide. Quelques mèches voletaient, mais ne dévoilaient rien d'impudique.

Allez, venez, les gars de la marine
Venez voir ma jolie queue…

La voix de Daisy ne pouvait guère être qualifiée de cristalline.

— Une sirène sur une balançoire ? fit Sylvie à Rose.

— C'est un numéro intitulé *le Monde sous-marin*, mademoiselle Chapeau, murmura la voix de Tom, derrière elle.

La jeune femme eut l'impression qu'il venait de lui effleurer le dos du bout du doigt.

— Ici, au *Lys blanc*, nous créons du rêve, reprit-il. Avec des sirènes qui se balancent sous les vagues…

Il scruta la salle d'un air satisfait.

— Un rêve fort lucratif, ajouta-t-il.

Il croisa son regard, puis se détourna lentement pour reporter son attention sur la scène où Daisy fendait l'air sur une balançoire qui semblait sur le point de céder sous son poids. Aussi sérieux qu'un juge, Tom observa les spectateurs, le front légèrement plissé. Se demandait-il combien d'hommes

Daisy risquait d'écraser si la balançoire ne résistait pas?

— Ou un cauchemar, murmura Sylvie.

Tom tourna abruptement la tête vers elle.

— Je suppose que tout est une question de point de vue, mademoiselle Chapeau, déclara-t-il d'une voix neutre. Vous avez gagné votre cachet. Vous le toucherez demain, si vous le souhaitez.

Une fois de plus, sa montre étincela dans sa main, puis il s'éloigna.

Le spectacle était terminé, la foule était partie et le théâtre était presque silencieux. Sylvie regardait les danseuses, qui s'étaient changées, sortir une à une par la porte réservée aux artistes. Un petit groupe d'admirateurs faisait le pied de grue à l'extérieur.

De part et d'autre de la porte se tenaient deux hommes à la mine patibulaire. L'un était borgne, mais ne portait pas de bandeau. L'autre, plus trapu, avait le visage balafré. En guise de main gauche, il avait un crochet, qu'il brandit pour saluer les jeunes femmes tandis qu'elles s'éloignaient deux par deux. La forme du crochet correspondait étrangement à celle de la balafre.

Un valet aida Molly à monter dans une élégante voiture anonyme. Une cheville délicate apparut brièvement. Molly rit presque timidement, puis disparut à l'intérieur, là où se trouvait l'homme qui lui avait offert l'éventail.

Ce spectacle avait un aspect un peu troublant. Sylvie avait l'impression de se voir un an plus tôt, quand Étienne avait commencé à la courtiser. Elle était belle, rayonnante, triomphante. Une voiture élégante qui l'attendait à la sortie du théâtre, un homme fortuné et puissant qui la couvrait de cadeaux...

— Bonne nuit, Sylvie ! lança Rose en agitant la main avant de s'éloigner dans la rue.

— Je peux vous raccompagner, mademoiselle ? lui proposa l'homme au crochet étincelant. Vous devez être la nouvelle que Tommy vient d'engager, ajouta-t-il en la gratifiant d'un sourire édenté. Je m'appelle Poe. Et lui, c'est Stark.

Stark, le borgne, s'inclina à son tour, mais resta muet. Tom avait-il passé une annonce pour recruter uniquement des invalides ?

— Je vous remercie, monsieur Poe, mais c'est inutile, répondit-elle avec un sourire poli.

Le silence dans le théâtre était à présent total.

Munie d'une chandelle, elle s'apprêtait à gravir les marches menant aux étages lorsqu'elle se rendit compte que le bureau de Tom Shaughnessy était éclairé. C'était plus une bibliothèque qu'un bureau, du reste, à en juger par le mur tapissé de livres qu'elle apercevait. Jetant un coup d'œil dans l'entrebâillement, elle découvrit, surprise, que le maître des lieux s'y trouvait. Les manches roulées au-dessus du coude, une plume à la main, il écrivait avec tellement d'application qu'elle eut l'impression de voir un écolier faire ses lignes. Il leva les yeux au ciel, comme pour réfléchir, puis il fit jouer ses doigts, un demi-sourire aux lèvres.

Sylvie en profita pour admirer son profil. Il ne ressemblait en rien à celui d'Étienne, lisse, élégant, pur produit d'une lignée sans tache. Celui de Tom était plus difficile à interpréter, plus intéressant aussi. En dépit de ses tenues voyantes, il émanait de lui un certain calme, nota-t-elle, une tranquille… certitude.

À moins qu'il ne s'agisse d'implacabilité…

Il reprit sa plume, la trempa dans l'encre, puis se remit à écrire avec zèle, comme investi de quelque mission exigeant d'être achevée ce soir même.

Ses mémoires, peut-être, songea Sylvie, amusée. Comme Don Juan ou Casanova. Toutefois, le spectacle d'un Tom appliqué, penché sur son bureau, avait quelque chose d'incongru. Londres regorgeait de tripots, de pubs et autres lieux de perdition où Shaughnessy et ses semblables aimaient à passer leurs nuits. Il y aurait trouvé des compagnes d'un soir et des raisons de se battre en duel. Le contraste entre la revue légère du *Lys blanc*, la violence de l'échange avec Belstow et cet homme occupé à écrire était saisissant.

Qui était donc sa maîtresse ? s'interrogea-t-elle. Car il ne faisait aucun doute qu'il en avait une. Sylvie se demandait simplement de qui il s'agissait. Quelque veuve titrée ? Une professionnelle ? Quel genre de femme pouvait plaire à Tom Shaughnessy ?

Était-il amoureux de cette Kitty qui avait disparu ? Ou bien l'avait-il vraiment renvoyée parce qu'elle était enceinte, en guise d'exemple pour les autres filles ? Était-il le père de l'enfant ? L'entretenait-il dans le Kent et lui rendait-il visite régulièrement ?

Que savait-elle au juste de Tom Shaughnessy ?

Au cours de la journée, elle avait été trop occupée pour éprouver de la peur. En y réfléchissant, pourtant, il y avait de quoi se poser des questions : Tom avait fréquenté des bandits de grand chemin et dirigeait un théâtre dont le chorégraphe était un nain autoritaire, et dont les danseuses venaient du ruisseau. Il était capable d'attraper un homme par le collet et de le menacer de mort avec le plus grand calme.

Sur le moment, Sylvie avait compris qu'il ne bluffait pas. Et elle avait presque espéré qu'il mettrait sa menace à exécution.

Lorsqu'elle avait vu Belstow lever la main sur Molly, comme s'il en avait le *droit*…

Tandis qu'elle se tenait dans l'ombre, elle commença à se demander si c'était bien Étienne qu'elle avait aperçu sur le quai, en débarquant, ou si ce n'était qu'une illusion née de sa culpabilité et de sa peur. Était-ce Étienne qui s'était excusé en regardant à l'intérieur de la diligence ? L'avait-il suivie jusqu'à Londres ?

Soudain, elle en arrivait presque à croire qu'elle avait tout imaginé, que seuls les événements survenus au *Lys blanc* étaient réels.

« Un rêve, avait dit Tom. Un rêve lucratif. »

De tous les endroits où elle aurait pu se réfugier, il était peu probable qu'Étienne la cherche dans ce lieu de perdition. Il avait des goûts raffinés jusque dans le choix de ses divertissements. C'était d'ailleurs ce qui l'avait attiré vers Sylvie, en qui il voyait la beauté et la grâce incarnées.

Difficile de croire qu'elle ait pu le blesser en partant du jour au lendemain. Elle se demanda si on pouvait se languir de quelqu'un, aimer sincèrement quand on avait toujours tout obtenu dans la vie.

Et si cela avait une quelconque importance.

La fatigue la balaya d'un coup, et elle gagna sa chambre, heureuse d'avoir un toit sur la tête. Étrangement, elle commençait à se sentir plus à l'aise dans cet univers qu'elle ne l'aurait souhaité.

9

Tom savourait le contact vivifiant de l'air frais du matin encore humide de rosée. Le cheval qu'il avait loué était un splendide animal qui avalait les kilomètres sans effort apparent. Il lui permettait de rejoindre Little Swathing, dans le Kent, en deux fois moins de temps qu'en diligence – moyen de locomotion qu'il n'était, en outre, pas pressé d'emprunter pour le moment.

Un jour, il posséderait sa propre voiture. Il savait déjà quel modèle il choisirait, et quel attelage. Il ne voulait pas de chevaux gris, à l'image du climat anglais, comme tant d'aristocrates, mais quelque chose de plus flamboyant, des chevaux bais, peut-être, ou noirs avec une étoile blanche sur le front. Il avait déjà consulté les meilleurs spécialistes.

Il avait les moyens de s'offrir ce luxe, car il y avait des écuries derrière le *Lys blanc*. Cependant, il surveillait ses dépenses, et avait décidé que l'achat d'une voiture personnelle pouvait attendre. Pour se déplacer dans Londres, il se contentait de fiacres ou empruntait les véhicules de ses amis. Il réservait son argent pour d'autres choses : payer ses employés, construire des bateaux de pirates.

Ou engager une superbe jeune femme sur une impulsion.

Cette pensée fit naître un sourire sur ses lèvres. Mais tandis que les yeux verts et les joues rosies de la jeune femme lui apparaissaient, un trouble inattendu s'empara de lui, un plaisir indéfinissable. Aucune femme n'avait jamais produit sur lui un tel effet. La veille, il l'avait observée, souriant et se trémoussant avec ses camarades. Et bien qu'il n'eût aucun reproche à lui faire, il n'avait pas réussi à la quitter des yeux. Elle semblait à la fois déplacée, et, de manière improbable, à sa place.

Curieux que deux événements si improbables se soient passés le même jour? Tous deux, à leur façon, l'avaient déstabilisé, le laissant pour la première fois depuis des années dans l'incertitude quant à la suite à leur donner. Mais peut-être n'était-ce que temporaire.

En voyant se profiler le cottage, au loin, Tom chassa Sylvie Chapeau de ses pensées. Quelques instants plus tard, il attachait son cheval et poussait la barrière blanche.

Il avait fini par se décider à venir, ne serait-ce que pour vérifier la véracité des faits.

Mme May l'accueillit à la porte. Tendu, il s'inclina. Elle lui répondit d'une révérence un peu contrainte et de quelques paroles de bienvenue. Les manuels de savoir-vivre ne prodiguaient guère de conseils sur ce type de situation, aussi, dans le doute, préféra-t-il demeurer courtois.

M. May était en alerte, comme si l'infâme M. Shaughnessy était capable de tout. Tom l'aperçut du coin de l'œil, puis il l'entendit bouger dans la pièce voisine, faire du bruit à dessein comme pour lui rappeler sa présence. Au loin, il perçut aussi des voix d'enfants.

Ce n'est qu'au terme de longues négociations qu'il avait obtenu le droit de franchir le seuil de cette maison. Plus d'une fois, on lui avait claqué la porte au nez. M. May l'avait même menacé, sans grande conviction, d'un mousquet. Mais Tom n'avait pas reculé devant ce mousquet bien inoffensif qui ferait sans doute plus de mal au tireur qu'à sa cible.

Il était venu les bras chargés de cadeaux, de roses, de friandises, et même d'un jambon.

À bout d'arguments, il en était arrivé à supplier.

Son charme finit par opérer, comme en témoignait la lettre qu'il avait reçue la veille. Maribeth, la ravissante fille des May, avait le goût de l'aventure. Elle avait connu plusieurs hommes, avant lui, puis s'était s'enfuie avec un autre. Tom l'avait complètement oubliée jusqu'à l'arrivée d'une lettre, quelques semaines plus tôt.

Il est de vous. Il suffit de le regarder. Surtout les cheveux.

À la lecture de ces lignes, Tom avait pâli. Il avait été tenté de froisser la lettre et de la jeter au feu, puis de poursuivre ses activités comme si de rien n'était.

Il l'avait froissée, en fait. Puis il l'avait lissée et relue, en proie à une sombre fureur. Il ne savait trop à qui il en voulait. À lui-même? À Maribeth? Au destin qui avait placé sur sa route cet événement susceptible de contrecarrer ses projets professionnels?

Maribeth avait confié l'enfant, prénommé Jamie, à ses parents, bien plus respectables et conventionnels qu'elle malgré leur pauvreté. Ils habitaient un modeste cottage dans le Kent, avec leurs autres enfants.

Tom avait réfléchi, puis, comme s'il s'agissait d'une simple formalité, peut-être, avait répondu à la lettre, demandant poliment à voir l'enfant.

Il avait essuyé un refus. *Étant donné votre profession, nous jugeons préférable que vous ne le rencontriez pas*, avaient répondu les May.

C'était ainsi que faire la connaissance de Jamie était devenu le souci majeur de Tom.

Et comme toujours, il avait obtenu ce qu'il voulait.

Mme May amena l'enfant dans le salon, le tenant par la main. Jamie n'avait pas deux ans. Il avait des cheveux soyeux d'un blond cuivré et de grands yeux gris. « Argent », aurait dit la grand-mère Shaughnessy.

Tom en eut le souffle coupé. De toute évidence, l'enfant lui ressemblait. À l'âge adulte, il serait son portrait craché.

Jamie le fixait avec étonnement, une réaction à la fois flatteuse et déconcertante. Toute nouveauté devait susciter chez lui la même fascination, supposa Tom.

Mme May lui lâcha la main et alla s'asseoir sur l'un des deux divans usés qui se faisaient face.

Tom avait l'impression d'être devant un juge tant son regard était critique. Gêné, il demeura debout, son chapeau à la main. Il n'allait pas s'incliner pour saluer l'enfant. Ni lui serrer la main... Il était si petit. Tout chez lui était minuscule, ses mains, ses pieds, ses oreilles, sa tête délicate...

Tom finit par s'asseoir sur le divan comme s'il était venu courtiser une jeune fille. Comment diable se comportait-on avec un bambin ? Et pourquoi diable était-il là, au fond ? Les May semblaient avoir la situation bien en main.

Curieux, Jamie s'approcha de lui d'un pas incertain.

Il y avait une balle sur le tapis, aux pieds de Tom. Une petite balle en cuir. Se penchant, il la fit rouler vers l'enfant.

— Balle! cria Jamie, ravi.

Il la prit dans ses petites mains potelées et sourit de bonheur. Puis il trottina vers Tom et la lui tendit.

Après une hésitation, Tom s'en saisit.

— Merci beaucoup, mon petit.

Jamie tapa dans les mains, visiblement heureux de lui avoir fait ce cadeau.

— Balle! répéta-t-il d'une voix si stridente que Tom réprima une grimace.

— Oui, et c'est une très belle balle, de surcroît, acquiesça-t-il, se refusant délibérément à employer le babil enfantin.

Les enfants étaient capables de comprendre le langage adulte. Il admira la balle sous toutes les coutures, pour le plus grand plaisir de Jamie, puis la fit rouler vers l'autre extrémité de la pièce.

Au bout de deux ou trois pas, l'enfant chuta. Il n'éclata pas en sanglots, même s'il parut étonné que ses jambes l'aient trahi. Prenant appui sur le sol, les fesses en l'air, il se remit debout et poursuivit son chemin.

«Il est déterminé, songea Tom. Il tient ça de moi.»

L'idée qu'un petit être ait pu hériter de quoi que ce soit de lui le prit de court. Il observa le petit garçon. *Mon fils*. Ces deux mots lui étaient si étrangers. Deux petits mots aux implications inimaginables.

Mme May l'étudiait. Il décela dans son visage sévère un soupçon de compassion qui le déconcerta. Se levant abruptement, il murmura :

— Eh bien, merci, madame May. Je vais vous laisser, à présent.

Il s'inclina et quitta la pièce avant qu'elle puisse réagir, comme s'il avait le diable aux trousses.

Après un petit déjeuner copieux dans la cuisine en compagnie de Joséphine et de Mme Pool, Sylvie fut conduite dans un élégant petit salon doté d'une cheminée, et dont la fenêtre orientée à l'est laissait entrer le soleil du matin. Elle avait abandonné sa tenue de deuil au profit d'une robe en mousseline vert clair à fines rayures, à la coupe irréprochable. Son décolleté était ourlé de dentelle.

Joséphine avait écarquillé les yeux en découvrant sa toilette. Sans doute en avait-elle deviné le prix. Mais elle n'avait rien dit, se contentant d'indiquer à Sylvie la chaise en face d'elle, avant de lui tendre un panier de coupons de flanelle noire.

— Nous allons fabriquer des chapeaux de pirate, annonça-t-elle d'un ton neutre en brandissant un chapeau terminé. Ensuite, il faudra confectionner les culottes et les gilets, ainsi que les costumes des nymphes. Ce ne seront que des toges, et je m'en réjouis. M. Shaughnessy a une idée précise de ce qu'il veut. Il faut que tout soit terminé au plus vite. D'abord, les costumes, puis les chansons et les décors. Les décors, c'est l'affaire du Général. Ensuite, il y aura les répétitions. Et M. Shaughnessy sera présent. Je ne m'en plains pas, remarque. Un coup de main de ta part me sera précieux. Ensuite, il faudra retoucher tous tes costumes.

— Des culottes ? souffla Sylvie, scandalisée. Nous porterons des culottes ?

— Ce seront en fait des jupes cousues au milieu. M. Shaughnessy y tient. Et nous avons aussi une chanson à écrire !

— Nous ? répéta Sylvie.

— M. Shaughnessy et moi, expliqua Joséphine tout en cousant avec adresse.

Sylvie admira un moment le travail de la pianiste, qu'on aurait pu prendre pour une femme de vicaire, avec ses joues rondes et son regard doux.

Joséphine dut sentir le regard de Sylvie, car elle leva les yeux et sourit.

— Oh, mon mari n'y voit pas d'inconvénient ! Il connaît Tom depuis des années. C'est d'ailleurs comme ça que Tom m'a engagée. J'ai commencé par coudre les costumes, puis il a découvert que j'avais un petit talent pour le piano.

Elle se pencha à nouveau sur son ouvrage, puis jeta un regard de biais à Sylvie.

— Ce n'est pas sorcier, tu sais, assura-t-elle sur le ton de la confidence. Il suffit de quelques rimes bien formulées. Ça vient tout seul… C'est comme un don.

Tom était soulagé d'être de retour au *Lys blanc*, dans son bureau, parmi les plans qu'il avait établis pour son projet. Il n'avait pas son pareil pour monter des spectacles, engager et renvoyer des employés, donner des ordres à un homme ayant un crochet en guise de main, s'adresser à une femme superbe, à un riche investisseur, ou encore à un homme qui menaçait de le tuer à l'aube.

Mais il n'avait aucune idée du comportement à adopter en présence d'une version miniature de lui-même.

Il décida d'écrire à Mme May pour la remercier, puis de lui envoyer de l'argent tous les trimestres pour l'éducation de l'enfant. Ce genre de situation n'était pas rare, après tout.

Satisfait d'avoir trouvé une solution, il se tourna vers la pile de lettres qui l'attendait. Mme Pool lui avait préparé un plateau avec du thé. Il s'en versa une tasse tout en jetant un coup d'œil à son courrier. Il apprit avec plaisir que le vicomte de Howath serait ravi d'investir dans le *Gentleman's Emporium*. Son groupe d'investisseurs était donc au complet.

Il s'adossa dans son fauteuil et but une gorgée de thé, savourant sa victoire. Son sentiment de triomphe prit momentanément le pas sur ses autres préoccupations. L'ancien enfant des rues serait bientôt à la tête de l'un des plus vastes établissements de la capitale, et toutes les grandes fortunes afflueraient pour se divertir chez lui.

S'étant autorisé à rêver un peu, Tom revint au présent, et à la création d'une chanson pour les femmes pirates. Il devait voir le Général, qui devait être à l'atelier, en train de superviser la construction du bateau et de l'huître géante destinée à Vénus.

Il eut soudain envie de donner des coups de marteau, histoire de libérer un peu d'énergie. Il irait voir le Général, décida-t-il, puis Joséphine.

La pile de chapeaux de pirates avait pris de l'ampleur. Joséphine n'était pas très exigeante, elle voulait juste que le travail avance vite. Elles s'attaquèrent bientôt aux culottes bouffantes, se fiant aux dernières mensurations prises sur chacune.

La tâche était apaisante. Joséphine n'était pas très bavarde, et Sylvie savourait la chaleur du soleil qui entrait par la fenêtre. Cela faisait longtemps qu'elle ne s'était pas livrée à des occupations aussi simples, et, curieusement, elle trouvait cela rafraîchissant. Elles auraient pu tout aussi bien être la femme et la fille d'un vicaire, n'eût été le fait qu'elles cousaient des culottes bouffantes destinées à des femmes pirates...

— Ah, Joséphine! J'espérais bien te trouver...

Les deux femmes levèrent brusquement la tête. En découvrant Sylvie perchée sur une chaise, un panier à ouvrage sur les genoux, Tom s'interrompit. Il parut un instant perplexe tandis qu'il croisait le regard de la jeune femme. C'était comme s'il soupçonnait que cette image d'elle-même, la jeune femme sage en robe de mousseline, était aussi éloignée de la vérité que la fée donnant des coups de baguette magique.

Il se ressaisit, mais demeura sur le seuil.

— Ainsi, tu as donné du travail à Mlle Chapeau. Je vais rester ici, à bonne distance, mademoiselle, au cas où vous vous enflammeriez, et seriez tentée de «m'insérer» avec votre aiguille...

— Restez donc à distance, monsieur Shaughnessy. Je ne m'en plaindrai pas, rétorqua Sylvie, qui suspectait cependant qu'aucune distance ne suffirait à assurer sa sécurité.

Il s'esclaffa et pénétra dans la pièce. Ses cheveux blonds étaient en désordre comme s'ils avaient été malmenés par le vent. Il portait un pantalon fauve, un manteau acajou en laine, de hautes bottes qui mettaient en valeur ses longues jambes fuselées. Son gilet aussi était fauve, à rayures crème, avec des boutons en cuivre. Ou en or? Non, c'était impossible.

Il traversa le salon, s'arrêta en voyant la pile de chapeaux de pirate. Il en prit un qu'il inspecta distraitement, avant de le reposer brusquement et de se diriger vers le piano.

— À propos de flammes, Joséphine...

Il appuya sur quelques touches au hasard.

— Il va nous falloir une nouvelle chanson pour notre numéro sur les pirates. Et tout de suite, bien sûr. Peut-être quelque chose ayant un rapport avec les... épées ? Cela me semble aller de soi.

Abandonnant sa couture, Joséphine se précipita vers son clavier.

— J'ai déjà la mélodie, monsieur Shaughnessy, répondit-elle en s'assouplissant les doigts.

Elle se lança dans un air entraînant qui n'était pas sans rappeler un chant de marins.

— Mon mari était marin, expliqua-t-elle à Sylvie. En entendant parler de pirates, j'ai tout de suite été inspirée...

Elle joua quelques mesures que Tom écouta avec attention.

— Oui, je pense que cela ira, conclut-il. Il ne nous reste plus qu'à trouver des paroles que tous nos clients auront envie de chanter quand ils auront trop bu. Une histoire de *coups* d'épées ?

— Que diriez-vous de « Dégaine ton épée, mon gars, dégaine ton épée... », suggéra Joséphine.

Elle se tut, guettant la réaction de Tom.

— Bien, bien, murmura-t-il. C'est un bon début. Voyons la suite...

Il scruta le plafond, en pleine réflexion, cherchant des rimes :

— Fripée, tapée...

— Tremper, murmura Sylvie.

Les deux autres se tournèrent vers elle. Il y eut un court silence, puis :

— Qu'avez-vous dit, mademoiselle Chapeau ? s'enquit Tom.

Elle le connaissait suffisamment pour deviner sous son calme apparent une certaine jubilation.

Sylvie garda les yeux baissés sur son ouvrage. Troublée, elle se piqua et réprima un cri de douleur.

— Allez, vas-y, on t'écoute, l'encouragea Joséphine.

Sylvie se racla la gorge.

— Trempée, répéta-t-elle un peu plus fort.

Cette fois, elle regarda Tom droit dans les yeux. Flirter subtilement avec cet homme était scandaleusement revigorant, même si elle ne pouvait s'empêcher de rougir. Elle lança un coup d'œil à la cheminée, comme si la chaleur était responsable de son trouble. Hélas, il n'y avait pas de feu dans l'âtre !

— Et comment utiliseriez-vous « trempée » dans cette chanson ? demanda Tom avec une innocence feinte. J'ai une idée, Joséphine. Joue-nous le début, s'il te plaît. Mlle Chapeau ajoutera les paroles au moment voulu.

— Je...

Mais les mains de Joséphine couraient déjà sur le clavier.

— Vas-y, Sylvie ! lui enjoignit-elle.

Elle lui donna l'exemple.

Dégaine ton épée, mon gars, dégaine ton épée...

Et tourna la tête, l'encourageant du regard. Sylvie jeta un bref regard à Tom, qui semblait se délecter de la situation.

Seigneur. Joséphine semblait si enthousiaste. Elle ne pouvait la décevoir.

Résignée, elle ferma les yeux et chanta :

Viens avec moi, tu pourras la tremper.

Joséphine s'arrêta brusquement. Tom demeura sans voix. Sylvie se força à les regarder d'un air innocent.

— La... tremper ? répéta Tom d'un ton neutre.

Sylvie hocha timidement la tête.

S'il ne souriait pas, tout son visage reflétait en revanche une hilarité triomphante. C'était comme si un rire ne pouvait rendre justice à sa contribution.

— Hmm, marmonna-t-il en faisant les cent pas devant la cheminée. « Dégaine ton épée, mon gars, dégaine ton épée… Viens avec moi, tu pourras la tremper. »

Sylvie songea que ses joues empourprées devaient contredire son regard froid, qui était censé lui faire croire que ceci ne l'affectait en rien.

Où diable était-elle allée pêcher ce mot ? Il avait jailli de nulle part. Qui sait ? l'atmosphère licencieuse de l'établissement était peut-être contagieuse.

— Eh bien, je dois avouer que c'est brillant, déclara Tom. Vraiment. Et je crois avoir trouvé la suite. Joséphine ? Recommence du début, nous chanterons ensemble.

Joséphine s'exécuta.

Dégaine ton épée, mon gars, dégaine ton épée…
Viens avec moi, tu pourras la tremper.
Qu'il faille un coup ou deux, laisse-toi donc tenter !

Joséphine et Tom conclurent le premier couplet en chœur :

Dégaine… ton… épée !

— Très bien, fit Tom quand ils eurent terminé. Nous dirons aux filles de se pâmer sur ce passage et de faire mine d'implorer le ciel. Bien sûr, il faudra des épées, précisa-t-il en souriant. Vous allez avoir du pain sur la planche, mesdames. Je vais discuter de la chanson avec Daisy. Je te les enverrai, le Général et elle, Joséphine. N'oublie pas que nous avons aussi besoin d'une ou deux chansons pour *Vénus*. Réfléchis aux associations possibles avec le mot « perle ». Vous avez gagné votre journée, mademoiselle Chapeau.

Dans un geste désormais familier, il consulta sa montre et pivota vers la porte. Il s'arrêta, comme si quelque chose le retenait, puis revint vers Sylvie.

Elle leva les yeux vers lui, soudain oppressée, comme chaque fois qu'il se trouvait très près d'elle. Mais il ne la regarda pas. Il s'empara d'un chapeau de pirate, le manipula un moment, le visage indéchiffrable.

Il le reposa enfin, l'air songeur.

— Pensez-vous…

Puis il se tourna vers Joséphine et reprit d'un ton plus décidé :

— Serait-il possible de fabriquer un chapeau de très petite taille ?

Il dessina dans l'air une sphère de la taille d'un melon.

— Pour demain ? précisa-t-il.

Joséphine parut quelque peu déconcertée.

— Certainement, monsieur Shaughnessy.

— Merci, dit-il en tournant les talons. Mademoiselle Chapeau, je vous verrai en bas dans une heure environ. Le Général et moi avons une annonce à faire. Après la répétition, venez dans ma bibliothèque. Nous pourrons peut-être discuter de votre… récompense.

Il sourit aux deux femmes, s'inclina, et disparut.

Réunies pour entendre l'annonce de M. Shaughnessy, sept jolies femmes se tenaient sur la scène – cinq jeunes et pulpeuses, une jeune et svelte, et une autre que la maturité avait rattrapée depuis quelques saisons déjà, avec un visage marqué, des cheveux teints au henné, et des formes voluptueuses que bien des hommes considéraient avec respect, au même titre que la Tour de Londres. La croupe de Daisy Jones était un monument.

Cette dernière se tenait à l'écart, consciente du contraste, peut-être, à moins qu'elle ne veuille point s'abaisser à respirer le même air que les autres filles.

— Regardez un peu sa Majesté, murmura Lizzie. Elle n'est pas ravie d'être au coude à coude avec nous autres.

— Elle a les seins à la hauteur des coudes, maintenant, railla Molly.

Les ricanements fusèrent. Daisy rougit violemment, mais ne broncha pas.

— Mesdames, commença Tom, vous avez peut-être appris grâce aux indiscrétions de vos nombreux admirateurs, qui ne savent pas tenir leur langue…

Quelques filles gloussèrent.

— … que je prévois un nouveau numéro pour notre revue. Un véritable tour de force. Ce sera à la fois beau et sensuel…

Il s'exprimait d'un ton charmeur qui ne pouvait que séduire les filles.

— Il faudra sélectionner la danseuse idéale pour que ce soit un succès, reprit-il. Il s'intitulera…

Tom s'interrompit.

— Vénus ! s'exclamèrent en chœur toutes les danseuses.

Toutes sauf Daisy, qui faisait grise mine.

— C'est cela. Le Général et moi allons vous observer durant les jours à venir afin de déterminer laquelle d'entre vous incarnera au mieux Vénus.

À ces mots, le Général tourna vivement la tête, puis prit Tom par le bras et l'attira à l'écart pour ne pas être entendu des filles.

— Tu es fou, Shaughnessy ? chuchota-t-il, furieux. Elles vont être impossibles si elles se sentent en compétition. Je croyais qu'on avait décidé que Molly ferait Vénus.

— Au contraire ! Elles vont se surpasser, donner le meilleur d'elles-mêmes sur scène, et les clients afflueront en masse. Nous révélerons alors qui sera notre Vénus, décision que nous prendrons tous les deux.

Le Général foudroya Tom du regard. Celui-ci attendit patiemment.

— Bon, concéda le chorégraphe, à contrecœur, comprenant l'intelligence de cette tactique.

— Ce sera probablement Molly, dit Tom vivement.

C'était l'homme d'affaires qui parlait, car le rêveur en lui imaginait une tout autre Vénus surgissant des eaux. Une Vénus au corps souple et aux yeux verts, armée d'une baguette, et défiant le public.

— Probablement, renchérit le Général.

Il se fiait avant tout au nombre de bouquets de fleurs que recevait Molly, par rapport à ses camarades. Les deux hommes avaient les pieds sur terre. Molly constituait un choix plus stratégique qu'esthétique. Une majorité de clients avaient envie de la voir surgir d'un coquillage. Elle ne possédait pas la voix de Daisy, certes, mais elle chantait juste et jouait bien la comédie. Elle avait en outre une certaine fraîcheur, de même qu'une belle poitrine. Une véritable Vénus des faubourgs.

La Vénus de Paris, elle, semblait mal à l'aise. Stoïque, fière, elle soutenait le regard de Tom. Une fois de plus, elle semblait déplacée dans son costume trop large. Elle avait l'air d'une vraie princesse déguisée en princesse.

Tom donna une tape d'encouragement dans le dos du Général.

— Bonne chance ! Tu vas leur fournir des coutelas, j'espère, fit-il presque innocemment.

— Des coutelas ? répéta le Général. C'est une idée brillante ! Je vais dire aux gars d'en fabriquer.

— Attends que je te dise ce qu'elles feront de leurs *mains* et de leurs coutelas tout en chantant.

— J'imagine déjà la scène, répondit le Général avec un sourire.

— Nous avons une nouvelle chanson formidable, où il est question d'épées, bien sûr.

— Bon travail, Shaughnessy.

— À présent, je m'en vais voir un vendeur à propos d'un local. Tous les investisseurs sont d'accord. Nous aurons notre *Gentleman's Emporium* au printemps prochain. Je serai de retour avant la fin de la répétition.

Quand M. Shaughnessy eut pris congé, le Général ordonna aux danseuses d'achever de revêtir leur costume de damoiselles médiévales, autrement dit d'y ajouter une coiffe pointue et une cape diaphane ornée de pierreries, qu'elles agitaient de façon provocante.

Au *Lys blanc,* tout devait être provocant, songea Sylvie.

Un grand château en bois avec des tourelles et un pont-levis fut poussé sur la scène par l'équipe de manutentionnaires. Tom Shaughnessy avait décidément quantité d'employés.

Ce château devait être très lourd, car les jeunes gens étaient rouges et essoufflés. Les damoiselles entrèrent en scène. Sylvie baissa tristement les yeux sur sa tenue, qui avait une fois de plus besoin d'être retouchée.

— Daisy ! hurla le Général en direction des coulisses. Amène tes fesses, sinon…

Il y eut un craquement menaçant, et tout le monde se retourna.

Les garçons abaissèrent le pont-levis, qui souleva un nuage de poussière en heurtant le sol. Les danseuses se mirent à toussoter et à agiter la main devant elles.

Daisy apparut à l'entrée du château. Elle prit la pose, la poitrine en avant, attendant que tous les regards soient posés sur elle. Dans un silence pesant, le Général la regarda traverser le pont en ondulant. Son regard descendit vers ses hanches et s'y arrêta, comme hypnotisé.

Daisy savait ce qu'était une entrée fracassante, nul ne pouvait le nier. C'était là son point fort, soupçonnait Sylvie. Ayant atteint l'extrémité de la passerelle, elle s'immobilisa.

— Elle m'a donné une pièce pour faire voler la poussière ! avoua un jeune garçon avant de prendre ses jambes à son cou.

De toute évidence, le malheureux ignorait qui, de Daisy ou du Général, il devait le plus redouter.

Ce dernier fixa la danseuse, la mine indéchiffrable. Elle soutint son regard d'un air de défi, ouvertement satisfaite de sa prestation tandis que les autres filles se muraient dans un silence réprobateur. Sans doute savaient-elles qu'elles ne pourraient jamais faire une entrée aussi majestueuse.

Enfin, le Général s'éclaircit la voix.

— Joséphine, s'il te plaît ? Sylvie, tu suis, comme hier. Tu es une fille intelligente. Je suis sûr que tu y arriveras.

De nouveau, cette pointe d'ironie. Comme si quelque chose en elle l'amusait.

Joséphine joua les premières mesures, un air vaguement médiéval.

Gentilhomme, nous jolies demoiselles
Vous implorons de nous libérer

Veuillez brandir vos lances
Ou nous n'aurons aucune chance
De retrouver la paix...

Les danseuses ondulèrent, portèrent la main à leur front, au bord de la pâmoison. Puis elles formèrent une ronde et se penchèrent en agitant les fesses.

« Encore », songea Sylvie avec un soupir.

— Lève les fesses, Sylvie ! Et ne prend pas cet air exaspéré !

La jeune femme leva les yeux au ciel.

Quand elles eurent recommencé une dizaine de fois, et se tournèrent vers le public, Sylvie remarqua Tom Shaughnessy à l'extrémité de l'allée, les yeux rivés sur elle, sa canne à la main, battant la mesure distraitement. Il affichait une expression... troublée. Il avait le front légèrement plissé, comme s'il voyait en elle une énigme qu'il était à deux doigts de déchiffrer.

Elle se sentit absurdement heureuse – qu'il soit de retour et qu'il n'ait d'yeux que pour elle.

Lorsque leurs regards se croisèrent, il esquissa un sourire entendu tandis qu'une lueur malicieuse éclairait ses yeux. Spontanément, elle sourit à son tour, et quelque chose se déploya en elle.

— Aïe !

Une douleur fulgurante la transperça. Quelqu'un venait de lui marcher sur le pied, lui ôtant presque entièrement son chausson au passage. Sylvie vacilla, l'un de ses genoux plia. Se redressant vivement, comme ses compagnes, elle continua de danser et de sourire malgré sa souffrance. Après tout, elle avait l'habitude.

Le Général et Tom fronçaient les sourcils. Tom semblait perplexe, et le Général affichait un air réprobateur.

— Je suis *tellement* désolée, murmura Molly à la jeune femme.

Elle continuait de sourire, le regard fixé devant elle, mais ses yeux brillaient d'une satisfaction mauvaise.

Tom lui avait demandé de le retrouver dans la bibliothèque après la répétition pour discuter de sa récompense. Elle savait où se trouvait cette pièce, car elle était passée devant la veille, et en avait profité pour l'épier quelques instants.

Elle s'arrêta sur le seuil. Tom Shaughnessy ne la vit pas. Il manipulait des objets posés sur son bureau, comme s'il cherchait quelque chose en particulier. Un sourire incurvait ses lèvres.

Soudain, il se figea, son visage s'assombrit. D'un geste vif, il appuya le pouce d'une main sur la paume de l'autre en retenant son souffle.

L'estomac de Sylvie se noua. De toute évidence, Tom souffrait.

Levant soudain les yeux, il remarqua la présence de la jeune femme. Son expression se transforma aussitôt.

— Une vieille blessure, expliqua-t-il en levant la main.

Il y avait en effet des cicatrices entre le pouce et l'index.

— De temps à autre, la douleur se réveille. Vous venez pour votre… récompense, mademoiselle Chapeau ?

Elle se raidit. Le mot avait été prononcé d'une façon… Le sous-entendu trahissait une grande expérience des femmes, et des récompenses qu'il se savait à même de leur offrir. S'il ne souriait pas, il semblait se retenir à grand-peine.

Tom Shaughnessy la surpassait au petit jeu du badinage, elle devait l'admettre. Elle se sentit obligée de faire montre d'un minimum de bienséance, car il n'avait peur de rien, honte de rien. Encore que, Dieu merci, jusqu'à présent, il semblait utiliser ces deux traits de caractère assez judicieusement.

—Je suis venue à votre demande, monsieur Shaughnessy. Ai-je gagné plus d'argent grâce à ma contribution aux paroles de votre… production ? demanda-t-elle avec un soupçon d'ironie.

La lueur amusée disparut du regard de Tom.

—Ah, fit-il, tout aussi ironiquement. Je suppose que vous trouvez nos petites *productions* dépourvues de qualités artistiques. Mais laissez-moi vous dire une chose, mademoiselle Chapeau. C'est une grande liberté de ne pas être entravé par la respectabilité.

—Vous êtes bien placé pour le savoir, j'imagine, monsieur Shaughnessy.

Elle plaisantait à peine.

Tom tressaillit. Son expression était indéchiffrable, et Sylvie se demanda si elle l'avait offensé, encore qu'elle ne voyait pas pourquoi.

Puis il ouvrit un coffret en bois et en sortit quelques pièces qu'il posa sur un coin du bureau. Le cachet de Sylvie. Sa réponse silencieuse, mais éloquente, destinée à prouver qu'il y avait parfois des avantages à ne pas adopter une conduite respectable.

Sylvie prit l'argent, mais lui rendit une pièce.

—Pour ma pension, précisa-t-elle.

Il la lui rendit aussitôt.

—Pour votre contribution aux paroles de la chanson.

Ils échangèrent un bref sourire. La tension qui régnait entre eux se dissipa quelque peu.

— Dites-moi, mademoiselle Chapeau, aspirez-vous à la respectabilité ? demanda-t-il, désinvolte.

Elle prit sa question pour ce qu'elle était : une provocation ; pourtant, elle ne put s'empêcher de rétorquer :

— Je n'*aspire* pas à la respectabilité, monsieur Shaughnessy.

— Ah, je vois. Vous l'avez déjà, se moqua-t-il. Et ce n'est que par un coup cruel du sort que vous vous retrouvez aujourd'hui dans ce lieu de perdition. Je me demande cependant comment une femme respectable peut songer à faire rimer épée avec tremper ?

— Ce n'est pas incompatible, monsieur Shaughnessy.

Elle comprit aussitôt l'absurdité de ses propos.

— Ah bon ? Pour une Française, sans doute. Tout de même, vous avez montré une grande spontanéité.

— Je n'ai pas... Ce n'était pas...

— Et comme, d'ordinaire, « respectable » est synonyme de « mariée », continua-t-il comme si elle n'avait pas ouvert la bouche, et que je ne pense pas que vous le soyez ou l'ayez été, je dois en conclure que l'épée de quelqu'un vous est familière. De qui s'agit-il, mademoiselle Chapeau ? auriez-vous laissé un amant à Paris ?

L'audace de cette question laissa la jeune femme sans voix.

Finalement, elle parvint à afficher un air réprobateur, mais demeura muette.

Tom sourit, ravi d'avoir marqué un point.

Sylvie balaya la pièce du regard, le temps de se ressaisir. Elle avait dû servir de petit salon à l'époque où le théâtre n'était encore qu'une maison particulière. Les rayonnages couverts de livres l'étonnèrent. Tom Shaughnessy ne lui donnait pas l'impression d'être un érudit. Cependant, il s'exprimait bien.

En regardant avec attention, elle constata qu'il ne s'agissait en rien des titres prestigieux destinés à orner une bibliothèque et à impressionner les invités. Il y avait surtout des romans, dont *Robinson Crusoé* et quelques récits d'épouvante. Sylvie les connaissait, car elle en dévorait elle-même. Il y avait aussi des ouvrages sur les mythes grecs, dont elle devinait qu'ils étaient illustrés de dessins suggestifs si elle se fiait à ceux qui ornaient les murs du théâtre. Sans doute Tom appréciait-il leur caractère spectaculaire et osé.

Parmi les livres, elle découvrit un jouet : un petit cheval de bois, avec une crinière, une queue, et quatre roues. Que diable faisait un tel objet au *Lys blanc* ? Appartenait-il à Tom quand il était enfant ? s'interrogea-t-elle.

Puis elle se rappela cet homme qui disait l'avoir rencontré dans un magasin de jouets. Tom avait nié s'être trouvé dans ce genre d'endroit.

C'était intrigant.

Elle leva les yeux, et se rendit compte qu'il l'observait. Déconcertée, elle baissa la tête, et remarqua sur son bureau un dessin magnifique représentant un bâtiment somptueux.

— Des plans, dit-il brièvement. Pour un autre théâtre.

— Cela paraît grandiose, commenta-t-elle.

De hautes fenêtres ornaient la façade, au-dessus d'une entrée flanquée de colonnes.

— Ce sera fantastique, assura-t-il sans complexe. Un étage sera consacré au divertissement, un autre à la restauration, un autre encore au...

Il s'interrompit. Sans doute imaginait-il les lieux. Puis il regarda la jeune femme.

— Il faut un sacré capital pour en faire une réalité, mais le *Gentleman's Emporium* ouvrira au printemps. Je travaille sur les plans.

Elle perçut de la fierté et de la conviction dans sa voix tandis qu'il désignait les documents éparpillés sur son bureau.

— Ce sera comme le *Lys blanc*… en beaucoup mieux.

— Mais pourquoi… ce genre d'endroit, monsieur Shaughnessy ? fit-elle, accompagnant ses paroles d'un ample geste du bras. Pourquoi le *Lys blanc* ?

Sa question le surprit visiblement, puis il fit mine d'y réfléchir sérieusement, les yeux levés vers le plafond. Enfin, il déclara, comme si cette réponse venait de jaillir dans son esprit :

— Pour la luxure.

Ses paroles demeurèrent comme suspendues entre eux, tandis que des images venaient à l'esprit de chacun. Sylvie éprouva comme un léger vertige.

— Très spectaculaire, monsieur Shaughnessy, mais ce mot ne signifie pas grand-chose sans explications, observa-t-elle, priant pour qu'il ne perçoive pas son trouble.

Tom éclata de rire.

— C'est simple, mademoiselle Chapeau. Je suis parti de rien. Et je suis ambitieux. Je connaissais un peu le milieu du théâtre, et fort bien la nature humaine. J'ai rencontré un tas de gens au cours de ma vie. J'ai su exploiter mes talents, et voilà où j'en suis. Où est le mal ?

— C'est…

Elle eut un geste vague de la main, n'osant dire qu'elle trouvait ce lieu affligeant.

— Drôle, proposa-t-il. Lucratif. Tout le monde passe un bon moment.

— Y compris Molly ? répliqua-t-elle un peu trop vivement.

Le sourire de Tom s'effaça. Il la dévisagea en silence pendant un long moment. Puis il prit une profonde inspiration et s'adossa à son siège, comme s'il s'apprêtait à parler à une enfant et hésitait.

— Savez-vous ce que Molly ferait, si elle ne travaillait pas pour moi ? demanda-t-il enfin.

Sylvie réfléchit, mais elle devinait sans peine la réponse.

— Vous croyez qu'elle ferait une excellente gouvernante ? Ou une merveilleuse cuisinière ? Vous pensez que sa vie serait plus belle si c'était le cas ? Vous voulez savoir où elle vivait avant d'arriver dans ce théâtre ? Ce qu'elle faisait ?

— Je comprends, monsieur Shaughnessy. Vous êtes le bon Samaritain.

Il eut un rire triste.

— Pas vraiment. Mais je donne du travail à des personnes que bien des employeurs n'imagineraient pas engager, des gens rejetés de tous, que j'ai croisés au hasard des circonstances. Ce n'est pas simplement de la charité, mademoiselle Chapeau. En général, je suis récompensé au centuple par leur loyauté et leur dévouement. Mais parfois... Eh bien, j'avais chargé un vieil ami de surveiller la porte de la loge. Jack. Et il semblerait... que Molly ait payé le prix de mon erreur, admit-il en faisant tourner distraitement sa plume entre ses doigts.

Sa voix était tendue. De toute évidence, reconnaître son erreur, et leurs conséquences, lui coûtait énormément. Sylvie fut tentée de s'excuser. C'est alors qu'il reprit :

— Vous comprendriez peut-être, mademoiselle Chapeau, si vous n'aviez pas été gâtée par la vie.

Sa remarque était destinée à mettre le feu aux poudres. Elle y parvint.

— Je n'ai *jamais* été…

— Oui ? fit-il avec un demi-sourire triomphant.

Elle lui facilitait les choses en s'emportant de la sorte. Mais, en sa présence, tout ce qu'elle ressentait, ce qu'elle pensait, semblait amplifié, comme si elle voulait se rapprocher de lui.

Or, se tenir à distance de cet homme était le parti pris le plus sage, elle le savait.

— Vous savez donc ce qu'est le travail ? insistat-il. Vous m'aviez dit que vous auriez des choses à m'apprendre. Je suis un élève plein de bonne volonté, vous savez, ajouta-t-il avec un sourire malicieux.

— Oui, je sais ce qu'est le travail, monsieur Shaughnessy. Je sais aussi ce que c'est que de ne rien avoir, et j'ai bien l'intention de ne plus jamais manquer de rien. J'ai travaillé toute ma vie pour m'en assurer.

— Vous êtes donc une femme ambitieuse, mademoiselle Chapeau ?

— Toutes les femmes ne le sont-elles pas ? La vie ne nous l'impose-t-elle pas ? demanda-t-elle avec un soupçon d'amertume.

Il ne répondit pas. Puis il baissa les yeux et lissa du plat de la main le dessin du somptueux bâtiment d'un air à la fois pensif et possessif.

— Ce qui est arrivé à Molly… ne se reproduira pas. Je tire toujours des enseignements de mes erreurs, dit-il soudain en croisant le regard de Sylvie, presque comme pour la convaincre. D'ailleurs, on peut dire que le *Lys blanc* est né d'une erreur.

Pour illustrer son propos, il lui montra les cicatrices sur sa main.

— À l'âge de dix ans, j'ai volé un fromage. Le crémier était furieux. Il s'en est pris à moi avec un couteau, car des vermines de mon espèce ne cessaient de piller son étal. J'ai eu beau me débattre, il m'a eu. La plaie s'est infectée, et j'ai failli mourir. Heureusement, un apothicaire a eu pitié de moi et m'a remis sur pied. Il connaissait un tavernier qui cherchait un employé, et qui m'a engagé. Et de petit boulot en petit boulot, je me suis retrouvé dans un théâtre et...

Il se tut, une flamme amusée s'alluma dans ses yeux.

— J'ai toujours eu de la chance, je suppose. Surtout en amitié.

De la chance? Sylvie imagina ce crémier brandissant un couteau contre un enfant. Elle vit Tom, terrorisé, blessé, affamé, mourant. Cela paraissait impossible. Il semblait...

Il semblait n'avoir jamais connu la peur. À présent, elle comprenait que ce calme qui émanait de lui était le résultat de son histoire personnelle. Une histoire qui lui avait appris qu'il pouvait survivre au pire.

— Mais vos parents... fit-elle, intriguée.

— Ils étaient morts, à l'époque. Je n'ai jamais connu mon père.

Un sourire désabusé incurva ses lèvres.

— Oh, je ne suis pas le seul dans cette situation, mademoiselle Chapeau. J'ai eu de la chance, voilà tout.

Que dire? Sylvie doutait fortement qu'il y ait beaucoup de garçons comme lui, car Tom était unique.

— Moi non plus, je n'ai pas connu mes parents, s'entendit-elle avouer.

Tom parut étonné, mais elle n'aurait su dire si c'était la nature de sa confession ou le fait qu'elle se confie à lui qui l'avait surpris. Il l'étudia un instant, comme s'il ajoutait cette information aux éléments qu'il possédait déjà à son sujet.

Sylvie comprit alors que le *Lys blanc* était le mur que Tom avait érigé entre son passé et lui, de même que le ballet était le sien à elle. Peut-être avaient-ils plus de points communs qu'elle ne le pensait, songea-t-elle, décontenancée.

—C'était à vous quand vous étiez enfant? demanda-t-elle en désignant le cheval de bois pour rompre le silence qui menaçait de se prolonger.

Il jeta un coup d'œil au jouet.

—C'est à moi pour l'instant, en tout cas.

C'était une réponse qui n'en était pas une.

—Je rêvais d'en avoir un quand j'étais petit, ajouta-t-il.

Difficile de dire s'il était sérieux.

—Moi, j'ai toujours rêvé d'avoir une… boîte à musique, murmura Sylvie presque pour elle-même.

Elle s'en souvenait, maintenant. Ça lui était revenu brusquement à l'esprit; un désir étrangement émouvant.

—Une boîte à musique? répéta-t-il, visiblement désireux d'en savoir plus.

Sylvie demeura silencieuse. Quand elle était petite, Claude gagnait juste de quoi lui acheter le strict nécessaire. Jamais elle n'aurait pu lui offrir une boîte à musique.

Tom sortit sa montre.

—Je dois voir un maçon, mademoiselle Chapeau. Je vous ai payé votre journée, car votre emploi est temporaire. Les autres filles sont payées à la semaine. Si vous voulez rester plus longtemps, je prendrai les dispositions nécessaires. Mais peut-être devrions-nous voir comment les choses évoluent… au jour le jour.

—Au jour le jour, si cela vous convient, dit-elle malgré elle.

— Cela me convient, répondit-il doucement, et il y avait comme une promesse dans sa voix.

Sylvie rougit, esquissa une révérence et prit congé abruptement, serrant dans sa main l'argent qu'elle avait gagné en agitant le postérieur.

10

— Si tu continues à remuer la tête de la sorte, elle va s'envoler et heurter ces pigeons comme la boule d'un jeu de *bocci*, déclara Kit Whitehall, vicomte de Grantham, en désignant la nuée de volatiles qui se disputaient des miettes de pain près d'une fontaine.

— Nous sommes à Paris, non en Italie, lui rappela Susannah. Ici, on joue plutôt à la pétanque. Je crois que tu es aussi nerveux que moi.

— Nerveux ? répéta Kit en riant. Moi qui ai passé une partie de la guerre à espionner l'ennemi, sous les balles qui sifflaient de…

Arrachant son bras au sien, Susannah se boucha les oreilles sans cesser de marcher. Abasourdi, Kit marcha à ses côtés en silence.

Puis, pour se faire pardonner, il lui prit la main avec tendresse et déposa un baiser sur sa paume, façon tacite de lui promettre de veiller sur elle à jamais. Il n'avait pas été très habile de rappeler à sa femme les dangers qu'il avait affrontés pour sa patrie, et pour elle, aussi, il n'y avait pas si longtemps. Il en gardait du reste des cicatrices. Un jour, Susannah avait plaisanté sur le nombre de fois où quelqu'un avait tenté de la tuer, et ces paroles avaient été intolérables à entendre.

— Je te pardonne, dit-elle, magnanime.

Il sourit. Puis s'arrêta tout à coup, et leva les yeux vers une fenêtre ornée de fleurs dans une jardinière.

— C'est ici, Susannah.

Ils avaient eu du mal à retrouver la trace de Claude Lamoureux, mais Kit n'était pas un novice du renseignement. Il avait mis à profit ses talents d'espion au service de la Couronne. Son enquête s'était révélée moins dangereuse qu'en temps de guerre – Susannah et lui avaient surtout rencontré d'anciennes danseuses d'opéra, dont aucune n'était armée d'un couteau ou d'un pistolet. C'était ainsi qu'ils avaient trouvé la piste de cet appartement près de Paris.

C'était la même adresse que celle à laquelle Susannah avait envoyé ses lettres. Restait à découvrir pourquoi personne ne lui avait jamais répondu.

Ils gravirent un petit escalier en pierre, et Kit sentit les doigts de sa femme se crisper sur son bras. Elle ne se trompait pas en affirmant qu'il était nerveux. Ils avaient parcouru un long chemin et traversé bien des épreuves avant d'en arriver là, et Kit tenait à ce que Susannah trouve enfin ce dont elle rêvait depuis si longtemps : une famille.

Une servante ouvrit la porte. Des mèches grises s'échappaient de sa coiffe. Elle avait des yeux sombres et perçants, et un petit nez pointu.

Un instant plus tard, leur parvint de l'intérieur de l'appartement une voix rauque qui jurait en allemand.

Susannah vit Kit écarquiller les yeux, puis esquisser un sourire.

— Qu'est-ce qu'il dit ? souffla-t-elle.

— Je te le traduirai plus tard, murmura-t-il. Quand tu seras déshabillée.

Elle rougit, et en oublia sa nervosité. Kit avait décidément le don de dédramatiser toutes les situations.

— Je suis désolée, Guillaume ne cesse de répéter ces mots. J'ignore ce qu'ils signifient, mais, je crois qu'il est en colère, déclara la servante en se tordant les mains. Il me rend folle!

Le dénommé Guillaume répéta en effet les jurons, d'un ton plus véhément encore.

— Je crois qu'il se sent seul. Mme Claude lui manque.

Kit mourait d'envie de rencontrer ce personnage au vocabulaire si fleuri.

— Qui est Guillaume? risqua-t-il.

— C'est le perroquet de Mme Claude.

C'était à la fois décevant et préférable à certains égards.

— Mme Claude n'est pas là? Nous sommes venus d'Angleterre dans l'espoir de la rencontrer. Nous pensons avoir une connaissance commune.

— Madame est absente. Mlle Sylvie aussi. Elle m'a laissée toute seule… avec Guillaume, expliqua la servante, au désespoir.

Les jurons retentirent de plus belle. Cette fois, le perroquet semblait triste, aussi désespéré que la servante.

— Mlle Sylvie? répéta Susannah, n'osant y croire.

Kit lui prit le coude pour la soutenir.

— Dites-moi, madame… commença-t-il.

— Mme Gabon.

— Je suis le vicomte de Grantham, et voici ma femme, lady Grantham. Dites-moi, madame Gabon, Mlle Sylvie ressemble-t-elle à mon épouse?

Si la servante trouva la question curieuse, elle n'en trahit rien. Elle étudia Susannah, puis :

—Je pense que vous avez à peu près l'âge de Mlle Sylvie, madame. Vos cheveux, peut-être…

—Sylvie ressemble-t-elle à cette femme ? insista Susannah en lui montrant le portrait miniature de sa mère.

Mme Gabon l'observa avec attention.

—Non, pas vraiment. Pas Sylvie. Vous, en revanche… ajouta-t-elle en observant Susannah.

Sans doute ne voulait-elle pas décevoir le couple.

—Et Mlle Sylvie n'est pas là ?

—Non. Elle a laissé un mot pour Mme Claude dans lequel elle semble en colère. Et Étienne et M. Favre sont venus. Eux aussi étaient en colère.

Susannah glissa un regard de biais à Kit. Ce défilé d'hommes en colère ne lui disait rien qui vaille.

—Qui est M. Favre ? demanda Kit.

—Mlle Sylvie danse dans le corps de ballet de M. Favre. Elle est très jolie. Et célèbre. Très célèbre !

Voilà qui était rassurant. Ou pire, peut-être. Difficile à dire.

—Mlle Sylvie est-elle partie dans le sud de la France ?

—Non, non. Elle a embarqué pour l'Angleterre, d'après son message. Elle dit…

Elle fronça les sourcils, comme si elle cherchait à se rappeler les termes précis.

—« Chère Claude, je pars pour l'Angleterre et je crois que tu sais pourquoi. » Personnellement, j'ignore pourquoi, précisa-t-elle en haussant les épaules. Mais Mme Claude le sait sans doute. Elle rentre dans deux jours.

Guillaume exprima son impatience de revoir Claude.

— Savez-vous qui Mlle Sylvie est allée voir, en Angleterre ?

Kit devinait la réponse : la raison de ce voyage n'était autre que Susannah.

— Non. Mme Claude ne connaît qu'une certaine Daisy Jones, en Angleterre. Mlle Sylvie la connaît peut-être aussi. Mais je ne sais rien, monsieur le vicomte. En tout cas, il y a eu des lettres d'Angleterre…

— Des lettres ? répéta Susannah avec espoir.

— Seulement depuis peu, madame. Mme Claude les brûlait quand elles arrivaient. Toutes sauf une, qui nous est parvenue il y a à peine une semaine. Mlle Sylvie l'a lue. Aussitôt, elle a décidé de partir pour l'Angleterre.

Claude avait sans doute brûlé les lettres pour protéger Sylvie de la vérité sur son passé. Elle ne pouvait savoir que tout danger était écarté, désormais. Susannah n'avait pas tout raconté. Elle voulait simplement savoir si Claude était bien Claude Lamoureux, qui avait adopté l'une des filles d'Anna Holt.

Anna Holt, accusée de meurtre.

— Quand Sylvie est-elle partie ? Était-elle seule ? demanda-t-elle d'une voix pressante.

— Seule ? Je n'en sais rien, madame. En tout cas, M. Étienne ne l'accompagnait pas. Je lui ai dit que Sylvie était peut-être partie voir cette Daisy Jones, pour ce que j'en savais.

— Qui est ce M. Étienne ?

— C'est son amant, répondit Mme Gabon le plus sérieusement du monde. C'est un prince. Et il est furieux !

Kit et Susannah prirent quelques instants pour digérer ces révélations.

158

— Ta famille se révèle autrement plus intéressante que la mienne, commenta enfin Kit avec un soupçon d'envie.

Il était très tôt. D'ordinaire, à cette heure-là, Tom Shaughnessy rentrait du *Gant de velours* pour dormir une heure ou deux dans son propre lit, avant de commencer une nouvelle journée de travail. Il était si tôt que la rosée irisait la vigne vierge qui couvrait la barrière.

Tom avait une fois encore loué un cheval afin d'aller plus vite et de regagner Londres le jour même.

La porte du cottage était ouverte. Les May avaient dû entendre le bruit des sabots. Mme May se tenait dans l'entrée, un tablier sur sa robe élimée. Ses cheveux roux striés de gris étaient attachés, et elle avait de la farine sur la joue.

— Monsieur Shaughnessy.

Elle ne semblait guère étonnée de le voir. Tom s'inclina. Elle fit une révérence et s'effaça pour le laisser entrer. Puis elle prit son chapeau et son manteau. Son visage, le même que Maribeth en plus marqué, se fit moins impassible. Ses gestes ralentirent. Ses doigts palpèrent l'étoffe de qualité. Ce détail n'échappa pas à Tom, qui ne put s'empêcher de se demander ce qu'elle pensait.

En dépit de son apparence un peu excentrique, il s'était toujours comporté en gentleman. Restait cependant la question de sa réputation, qui le suivait comme une ombre. Mme May devait avoir une idée précise de ce dont un homme de sa trempe était capable et elle s'attendait à un geste répréhensible de sa part.

— Merci de m'autoriser à vous rendre visite, madame May.

—Je vous en prie, monsieur Shaughnessy. Avez-vous apporté du jambon, aujourd'hui ?

Tom fit une pause. Il aurait juré que ses yeux pétillaient, mais ce n'était peut-être qu'un reflet.

Il sourit, histoire de briser la glace.

—Je crains que non. J'ai simplement apporté… ceci.

Dans une main, il tenait un minuscule chapeau de pirate, dans l'autre, le cheval de bois.

Mme May les contempla un instant.

—C'est encore mieux, déclara-t-elle.

Si petit soit-il, le chapeau arrivait au ras des yeux de Jamie, qui éclata de rire en agitant les bras. Pendant une heure, ils jouèrent à cache-cache et aux pirates. Tom s'amusa beaucoup. Il apprit à Jamie quelques expressions de marin ainsi que son prénom. L'enfant était vif et répéta volontiers « Tom », ce que ce dernier trouva étrangement gratifiant.

Puis Tom se mit à quatre pattes pour lui montrer comment tirer le cheval à roulettes. L'enfant l'imita, puis ramassa le jouet et le brandit.

—Cheval ! dit-il.

Tom en ressentit une fierté inouïe.

—Nom de Dieu… enfin, Seigneur, oui, c'est bien un cheval ! s'exclama-t-il.

—Nom Dieu ! répéta Jamie avec bonheur.

—Oh, nom de D… commença Tom, horrifié. Bordel… euh…

—Bodel ! s'époumona Jamie en lui tendant le jouet.

Mme May apparut sur le seuil, un plateau dans les mains.

—Je me suis dit que vous aimeriez peut-être…

—*Bodel!* cria Jamie joyeusement en lui montrant son cheval.

Il trottina vers elle et agrippa sa robe en lui offrant son jouet.

Mme May avait les yeux écarquillés d'effroi, ce qui amusa beaucoup l'enfant, qui éclata de rire.

—Nom Dieu! lança-t-il de plus belle en sautillant de joie.

Tom ferma brièvement les yeux. De toute évidence, le garçonnet se jouait des réactions des adultes. En outre, il avait une voix remarquablement forte. Cela dit, Tom comprenait son enthousiasme. Tout était nouveau pour lui. Mme May, qui avait baissé les yeux sur Jamie, releva la tête et fixa Tom, qui soutint son regard courageusement.

Dans le silence qui suivit, Jamie sautilla de plus belle en chantonnant «Nom Dieu, Nom Dieu». C'est alors que, à la stupeur de Tom, Mme May esquissa un... sourire.

Son visage se métamorphosa. Il s'adoucit et s'illumina, au point que Tom crut voir Maribeth.

—Élever un enfant n'est pas facile, monsieur Shaughnessy. Surtout un garçon. Ils entendent – et répètent – tout.

Tom se racla la gorge.

—Je crains vraiment qu'il ne tienne beaucoup de moi, dit-il en guise d'excuse.

Son humour était peut-être risqué, compte tenu de l'opinion que Mme May avait de lui. Cependant, elle lui sourit ouvertement.

Tom sut alors qu'il venait de marquer un point. Jamie avait enrichi son vocabulaire, et Mme May semblait mieux disposée à son égard.

Jamie revint vers lui.

—Cheval! dit-il en lui tendant le jouet.

— Cheval ! répéta Tom, ravi, qui se fit un devoir d'écarquiller les yeux.

— À l'abodage ! conclut Jamie en battant des mains.

Tom ignorait pourquoi il était allé là-bas. Il savait juste que, de retour à Londres, il avait eu l'impression qu'un lien invisible le reliait au Kent, et l'y attirait irrésistiblement.

Tandis que Tom rendait visite à Jamie, Sylvie apprenait à devenir un pirate en jupons.

Joséphine et elle, ainsi que quelques autres couturières recrutées à la hâte, avaient travaillé dur si bien que les filles se tenaient à présent devant le Général, vêtues d'une culotte bouffante, légèrement translucide en fonction de l'éclairage – que le Général soignerait certainement. Elles portaient en outre une grande chemise blanche à jabot et un coutelas à la hanche, sans oublier leur superbe chapeau.

Au terme d'un travail acharné ponctué de jurons et de cris, un bateau de pirates miniature fut poussé sur la scène. Il possédait des voiles, un drapeau à tête de mort et une passerelle. Une trappe permettrait au capitaine Daisy de surgir de la coque pour chanter tandis que les filles danseraient autour d'elle.

En dépit du contexte dans lequel il l'utilisait, Sylvie ne put qu'admirer la créativité du Général.

— Il va falloir agrandir la trappe, railla Molly.

— Où diable est Daisy ? hurla le Général.

L'intéressée émergea du couloir menant à sa loge en ondulant les hanches.

— Merci de nous honorer de ta présence, Daisy, fit le Général d'un ton chargé de sarcasme.

— Je t'en prie, Général, minauda-t-elle.

Elle gagna la scène, franchit la passerelle et se laissa descendre dans la trappe. Elle s'arrêta à mi-chemin, les yeux écarquillés de surprise. L'air alarmé, elle se tortilla à gauche, puis à droite.

— Elle porte le bateau en guise de jupe, commenta Molly assez fort pour que tout le monde l'entende.

Les autres gloussèrent méchamment. Au bord de la panique, Daisy commença à s'agiter. Plus moyen de s'enfoncer dans la coque...

— Serais-tu coincée, Daisy? s'enquit le Général d'un ton désinvolte.

Daisy tourna la tête et le foudroya du regard.

Sylvie ne put s'empêcher de penser que Molly avait raison: Daisy donnait l'impression de porter le navire en guise de jupe.

— Jenny, Lizzie, veuillez prêter main-forte à Daisy, ordonna le Général d'un ton las.

Les deux jeunes femmes grimpèrent sur la passerelle, puis s'agenouillèrent et appuyèrent sur les épaules de Daisy. Celle-ci s'enfonça un peu, mais sa poitrine généreuse arrêta sa progression. Ses seins reposaient sur le pont, devant elle. Elle avait les joues écarlates, à présent.

— On a découpé la trappe aux mesures que tu as fournies à Joséphine la semaine dernière, l'informa le Général.

La réponse véhémente de Daisy fut étouffée par sa poitrine. Elle se mit alors à agiter les bras et eut même un geste injurieux.

— Les filles, poussez un grand coup! Cela devrait régler le problème, reprit le Général avec une lueur de jubilation dans les yeux. Il faut qu'elle rentre dans cette maudite coque.

Daisy agita de nouveau les bras en signe de protestation.

— À la réflexion, les filles, mieux vaudrait la remonter suffisamment pour qu'elle puisse chanter, décréta-t-il. Nous avons déjà perdu assez de temps.

Il consulta sa montre tandis que Jenny et Lizzie tiraient Daisy par les bras.

— Très bien ! À l'abordage ! cria-t-il, comme si la mésaventure de Daisy n'était qu'un incident mineur. Je vais vous montrer ce que vous avez à faire. C'est très simple. Regardez…

Il se mit à manipuler son coutelas dans un mouvement de va-et-vient suggestif qui arracha des gloussements aux danseuses.

Seigneur, songea Sylvie, affligée, scrutant les alentours en quête d'une échappatoire. Jamais elle n'y arriverait. Jamais elle ne pourrait frotter son coutelas de la sorte. Elle préférait encore dormir sous les ponts.

— Daisy, dès que les filles maîtriseront la chorégraphie, nous travaillerons la chanson.

Se rappelant qu'elle avait contribué à son écriture, Sylvie dut admettre qu'une partie – oh, infime ! – d'elle-même avait envie d'entendre Daisy l'interpréter. Pour l'heure, cette dernière devrait patienter, et en fort mauvaise posture. Sylvie soupçonnait le Général de l'avoir fait exprès.

— Joséphine, s'il te plaît ! lança-t-il.

Aux premières notes, le Général monta sur scène et, toujours muni de son coutelas, fit une démonstration.

— Et un, et deux, *en avant* ! On glisse, on glisse, on frappe l'arme de la voisine, et on reprend…

Il recommença cinq fois, imité par les filles, puis il les laissa se débrouiller seules. Installé sur un siège, dans la salle, il battit la mesure.

— Et un, et deux, arme *en avant* !

Molly frappa le derrière de Sylvie, qui sursauta.

— Pardon ! murmura Molly, l'air contrit. Désolée !

Sylvie lui adressa un vague signe de tête et poursuivit la chorégraphie.

— Un peu d'énergie, les filles ! Et un, et deux, et un, et deux ! Et *en avant* !

Molly piqua de nouveau Sylvie, si fort que celle-ci bondit.

— Je n'ai jamais dit de sauter, Sylvie ! Et trois, et quatre…

— Je suis vraiment désolée, murmura Molly. Je vais faire attention.

— Cela m'arrangerait, articula Sylvie, les dents serrées.

— On tourne, on glisse, on *frotte* le coutelas… On tourne, on tourne…

Molly recommença.

— Oh, je suis d…

Sylvie fit volte-face et frappa Molly sur les fesses à l'aide de son coutelas.

Molly poussa un cri et trébucha. Ayant retrouvé l'équilibre, elle voulut riposter, mais Sylvie était plus rapide et plus petite. Elle esquiva le coup et visa les chevilles de Molly. À sa grande satisfaction, cette dernière s'affala sur le sol.

Se relevant d'un bond, elle se mit à hurler en agitant son arme. Sylvie para le coup. Les autres filles se regroupèrent autour d'elles pour les encourager et parier sur la gagnante.

Grâce à une feinte ultime et à un coup de pied bien placé, quoique un peu sournois, Sylvie parvint à faire tomber Molly à plat dos. Elle pointa son coutelas sur sa gorge.

Toutes deux étaient pantelantes.

— Eh ben ! souffla Rose.

Joséphine avait cessé de jouer depuis un moment. Un lourd silence planait dans la salle.

Le Général considéra les deux adversaires avec curiosité.

— Sylvie, dit-il finalement d'une voix traînante. Puis-je te dire un mot, s'il te plaît ? Les filles, vous avez quartier libre.

Sylvie se redressa et rengaina son coutelas d'un geste un peu théâtral. Tous les regards étaient rivés sur elle. Elle traversa la scène dignement, descendit les quelques marches et s'approcha du Général, le menton haut, comme si elle était une reine daignant lui accorder une audience.

— Vire-la ! fit une voix sur la scène, dans un toussotement.

Sans protester, Sylvie suivit le Général dans une pièce qu'elle ne connaissait pas. L'endroit était éminemment masculin, avec ses grands fauteuils en cuir. Il y flottait une odeur de cigare et de feu de bois. Des nymphes et des satyres folâtraient sur les murs.

Le Général lui fit face.

— Laisse-moi te dire pour commencer que, selon moi, Tom a commis une erreur en t'engageant, lâcha-t-il.

Sylvie se crispa.

— Vous allez me… virer ?

— Te virer ? répéta-t-il, amusé. Non. Ce n'est pas à moi de le faire. M. Shaughnessy t'a engagée. C'est à lui que tout le monde rend des comptes en dernier ressort. Il doit avoir ses raisons. Il a des éclairs de génie, ainsi que des moments de folie, les premiers étant plus fréquents que les seconds, heureusement. Je réserverai mon jugement à ton propos quant à la catégorie à laquelle tu appartiens, mais j'ai ma petite idée. Quoi qu'il en soit, sache que je t'ai dans le collimateur.

— Quoi ?

Ces critiques ne faisaient que décupler son irritation. Si seulement le Général pouvait en venir au fait !

Il pivota soudain et se mit à arpenter la pièce, s'arrêta près de la fenêtre, tripota une embrasse.

Puis il fit volte-face.

— L'Opéra de Paris, *Le Lac des cygnes*, lança-t-il d'un ton presque accusateur.

Sylvie crut que son cœur s'arrêtait de battre.

— Tu étais sublime, ajouta-t-il sans masquer son admiration.

Elle baissa les yeux vers lui, et songea qu'il n'y avait jamais rien de comique chez cet homme en dépit de sa petite taille. Il n'inspirait rien d'autre que le respect.

Finalement, elle hocha brièvement la tête, acceptant son compliment. Elle savait quand elle était sublime et quand elle ne l'était pas. Or, dans *Le Lac des cygnes*, elle avait fait sensation. Elle n'osa le remercier, de crainte de paraître condescendante.

— Comment diable t'es-tu retrouvée *ici* ? demanda-t-il.

— Je suis venue à Londres pour retrouver une parente. Elle n'était pas chez elle. Je n'avais plus un sou, nulle part où aller… J'avais besoin de travailler.

— Pourquoi ce faux nom ? Tu es recherchée par les autorités ? Tu fuis quelqu'un ?

Elle se mura dans le silence. Il l'étudia un instant.

— Ceci, fit-il en désignant le lieu d'un geste, n'est pas une plaisanterie. Je crois que tu sous-estimes Tom Shaughnessy. C'est lui qui a construit ce théâtre. Il est parti de rien. Quand je l'ai connu, il ne savait même pas lire ! Et il a réussi ceci. Tu n'imagines pas d'où il vient, mais je t'assure que sa réussite relève du miracle. Et elle te permet d'avoir un toit sur ta jolie tête, et de manger à ta faim, il me semble, non ?

Sylvie avait honte. Le chorégraphe avait raison. Elle aurait maîtrisé sa colère, souffert en silence, si elle s'était trouvée à l'Opéra, en présence de M. Favre, et non face à un nain autoritaire dans un cabaret sordide.

Le Général ne parut pas attendre de réponse. Elle était clairement inscrite sur son visage.

— Un établissement comme celui-ci entretient des rapports délicats avec les autorités. Si tu les mets en péril ou si tu attires l'attention sur nous pour de mauvaises raisons... Je ferai en sorte que tu le paies.

Indignée, elle faillit protester, mais dans le même temps, elle ne put s'empêcher d'admirer sa loyauté. Elle se contenta de hocher la tête.

— Penses-tu pouvoir régler ton différend avec Molly autrement qu'à coups de coutelas, et ailleurs que sur scène, pendant les répétitions ?

Cet homme avait le pouvoir de la faire rougir de honte, tout comme M. Favre. Elle sourit, histoire de retrouver un peu de dignité.

— M. Shaughnessy affirme avoir de la chance en amitié, déclara-t-elle pour le désarmer.

Le Général ne fut en rien désarmé.

— Les amis de Tom Shaughnessy ont de la chance de l'avoir, répliqua-t-il sèchement.

Un silence respectueux, sinon chaleureux, s'ensuivit.

— Qu'est-ce que vous faisiez, à Paris ? se risqua-
t-elle à demander.

— Je buvais, répondit-il, la mine sombre.

— Et que faites-vous ici ?

— J'aime regarder de jolies filles danser en tenue
légère.

Sur ce, il lui sourit avec une malice proche de
celle de Tom.

— Et j'aime bien rendre heureux un public composé d'hommes riches, ajouta-t-il, car cela me rend
riche aussi. Ça aussi c'est un art, mademoiselle
Lamoureux, que tu le croies ou non.

Sylvie lutta pour masquer son scepticisme.

— En haut, il y a une pièce, reprit-il. Un grenier.
Plein de poussière et de toiles d'araignée sans
doute. Je vais te trouver un balai. Et si tu… si tu
souhaites utiliser cette pièce en dehors des heures
de répétitions… Je n'en parlerai pas à Tom. Il n'ap-
prouverait pas cette perte de temps, qui ne rapporte pas d'argent. Or tu es son employée. Ce
théâtre lui appartient, et ton temps lui appartient
aussi, au moins pendant la journée.

Le Général lui proposait un endroit pour danser si elle le souhaitait. Peut-être ne cherchait-il
qu'à calmer son tempérament d'artiste pour avoir
la paix.

Elle lui sourit néanmoins. Il ne l'aimait guère,
mais elle le suspectait d'être un artiste au plus profond de lui-même, et de comprendre ce que la
danse signifiait pour elle.

— Merci, monsieur…

— Général, corrigea-t-il. Le Général.

Tom regagna le *Lys blanc* un peu plus tard qu'il ne l'aurait souhaité. Cela dit, le soleil n'était pas encore au zénith. Il s'attendait à arriver au beau milieu des répétitions du numéro de pirates, et d'y ajouter son grain de sel, si besoin était.

Le silence régnait dans la salle.

Le bateau se trouvait toutefois sur la scène. Comme toujours, le Général avait bien travaillé. Le décor était superbe en dépit des délais très courts.

Il imagina un instant un petit garçon en train de grimper sur la passerelle, ou de se battre sur le pont, armé d'un coutelas de bois. Comme un équipage de petits garçons s'amuserait, dans un tel lieu…

Quelle pensée étrange! Étrange, et peu rentable. Il n'avait pas de temps à consacrer à de telles pensées. Il allait se diriger vers son bureau lorsque…

Il observa de plus près le bateau de pirate.

Un torse semblait surgir du pont. Un torse très reconnaissable.

— Daisy? hasarda-t-il.

— Tom? Tu es de retour? Ils m'ont *plantée* là, gémit-elle. Sors-moi de là!

Il eut toutes les peines du monde à ne pas s'esclaffer.

— Tu es… coincée, Daisy? Dans la trappe? Que s'est-il passé?

Elle lui adressa un regard féroce, les joues rouges de colère.

— Non. C'est mon nouveau costume, Tom, rétorqua-t-elle méchamment. Je parle du bateau. Allez, sors-moi de là!

— Où est le Général? Tu es punie? Tu as été vilaine, Daisy? Tu peux me raconter, tu sais.

Il se mit à rire, puis une pensée horrible lui traversa l'esprit.

— Depuis combien de temps es-tu là ?

Il ressentait de la compassion, à présent. Il monta sur scène et la saisit par les bras, mais il eut beau s'escrimer, il ne parvint à rien d'autre qu'à lui arracher un cri.

— Ma pauvre Daisy, je crois que tu as un peu grossi. Je ne voudrais pas risquer de te blesser ; je n'ai pas d'autre choix que de découper le bois pour t'extraire. Je vais chercher une scie. Où est le Général ?

— Il passe un savon à la nouvelle. Figure-toi qu'elle a cloué Molly à terre en la menaçant de son coutelas.

— Vraiment ?

Tom sentit un lent sourire naître sur ses lèvres, un sourire particulier, que seule Sylvie lui inspirait.

— On ne peut décidément pas lui confier d'objet pointu, commenta-t-il. J'imagine qu'on l'a provoquée.

— Oh oui ! J'ai tout vu. Molly lui a piqué les fesses. Et elle l'a fait exprès, tu peux me croire. Elle ne l'a pas vu venir, mais il y a eu une belle petite bagarre.

Daisy esquissa un sourire. Tom songea qu'il devrait présenter des excuses au Général pour avoir lancé l'idée de mettre les danseuses en compétition pour le rôle de Vénus.

Soudain, une idée lui vint. Un combat ! Un combat entre *femmes* pirates ! Le public allait adorer ! Décidément, l'inspiration empruntait les chemins les plus inattendus.

— Je reconnais cette lueur dans tes yeux, Tom. Tu vas nous demander de livrer bataille sur scène, fit Daisy. Tu cherches les ennuis, surtout avec cette bande de greluches !

— Peut-être, mais tu dois admettre que c'est une idée brillante. Je refuse d'y renoncer. Bon, je vais chercher une scie pour te sortir de là. Où sont passés les garçons ?

— Ils m'ont oubliée, eux aussi.

Daisy était obsédée par la peur d'être oubliée, l'âge venant. Tom ne savait comment la rassurer, comment la préparer à un avenir sans l'adulation à laquelle elle était tellement accoutumée. Il lui tapota le bras, puis se redressa.

— Je reviens tout de suite. Je ne t'oublierai pas, c'est promis.

Il venait de descendre de la scène et commençait à remonter l'allée quand le Général émergea des coulisses, Sylvie Chapeau sur ses talons.

Tom ralentit le pas, puis s'arrêta, pour se repaître de sa vue. Elle portait son costume de pirate : chemise, ceinturon et culotte bouffante si provocante, et ses joues étaient délicieusement empourprées...

En découvrant Daisy, toujours coincée dans le décor, le Général s'immobilisa.

— Ça va ? Tu es content ? lança Daisy, presque résignée.

— Ce bateau va bien avec tes yeux, répondit le petit homme le plus sérieusement du monde. La couleur de la coque. Tu devrais porter du marron plus souvent.

Tom crut la voir rougir sous son maquillage.

— Shaughnessy, enchaîna le Général, tu me dois des excuses pour ta brillante idée ! Voilà le résultat de ta compétition entre les futures Vénus ! ajouta-t-il en indiquant Sylvie. Des batailles de chiffonniers !

— On ne gagne pas à tous les coups, se défendit Tom avec entrain. Mais cela valait la peine d'essayer, admets-le.

Le Général ne semblait pas d'humeur à admettre quoi que ce soit.

Tom se détourna de lui pour s'adresser à Sylvie qui offrait un spectacle bien plus agréable à regarder.

— Alors, mademoiselle Chapeau, qu'est-ce que j'apprends ? Je tourne le dos une seconde, et vous brandissez de nouveau un objet pointu !

Il ne voulait que la taquiner, mais sa voix était étrangement rauque. Le regard de Sylvie se verrouilla au sien, scrutateur.

— Je m'efforcerai d'être sage, monsieur Shaughnessy, promit-elle d'un ton solennel, le souffle court, les yeux pétillants.

— J'imagine que ce défi vous sera difficile à relever, répondit-il.

Jamais phrase n'avait été si pleine de sous-entendus. Sylvie éclata de rire. Un rire franc, éminemment féminin, qui fit à Tom l'effet d'une éclaircie en plein orage. Il se contenta de la fixer, le sourire aux lèvres, le cœur léger.

Tous deux savaient qu'il n'avait rien dit de particulièrement drôle.

S'ensuivit un silence qu'aucun d'eux ne parut remarquer, trop occupés qu'ils étaient à se regarder.

Le Général et Daisy, à qui leur manège n'avait pas échappé, échangèrent un regard entendu.

— Je vais chercher une scie, Tom, annonça le Général d'un ton ferme, qui ressemblait à un avertissement.

— Une scie ? répéta Tom d'un air absent.

Il eut toutes les peines du monde à tourner les yeux vers son ami. Sylvie, de son côté, avait réussi à s'arracher à sa contemplation et observait à présent les fresques, le front légèrement plissé, comme si elle cherchait à identifier chaque dieu, ou à les dénombrer.

— Oui, une *scie*, Tom. Pour libérer Daisy ! Je te signale qu'un message est arrivé en ton absence. Tu le trouveras sur ton bureau. Sylvie, va prévenir les autres que nous reprenons les répétitions. Enfin, si tu n'y vois pas d'inconvénient... Tom ?

Son ton était empreint d'ironie.

— Aucun, répondit Tom.

Sans un mot, Sylvie tourna les talons. Tom la regarda s'éloigner, les hanches ondulant doucement, le port altier, presque belliqueux, son petit coutelas glissé dans son ceinturon.

En regagnant son bureau, il ne put s'empêcher de fredonner la chanson des pirates.

En ouvrant la porte de la loge, un léger sourire flottant encore sur les lèvres au souvenir de Tom, Sylvie trouva ses compagnes serrées les unes contre les autres comme pour se protéger, immobiles et silencieuses. Elle crut tout d'abord que c'était à cause d'elle, et faillit lever les mains pour leur montrer qu'elle n'était pas armée.

Puis elle remarqua qu'elles fixaient toutes la coiffeuse de Molly, comme si quelque animal sauvage y avait trouvé refuge. Elle se hissa sur la pointe des pieds, et découvrit...

Des fleurs. Toutes avaient eu leur part de bouquets, des plus simples aux plus somptueux. Mais celui-ci était...

Impressionnant.

Des roses immenses, d'un rouge intense, auxquelles se mêlaient des lys et du lierre étaient disposées dans un vase de belle taille. Leur parfum entêtant saturait l'air.

— C'est ton nouveau soupirant qui t'a envoyé ça, Molly? s'enquit Lizzie. Quand est-ce qu'on le verra?

— Il n'est venu que deux fois, mais il a loué une loge, répondit Molly, intimidée sous ses grands airs.

Chacun savait que les loges coûtaient un prix exorbitant. Seuls les hommes fortunés pouvaient s'offrir la discrétion qu'elles leur procuraient. Nul ne savait vraiment quand elles étaient occupées, car les rideaux étaient tirés pendant le spectacle.

— Il envoie toujours son larbin me chercher après le spectacle, et il m'emmène chez lui. Et je peux vous garantir que c'est un bel homme. Aussi beau que M. Shaughnessy.

Les autres parurent sceptiques, comme si telle chose était impossible.

— C'est peut-être un duc, continua Molly. Et il ne m'a embrassée qu'une seule fois. Ici, précisa-t-elle en désignant sa joue. Il me pose tout un tas de questions sur les gens d'ici, il m'interroge sur ma journée, il m'écoute parler. Il dit qu'il veut me courtiser dans les règles.

Le silence se fit dans la pièce tandis que chacune se demandait quel effet cela pouvait faire d'être courtisée dans les règles.

Tom trouva le message posé sur ses plans. Il reconnut aussitôt l'écriture et le sceau. Intrigué, mais pas vraiment alarmé, il décacheta l'enveloppe.

Dès les premiers mots, il cessa de fredonner. Il lui fallut un certain temps pour surmonter le choc initial. Quelques semaines plus tôt, il y serait parvenu plus rapidement, nota-t-il. Prendre des risques lui était aussi naturel que de respirer et, d'ordinaire, il surmontait assez rapidement une déception.

Mais l'enjeu n'était plus le même désormais, était-il forcé d'admettre.

Il devait songer à l'avenir d'un petit garçon.

— Le major se retire du projet du *Gentleman's Emporium*.

Le brouhaha qui leur parvenait de la salle de spectacle était plus intense que de coutume, ce que Tom trouva réconfortant. L'une des loges serait occupée, ce soir. Il avait reçu un message discret, et avait chargé Poe d'accueillir ce client particulier.

— Hum, grommela le Général, étonné. Il est un peu tard pour trouver un nouvel investisseur, non ? Tu n'as pas déjà signé l'acte de vente du bâtiment ?

— Il m'adresse ses excuses sans me fournir la moindre explication. Et on ne le voit plus au *Lys blanc* depuis quelque temps, alors qu'il venait presque tous les soirs depuis un an.

— Dans ce cas, il savait qu'il allait se retirer de l'affaire.

Tom hocha la tête, l'air sombre. Donc, le major l'évitait. C'était d'autant plus étrange qu'il n'en voyait pas la raison. Cela ne posait pas vraiment de problème tant que les autres investisseurs ne se désistaient pas à leur tour. Et si *Vénus* se révélait le succès qu'il escomptait dès la semaine suivante…

Il faudrait que ce soit un triomphe pour compenser l'absence de soutien financier de la part du major.

Tom sourit. Il était confiant, ce serait un gros succès.

— J'ai jeté un coup d'œil dans l'atelier, Général. La coquille d'huître de Vénus s'annonce stupéfiante. Tu t'es surpassé.

— Avec l'éclairage, ce sera encore plus somptueux, assura le petit homme. J'ai déniché une très belle peinture – il y a ce type qui réussit à la faire briller grâce à une substance spéciale. Et les poissons surgiront des coulisses…

Tom ne voyait tout cela qu'en termes de dépenses. Il évalua le coût de la coquille, des poissons, de la peinture, sans oublier les costumes. Il aurait besoin d'argent frais très bientôt, bien davantage que ce que lui rapportaient déjà ses spectacles quotidiens.

Le feu dans la cheminée consommait pas mal de bois – encore une dépense supplémentaire – et la pièce était surchauffée. Mais les fresques étaient tellement plus belles à la lueur du feu. Mieux valait ne pas envisager des économies de bois dans l'immédiat.

— Je voulais te parler de quelque chose, Général, fit Tom, changeant de sujet. Des voiles. Tu crois pouvoir faire quelque chose avec des voiles ?

— Mmm, fit le Général, la tête inclinée de côté. C'est une excellente idée, Shaughnessy. En fait… on pourrait habiller les filles comme dans un harem et…

— J'ai un fils, lâcha Tom à brûle-pourpoint.

Le Général s'interrompit abruptement. Tom ne le regardait pas. Il semblait presque gêné. Il avala une gorgée de cognac pour se donner du courage.

Au bout d'une éternité, le Général se racla la gorge.

— Ce fils, il vit dans le Kent, je suppose.

— Oui.

Leur amitié n'était pas fondée sur les confidences. Chacun acceptait les défauts et les qualités de l'autre, et ils partageaient le même goût pour les femmes. Avec cet aveu, ils se retrouvaient en terri-toire inconnu.

— C'est pour cela que tu as besoin d'argent ? Et pas seulement à cause du *Gentleman's Emporium*.

— Oui, en partie. Et aussi parce que je préfère être riche, répondit Tom, un peu énervé.

— Une préférence que je partage avec toi, admit le Général.

Un silence pesant tomba entre eux.

— Comment as-tu eu ce fils, Tom ? demanda-t-il soudain.

— De la façon habituelle, répliqua Tom, ouverte-ment irrité, à présent.

Le Général se mit à rire.

— Désolé. Je voulais dire… qui est la mère ? Tu as l'intention de… de l'épouser ?

— Je sais qui est la mère. En revanche, j'ignore où elle se trouve. Elle a confié l'enfant à ses parents.

Il n'avait pas vraiment répondu à la question de son ami. Le silence s'installa de nouveau. Puis Tom s'éclaircit la voix.

— Il a presque deux ans. Et il se trouve…

Il prit une profonde inspiration, se leva et fixa le mur sur lequel s'ébattaient dieux et nymphes.

— Il se trouve que je veux qu'il fasse ses études à Eton, déclara Tom, un peu incrédule. Je veux qu'il aille à Oxford, ajouta-t-il après un rire bref. Je veux qu'il soit député ! L'autre jour, je me trouvais avec tous ces types, ces investisseurs, certains vaniteux, tous très riches. Je veux que mon fils ait une chance de vivre comme eux. Si j'ai assez d'ar-gent, ce sera possible. Mais si l'on apprend que je suis son père, sa route n'en sera pas facilitée.

Le Général prit le temps d'assimiler ces révéla-tions. Tom avait raison.

— Tu es un homme bien, Tom, commenta-t-il enfin, un peu hors de propos, mais que dire d'autre?

— Tu trouves?

— Je suis sincère. Tu es le meilleur que j'aie jamais rencontré en tout cas.

— Ça, je veux bien le croire.

Le Général émit un grommellement désabusé en guise de rire, puis il avala une longue gorgée de thé. Il ne buvait plus que du thé depuis que Tom l'avait trouvé affalé contre le mur du théâtre de la *Pomme verte*.

— J'ai remarqué que tu te battais moins en duel, depuis quelque temps. Tu souris moins? observat-il d'un air narquois.

— Je suis occupé, répliqua Tom sèchement.

— À moins que tu ne souries *davantage*... à une femme en particulier?

Tom lui adressa un regard d'avertissement. Son ami était un peu trop observateur à son goût.

— Tu sais que ce n'est pas raisonnable, reprit le Général. Je n'ai pas besoin de t'énumérer les raisons. Les autres danseuses, par exemple, risquent d'être jalouses, d'avoir le cœur brisé. Tu risques de déclencher une mutinerie.

— Je sais que ce n'est pas raisonnable, admit Tom. Je n'ai jamais été raisonnable.

— Tu pourrais peut-être te rendre la vie plus facile si tu...

Tom le fixa d'un air impatient.

— Oh, et puis, peu importe! soupira le Général.

Tom fit jouer ses doigts distraitement. Il avait tellement écrit, ces derniers temps, que sa blessure se rappelait à son bon souvenir, le réveillant parfois en pleine nuit. Il lui restait tant à régler pour mener à bien son projet de *Gentleman's Emporium*.

S'assurer le soutien des investisseurs n'était qu'une partie de ses tâches.

— Il est trop petit pour savoir qui je suis. Je parle de l'enfant. Et parfois… je me dis que je pourrais mettre un peu d'argent de côté pour lui et m'effacer.

Le Général leva les yeux au ciel.

— Toi, t'effacer ? Voilà qui te ressemble bien ! Tu peux me rappeler comment tu as eu cette cicatrice ? Ce théâtre ?

Tom observa sa main balafrée.

— Cette fois, c'est différent.

Le Général ne se trouvait sans doute pas qualifié pour en débattre, car il demeura un instant silencieux, puis reprit :

— Donc… un harem, disions-nous ?

Il se leva et prit son manteau.

— Tu as entendu parler de Shéhérazade, Général ? s'enquit Tom en l'imitant.

Soulagés d'en revenir au travail, les deux hommes quittèrent la pièce pour aller accueillir leurs clients.

Après le spectacle, alors qu'elle regagnait sa chambre, Sylvie aperçut en passant de la lumière dans le bureau de Tom. Elle ne put résister à la tentation de jeter un coup d'œil dans l'entrebâillement.

Alors qu'elle l'observait, Tom fronça les sourcils, puis se leva d'un bond, prêt à dégainer son couteau.

La main sur sa bouche, Sylvie recula vivement. En la reconnaissant, il se figea.

— Vous m'épiiez, mademoiselle Chapeau ?

— Pas du tout.

Elle commençait à regretter amèrement de s'être inventé ce nom ridicule. Et suspectait Tom d'aimer l'employer pour cette raison même. Sinon, il l'aurait appelée Sylvie, comme les autres.

— Mais si, contra-t-il fermement. Je vous ai vue, ajouta-t-il en l'imitant.

Elle eut beau faire, elle ne put s'empêcher de rire.

— Avez-vous apprécié ce que vous avez vu alors que vous m'espionniez?

S'il avait existé un concours de flirt, il l'aurait gagné haut la main, songea-t-elle.

— J'ai aperçu de la lumière, et je me suis demandé qui pouvait bien être là, déclara-t-elle froidement.

— C'est ma bibliothèque. C'est ici que je travaille. Vous vous attendiez peut-être à trouver quelqu'un d'autre à ma place?

Il attendit, puis décida apparemment de ne pas la tourmenter davantage. Il se rassit derrière son bureau.

— J'ai remarqué que le Général et vous sembliez avoir conclu une sorte de trêve. Il ne vous aime pas, mais il n'aime personne, au fond, à part moi, peut-être. Et Daisy.

— On aurait pu penser qu'il aimerait Daisy moins que quiconque.

— On aurait pu, en effet, admit-il avec un sourire énigmatique qui disparut très vite.

Le silence s'installa entre eux tandis qu'ils se regardaient. Puis Tom passa gauchement la main dans ses cheveux pour les écarter de son front, geste que Sylvie trouva touchant. De toute évidence, s'il savait tirer profit de son physique avantageux, il n'en était pas pour autant esclave. Et il cherchait à lui plaire...

—Eh bien? Vous ne voulez pas vous asseoir? demanda-t-il avec impatience, comme s'il l'avait déjà invitée à le faire.

Non, songea-t-elle. Ce serait de la folie...

—Pourquoi pas? répondit-elle doucement.

Elle l'étudia un moment. Ses doigts étaient tachés d'encre. Ses manches relevées révélaient des avant-bras musclés. Il avait ôté sa cravate et déboutonné le col de sa chemise, et Sylvie dut lutter pour ne pas jeter un coup d'œil dans l'échancrure, histoire de voir s'il était glabre ou velu, comme Étienne. En tout cas, il avait le torse musclé, et sa peau était dorée à la lueur de la lampe à pétrole. Elle n'aurait su dire si c'était le silence, l'obscurité dans laquelle le théâtre autour d'eux était plongé, l'absence de sollicitation en tous genres, mais quantité de petits détails de la personne de Tom lui apparaissaient soudain avec netteté : la moindre cicatrice, ses cils, les petites rides au coin de ses yeux...

Il remarqua son regard appuyé.

—Qui êtes-vous *vraiment*, mademoiselle Chapeau? s'enquit-il avec un sourire, comme si son seul charme la pousserait à répondre.

Elle s'esclaffa.

—Je suis en visite en Angleterre, monsieur Shaughnessy, et j'ai eu la malchance de me faire dérober tout mon argent.

—Dès votre arrivée, le Général a suggéré que vous étiez peut-être une... ballerine, risqua-t-il, comme si cette expression lui était totalement étrangère.

Elle se crispa légèrement, bien que le Général lui eût promis de ne pas révéler son identité.

—Je me demande où il est allé chercher une telle idée!

Tom s'adossa confortablement à son fauteuil et la dévisagea longuement, les mains croisées derrière la nuque, ce qui ne faisait que souligner la largeur de son torse. Elle parvint, Dieu sait comment, à soutenir son regard, et eut l'impression qu'il faisait la même chose qu'elle un instant plus tôt : il détaillait chacun de ses traits.

Au bout du compte, il parut plus perplexe et, surtout, un peu mal à l'aise, ce qui n'était pas très flatteur.

— Vous savez comment j'ai rencontré le Général ? lâcha-t-il de manière inattendue.

— Je n'en ai pas la moindre idée.

— Il y a un théâtre dans l'East End qui s'appelle la *Pomme verte*. Un établissement mal famé. Vous le connaissez peut-être.

Elle lui adressa un sourire pincé en guise de réponse.

— Non ? Eh bien, c'est là-bas que j'ai débuté dans le métier. Je travaillais dans un pub, près des quais, et j'ai rencontré un type qui dirigeait un théâtre... Enfin, bref, j'ai décidé de monter un spectacle avec de jolies filles déguisées en fleurs. Elles avaient des pétales de marguerite autour de la tête. C'était très habile, j'ose le dire. Personne n'avait jamais osé une chose pareille, du moins dans l'East End. Franchement, j'aime beaucoup voir danser de jolies filles. Et donc, le premier soir, des hommes sont venus, mais pas suffisamment. La salle n'était pas pleine. Le lendemain non plus. Le patron de la *Pomme verte* perdait de l'argent. Je commençais à m'inquiéter, car il était tout à fait capable de m'égorger si je continuais à lui faire perdre de l'argent.

Tom s'exprimait d'un ton détaché, et Sylvie s'efforça de demeurer impassible. Au moment où il commençait à lui paraître humain, il lui prouvait de nouveau qu'il était issu d'un tout autre univers qu'elle. Un univers où l'on fréquentait des égorgeurs.

— Je suis sorti du théâtre après le spectacle. Appuyé contre le mur, je me demandais si j'allais fumer un cigare, mon tout dernier. J'ignorais ce que j'allais devenir, car je n'avais plus un sou. C'est alors que j'ai entendu du bruit à mes pieds. Une voix traînante, avinée, qui avait prononcé le mot « organdi ». Vous imaginez ? Alors j'ai baissé les yeux, et j'ai vu un... petit homme. Il était affalé contre le mur. Il avait la taille d'un enfant, mais une barbe fournie. Il était crasseux et empestait l'alcool. Il aurait suffi d'une étincelle pour qu'il s'enflamme. Alors je lui ai dit : « Je vous demande pardon ? », car je suis poli, voyez-vous.

— Naturellement, commenta Sylvie en réprimant un sourire.

— Et ce petit bonhomme m'a répondu : « J'ai dit *organdi*, espèce d'idiot ! Ça tombe mieux, et on voit à travers à la... à la... lumière des lampes. Tu as toutes ces filles en *mousseline*, pauvre crétin. Tu mérites d'échouer. »

Satisfait de son imitation de l'ivrogne, Tom regarda Sylvie, puis enchaîna :

— Ensuite, cette petite ordure s'est à nouveau écroulée contre le mur. J'ai cru qu'il avait perdu connaissance, et j'ai failli passer mon chemin. Mais alors que je l'examinais, il s'est mis à remuer et a essayé de se relever. C'était parti pour lui prendre tellement de temps que j'ai fini par lui donner un coup de main.

Sylvie se mit à rire, mais elle n'en était pas moins étonnamment émue. Elle imaginait aisément le mépris qu'un tel ivrogne pouvait susciter.

La plupart des hommes n'auraient pas daigné l'écouter, et se seraient éloignés, écœurés. Était-ce sa curiosité naturelle ou sa fibre espiègle qui avait poussé Tom à réagir comme il l'avait fait ?

Curieusement, elle se surprit à penser qu'Étienne ne se retrouverait jamais dans une pareille situation. Il n'aurait jamais à faire un tel choix.

— Donc je l'aide à se relever, et voilà comment il me remercie : « Si ce sont des *fleurs*, pauvre imbécile… il faut qu'elles dansent comme des fleurs. Des fleurs *sensuelles*. » Et je vous jure que là, sous mes yeux… ce petit bonhomme s'est mis à danser comme une fleur « sensuelle ». Il ondulait en agitant les bras, comme ceci…

Sylvie éclata de rire, et Tom lui sourit, visiblement ravi.

— Mais, ivre ou pas, je voyais très bien où il voulait en venir, reprit-il.

Il semblait encore émerveillé.

— Je l'ai donc pris par le bras, ce qu'il n'a guère apprécié si je me fie aux coups de pied qu'il m'a flanqués dans les chevilles. Hélas pour lui, il visait mal ! J'ai fini par le soulever, et Dieu sait qu'il empestait, le bougre ! Il s'est débattu, mais il était mince, à l'époque, et j'ai réussi à le maîtriser. Je l'ai ramené chez moi, non loin de la *Pomme verte*, et je l'ai enfermé dans une pièce, le temps de le dégriser. Ce n'était pas beau à entendre. Il ruait, divaguait, insultait un certain Beedle, je crois.

— Beedle, dites-vous ?

C'était troublant, car Sylvie avait entendu parler d'un M. Beedle. Et s'il s'agissait de la même personne, cela expliquait bien des choses sur le Général.

— Beedle, confirma Tom. Jamais je n'ai entendu de telles insultes, même pendant la guerre. Mais une fois propre et sobre, le Général s'est révélé un type honnête. En fait, il en savait beaucoup sur l'organdi, et sur un tas d'autres choses. Il avait des connaissances très particulières. Il savait concevoir des costumes superbes, construire des décors, monter des chorégraphies fort divertissantes. Il s'est avéré que nos talents et nos goûts se complétaient. La *Pomme verte* a rencontré le succès grâce à de nouveaux costumes et quelques modifications dans le spectacle. Nous avions nos fleurs sensuelles. Je lui ai versé une partie des bénéfices, et il n'a plus jamais bu une goutte d'alcool.

Sylvie demeura silencieuse un moment.

— C'était gentil, ce que vous avez fait pour lui, commenta-t-elle enfin.

— Peut-être, admit-il. Je crois qu'il s'agit plus de chance et de curiosité que de gentillesse. Mais comme je vous l'ai dit, j'ai toujours eu de la chance en amitié.

— Des amis comme Biggsy le bandit de grand chemin ? répliqua-t-elle d'un ton acerbe.

— Je vous garantis que les autres passagers de la diligence ont trouvé qu'ils avaient eu de la chance que je le connaisse, répondit-il sereinement. Quant à Mick, il a réussi à vous amener au *Lys blanc*, non ? Encore que j'ignore encore si je dois m'en réjouir.

Il lui sourit. Elle plissa les yeux en réponse.

— Ce qui m'amène au sujet suivant, mademoiselle Chapeau. Je connais le Général depuis des années, et j'ai appris à compter sur ses connaissances si singulières. Alors s'il est persuadé que vous êtes une ballerine… je suis enclin à me fier à son jugement.

— Fondé sur une simple opinion ?

—Oui, mademoiselle Chapeau, et parce que vous n'êtes *manifestement* pas une lady.

Sylvie demeura pétrifiée.

—Je... je vous demande pardon ? bredouilla-t-elle, la gorge nouée.

Il poursuivit, sans se soucier de son indignation :

—J'ai connu beaucoup de femmes...

Il fixa le plafond, comme pour mieux les recenser, et sourit.

— Oui, beaucoup... Issues de tous les milieux, certaines titrées, la plupart sans titre. Vous n'êtes ni une lady ni une domestique. Vous avez l'habitude d'attirer les regards et d'arriver à vos fins, et vous n'avez pas l'air d'être mariée, parce que vous ne semblez pas accoutumée à ce qu'on... s'occupe de vous.

Tout était si juste que Sylvie en resta sans voix.

—Vous possédez une assurance d'une autre nature. Il y a une explication à cela, mais j'ignore laquelle. Je vous ai parlé de moi... si vous me disiez pourquoi vous êtes à Londres ?

—Je suis venue rendre visite à une... parente, répondit-elle finalement, car il méritait au moins un semblant d'explication. Il se trouve que cette parente n'était pas chez elle.

—Ah... Donc, la famille... Chapeau a dû s'absenter pour régler quelque affaire urgente ? Elle est peut-être en visite chez vos cousins, les Casquette, du Shropshire...

Elle fut tentée de rire de sa plaisanterie. Tom Shaughnessy était bien plus futé qu'elle ne l'aurait souhaité. Devait-elle se confier à lui et lui déclarer : « Ma sœur est mariée à un vicomte et, apparemment, toutes les opportunistes du pays affirment être sa sœur. Soit dit en passant, une récompense est prévue pour quiconque permettra l'arrestation de ces opportunistes. Vous êtes sans doute au courant. Et ne m'avez-vous pas dit que vous aviez besoin d'argent pour votre nouveau théâtre ? »

— Leur maison n'était pas éclairée, et il n'y avait pas de domestiques, personne pour vous faire entrer ? insista-t-il. Personne ne vous attendait ?

— Non, répondit-elle. Pas de domestiques.

— Et vous quitterez le *Lys blanc* dès le retour de votre parente ?

— Oui, fit-elle après une hésitation.

Il se tut un moment, puis :

— Vous ne me faites pas confiance.

— Non, dit-elle en ébauchant un sourire.

— Je le déplore, mais vous n'avez peut-être pas tort, admit-il en lui rendant son sourire.

Il recommençait à flirter, mais à peine, comme s'il cherchait juste à la mettre à l'aise. Un silence étrange tomba entre eux. Puis Tom se racla la gorge.

— Si vous êtes en danger, mademoiselle Chapeau, vous pouvez me le dire. Je ne laisserai personne vous faire du mal.

Sa voix était douce, mais ferme, et Sylvie comprit tout à coup que cette offre était le but de cet entretien.

— Merci, souffla-t-elle, presque intimidée.

Tom l'observait, la mine grave.

— Votre amant est un idiot, lâcha-t-il.

— Il n'est *pas*…

— Oui ?

Furieuse, Sylvie ferma les yeux. Puis elle sentit monter en elle un sentiment d'admiration ; cet homme avait le don de déclencher sa colère et de la piquer au vif dans le but de la faire se confesser. C'était un talent très particulier qu'il possédait là, et elle n'osait penser qu'il s'agissait d'une faiblesse chez elle.

Elle rouvrit les yeux. Il la fixait toujours, sans sourire.

—Votre caractère pourrait vous mener à votre perte, un beau jour, mademoiselle Chapeau. Mais cela fait de vous quelqu'un de sincère, je crois. Et votre amant...

Il s'interrompit pour lui donner de nouveau l'occasion de nier l'existence d'un amant. Elle ne lui offrirait pas ce plaisir.

—... ne doit pas être un bon amant.

Alors qu'elle aurait dû être outrée, elle eut juste envie de lui demander : Pourquoi ? Quelque chose en elle trahissait-il ce fait ? Qu'est-ce qui faisait d'un homme un bon amant ? Qu'il vous fasse rire une seconde et vous mette hors de vous la seconde d'après ? Qu'il vous donne envie de savourer chaque détail de son visage ? Ou bien un bon amant était-il un homme qui vous prenait, puis s'endormait, vous laissant insatisfaite plus souvent qu'à votre tour ? Un homme qui affirmait vous aimer comme il parlerait de la pluie et du beau temps ? Un homme qui vous promettait tout ce dont vous aviez toujours rêvé ? La sécurité, la paix, la richesse, le confort ?

—Qu'est-ce qui vous fait croire une chose pareille, monsieur Shaughnessy ? demanda-t-elle d'un ton léger, presque enjoué.

La chandelle vacilla sous son globe de verre, modifiant les ombres dans la pièce, et Sylvie se rendit soudain compte qu'elle était seule avec lui depuis trop longtemps.

—Le fait que vous vous trouviez ici, avec moi, en ce moment, et non avec lui.

Sa logique semblait évidente, ainsi énoncée d'une voix basse, presque rauque. Il se montrait patient, comme s'il s'attendait qu'elle en arrive elle-même à cette conclusion.

Elle détourna les yeux, prit une profonde inspiration, et le charme que sa voix avait tissé autour d'elle se dissipa.

—Je vous ai dit pourquoi j'étais à Londres, monsieur Shaughnessy. Cela n'a rien à voir avec lui. Ou avec vous.

Il y eut un court silence, puis :

—Vous admettez être une femme ambitieuse, mademoiselle Chapeau.

—Oui, répondit-elle, laconique.

—Et votre amant...

—Me procurera ce dont j'ai besoin, acheva-t-elle à sa place.

Tom hocha la tête et s'empara de sa plume qu'il tripota distraitement. Quand il s'adressa de nouveau à elle, sa voix était dangereusement douce :

—Mais que *désirez*-vous, mademoiselle Chapeau ?

La question était simple, pourtant, elle la déstabilisa. Se ressaisissant, elle se mit à rire.

—Dans ma vie, il n'y a pas de place pour le «désir», monsieur Shaughnessy. Et je me suis toujours procuré toutes les choses dont j'avais besoin.

—Et toutes les personnes aussi ? demanda-t-il non sans ironie.

Elle se leva d'un bond.

—Je ferais mieux de me retirer et de vous laisser à votre... travail.

—Très bien, mademoiselle Chapeau. Attendez... ajouta-t-il en fronçant les sourcils. Il y a quelque chose...

Elle hésita un instant, puis se rassit.

— Vous avez une… marque sur la joue. Permettez-moi de…

Il se pencha soudain par-dessus son bureau. La jeune femme retint son souffle, s'efforçant de ne pas détourner la tête tandis que ces yeux d'argent se rapprochaient, sachant qu'il s'agissait d'un défi. Elle ne put cependant s'empêcher de ciller, puis ferma les paupières. Son cœur se mit à battre à tout rompre. À chaque inspiration, elle sentait le parfum enivrant de cet homme…

— Je me suis mépris, fit-il doucement, au bout de ce qui lui parut une éternité.

Elle sentit son souffle sur sa joue.

— Une ombre, sans doute…

Elle rouvrit les yeux pour le voir s'adosser à nouveau à son fauteuil.

Elle s'attendait à un sourire quelque peu triomphal, mais découvrit qu'il semblait aussi troublé qu'elle-même. Son visage était crispé, ses pupilles dilatées.

Elle haletait, en proie à une déception aiguë, comme si on lui avait tendu un présent avant de le lui retirer brutalement.

— Je crois que vous avez écrasé votre plume, monsieur Shaughnessy.

Tom baissa les yeux et parut déconcerté. Puis il posa la plume déchiquetée de côté.

— Bonne nuit, Sylvie. Il serait peut-être sage de garder à l'esprit que je ne suis pas un gentleman. Rien ne m'oblige à jouer selon les règles.

Sylvie se leva et fit volte-face si rapidement qu'elle faillit trébucher. Elle fit un pas vers la porte.

— Sylvie…

Elle s'arrêta, sans se retourner.

— Parfois... parfois, c'est une seule et même chose.

Elle comprit qu'il évoquait le désir et le besoin. Curieusement, cela semblait être une révélation pour lui également.

11

Pour Tom, les journées avaient toujours passé très vite, mais avec ses déplacements dans le Kent et la préparation du numéro sur Vénus, le reste de la semaine se déroula un peu comme dans le brouillard. Si la chanson était terminée, et si la coquille n'attendait plus que son aval, il fallait encore répéter la chorégraphie.

Il voyait Sylvie chaque jour. Stoïque, elle souriait et fessait ses partenaires tout en apprenant le dur métier de nymphe. Tom demeurait à distance prudente, au bout de l'allée, réfléchissant à ce que désir et besoin signifiaient pour *lui*.

Vers la fin de la semaine, il était plongé dans ses comptes quand un nouveau message lui parvint.

Anxieux, il brisa le cachet. Lord Cambry lui présentait ses excuses, mais il ne pouvait plus investir dans le *Gentleman's Emporium*.

Ces mots lui firent l'effet d'un coup de poing.

Levant les yeux, il découvrit une femme vêtue non pas en fée, en pirate ou en nymphe, mais en élégante tenue de ville. Il mit un peu de temps à reconnaître Molly, car ce n'était pas là le genre de toilette que son cachet lui permettait de s'offrir. Sans doute avait-elle trouvé un riche protecteur ou un mari potentiel, et il craignit soudain qu'elle n'ait décidé de quitter le *Lys blanc*.

Le moment serait mal choisi, car elle devait incarner Vénus. Philosophe, il commença à envisager d'autres solutions – excluant toutes Daisy Jones – avant même qu'elle n'ait ouvert la bouche.

— Tu es en avance, aujourd'hui, Molly, fit-il avec entrain.

— Joséphine avait besoin d'un coup de main pour les costumes, alors je me suis proposée.

Molly n'était pas du genre à se porter volontaire pour quelque tâche que ce soit. Perplexe, Tom fronça les sourcils.

— Elle a besoin d'aide ? Sylvie la seconde déjà, non ? De plus, elles en sont aux retouches.

— Eh bien, justement, monsieur Shaughnessy. Sylvie devrait l'aider, mais depuis quelque temps, elle s'en va rejoindre son amant à midi, du coup, Joséphine m'a appelée à la rescousse.

Tom en eut le souffle coupé. Littéralement.

— Sylvie va rejoindre son amant ? parvint-il, Dieu sait comment, à articuler.

Molly tripota le coin de son bureau.

— Tous les jours, à midi, d'après Joséphine. Depuis quelques jours, précisa Molly d'un air innocent. Ça lui a pris tout d'un coup, comme ça. Elle s'en va, et elle revient toute décoiffée et rouge. Et elle a l'air… heureux. Vraiment heureux…

— Merci, Molly, souffla Tom, qui ne souhaitait pas en entendre davantage. C'est intéressant.

Elle a l'air heureux.

— Et vous, vous n'avez besoin de rien sur ce plan-là, monsieur Shaughnessy ? demanda Molly sans détour. Monsieur Shaughnessy ? répéta-t-elle comme il ne lui répondait pas.

Il réussit à esquisser un vague sourire totalement dépourvu de naturel.

— Ta sollicitude est touchante, Molly, mais je n'ai pas à me plaindre.

— Toucher, c'est bien mon but, monsieur Shaughnessy, répondit-elle avec sérieux, en inclinant la tête.

Elle laissa sa main descendre lascivement sur son cou, puis son sein généreux.

Il n'était qu'un homme, après tout. Il suivit des yeux la main de la jeune femme. Le problème, c'était qu'il avait l'impression de regarder une chorégraphie à présent.

— Merci de te préoccuper de mes besoins, Molly, j'en suis très flatté. Mais tu connais mes principes, dit-il d'un ton ferme, avec un sourire conciliant.

Il voulait qu'elle parte, pour se retrouver seul avec cette sensation étrange qui l'oppressait. Il aurait juré qu'il souffrait.

— Tu dis que Sylvie va retrouver son amant au lieu d'effectuer le travail pour lequel elle est payée ? C'est pourquoi tu es venue me trouver ?

— Oh oui, répondit Molly, maussade. Elle y va à peu près à cette heure-ci, d'ailleurs.

Le dernier étage du *Lys blanc* était divisé en deux espaces : le grenier, dans lequel Tom se sentait le mieux, parce que les lieux confinés le rassuraient, et une autre pièce qui servait de débarras.

À son arrivée, il découvrit que le soleil filtrant à travers les carreaux poussiéreux créait une lumière crépusculaire. Il remarqua aussi que le plancher avait été balayé. Cageots et malles avaient été poussés de côté pour libérer l'espace. On aurait dit une scène de fortune.

Tom rôdait dans le couloir sombre quand Sylvie quitta sa chambre, puis se dirigea furtivement vers l'escalier qui menait au grenier. Il faisait chaud, ce jour-là, surtout sous les toits, pourtant la jeune femme avait drapé une cape sur ses épaules. Un déguisement?

Ou bien l'étendait-elle sur le sol pour s'y allonger avec son amant?

Tom crispa les poings malgré lui.

Il lui emboîta le pas aussi discrètement que possible, tête baissée. Que comptait-il faire? Les surprendre en pleine action?

Il aurait été plus sage de s'en tenir là, mais il en était incapable.

L'étau dans sa poitrine se desserra un peu quand il découvrit que Sylvie était seule. Elle se tenait au milieu de la pièce, les épaules droites, les bras gracieusement incurvés devant elle, les doigts se touchant à peine. Elle avait les cheveux tirés en arrière, si lisses que le soleil s'y reflétait.

La cape avait été pliée avec soin et posée de côté. Elle portait une robe qui, de façon à la fois exquise et scandaleuse, révélait ses chevilles et ses mollets élégants. D'où le déguisement, supposa-t-il. La jupe était taillée dans une étoffe arachnéenne qui semblait prête à s'envoler au moindre mouvement.

Sylvie avait un long cou gracile, et la peau si claire que Tom y décela un fin réseau de veines bleutées. Elle aurait pu paraître vulnérable si toute son attitude n'avait exprimé puissance et volonté.

L'espace d'un instant, Tom se demanda si la lumière provenait de la fenêtre ou émanait de la jeune femme.

Puis il remarqua son sourire, à peine esquissé, mais si confiant et joyeux qu'il en fut touché jusqu'au tréfonds. C'était une sensation à la fois douce et amère, comme lorsqu'on croque dans une prune. Parce que jamais, il le savait, il n'avait ressenti une telle joie.

C'était le genre de sourire que l'on offre à un amant de longue date, imaginait-il.

Son sourire se transforma, se fit engageant tandis qu'elle tendait les bras vers un partenaire invisible et se dressait en équilibre sur la pointe du pied.

Puis elle fit une pirouette, prit son essor, retomba souplement sur le sol avant de traverser le centre de la pièce en bondissant et en tournoyant. Sa tenue soulignait cette impression de légèreté, d'envol – un ange, une créature du ciel.

Plaqué contre le mur, dans l'escalier, Tom la contemplait, hypnotisé. Il retenait son souffle pour mieux entendre ses pas. Il avait déjà vu des ballerines sur des tableaux, mais la danse en soi ne l'avait jamais vraiment intéressé. Ce spectacle était bon pour une cour royale. Et, bien sûr, ne rapportait pas d'argent.

Mais en cet instant, il était tiraillé entre le respect et la panique. Il avait l'impression d'être tombé en plein conte de fées, de celles auxquelles sa mère irlandaise croyait dur comme fer, et qu'elle redoutait. Rien à voir avec les créatures provocantes qui envahissaient la scène du *Lys blanc*. Tout à coup, Sylvie ne semblait plus appartenir à la même espèce que lui. Elle n'était plus de chair et d'os, mais de feu et d'eau.

Seigneur ! Elle parvenait à se cambrer presque jusqu'au sol. Des images troublantes lui traversèrent l'esprit.

Il entendait presque la musique au son de laquelle Sylvie tourbillonnait. Et en dépit du plaisir qu'il lisait sur son visage, il devinait qu'elle comptait méticuleusement chaque pas, qu'elle calculait l'endroit précis où son pied devait heurter le sol, y glisser, s'en décoller, quand bien même tout apparaissait fluide et naturel. Elle ne disposait pas de miroirs pour vérifier ses mouvements. Cela lui manquait-il ? Elle devait avoir l'intuition que ses postures étaient correctes, tout comme Joséphine jouait à l'instinct, supposait-il.

Il regarda des bras s'élever vers le ciel, son cou délicat se tendre. C'était superbe. En vérité, il n'existait pas de mot pour décrire une telle perfection. C'était du grand art, et face à tant de grâce, il se sentit plus que jamais un rustre.

Il comprit également que pour parvenir à un tel résultat, elle avait dû souffrir, consentir de nombreux sacrifices, et travailler d'arrache-pied, armée d'une détermination surhumaine, la détermination de ceux qui sont décidés à devenir quelqu'un, à sortir du lot.

Une détermination comparable à la sienne, au fond.

Les pièces du puzzle se mirent en place : l'origine de l'assurance de cette femme, sa volonté de quitter le demi-monde. Peut-être commençait-elle à comprendre, tout comme lui, que sa place dans la société avait ses limites. Peut-être était-ce pour cette raison qu'elle avait pris un amant. Un homme fortuné, sans doute.

N'avait-elle pas dit qu'il lui procurerait tout ce dont elle aurait besoin ?

À l'instant où Sylvie s'était retrouvée sur ses genoux, dans la diligence, Tom avait su qu'elle était loin d'être ordinaire. Il comprenait à présent pourquoi la regarder brandir un coutelas et donner des coups de baguette magique était si... déconcertant.

Cela dit, il aimait la voir avec ses ailes de fée, et plus encore dans son rôle de pirate. Ce n'étaient là que quelques aspects d'elle-même : la délicate, l'éthérée, la légère. La dangereuse, la malicieuse, la courageuse...

Cependant, il commençait à soupçonner qu'il apprécierait de la voir sans le moindre costume.

Il continua de la regarder, mais plus il s'attardait, plus il risquait d'être découvert. Il en venait presque à regretter de l'avoir suivie, car il savait que cette image d'elle allait le hanter, désormais. Il se sentait presque aussi désemparé que s'il l'avait surprise en compagnie d'un amant.

Et, d'une certaine façon, c'était le cas.

Molly n'avait-elle pas déclaré qu'elle avait l'air heureuse, ensuite ?

Tom redescendit les marches lentement, à reculons. Pourquoi se sentait-il à ce point coupable ? Pourquoi ce sentiment d'être indiscret, alors que ce théâtre lui appartenait, y compris la pièce qu'elle avait transformée en salle de danse ?

Il en oublia que la dernière marche craquait toujours un peu, ce qui ne manqua pas de se produire.

En entendant craquer la marche, Sylvie s'arrêta net et fit volte-face.

Elle se pétrifia, la gorge nouée, en voyant les cheveux blonds et les épaules si reconnaissables juste avant qu'ils ne disparaissent.

Elle était en retard pour la répétition. Elle se débarrassa de ses chaussons de danse et de sa robe dans sa chambre, puis gagna la loge déserte et s'habilla à la hâte. Elle rejoignit les autres sur scène in extremis.

Le Général tenait à répéter le numéro des pirates, car il n'en était pas satisfait. Chacune était déjà en place à bord du navire. Il adressa à Sylvie une moue réprobatrice, puis fit signe à Joséphine.

C'est alors seulement que Sylvie remarqua la présence de Tom Shaughnessy, au bout de l'allée. Le visage sombre, l'air distrait, il semblait néanmoins déterminé à émettre un jugement. Elle devinait pourquoi. Son cœur bondit dans sa gorge, au point qu'elle en eut la nausée.

Les autres se préparaient à descendre la passerelle en brandissant leur coutelas. Prudent, le Général avait pris soin de séparer Molly et Sylvie. La rangée s'en trouvait un peu déséquilibrée, car les deux jeunes femmes avaient presque la même taille, mais il préférait maintenir la paix. Daisy s'était déjà glissée dans la trappe. Grâce à quelques aménagements, elle n'avait plus besoin que de l'aide discrète de deux des filles, qui la poussaient aux épaules du bout du pied, jusqu'à ce que son chapeau disparaisse – et que Joséphine entonne l'air de la chanson grivoise.

Au bout de deux mesures, le chapeau de pirate de Daisy et sa poitrine généreuse surgirent de la trappe. Elle se hissa à la force des bras sur le pont et se mit à chanter, malgré un essoufflement dû aux efforts qu'elle venait de déployer.

Brandis ton épée…

Pendant ce temps, Sylvie et ses camarades agitaient, puis frottaient consciencieusement leur coutelas contre leur corps.

Vu la gaieté du spectacle, la mine sombre de Tom Shaughnessy était terriblement déstabilisante. Sylvie ne parvint pas à afficher le sourire que le Général exigeait d'elle. Elle avait l'impression de danser face à son bourreau.

Le Général s'était installé au premier rang, les pieds posés sur le fauteuil devant lui.

Quand Tom martela soudain le sol de sa canne, il sursauta.

— Joséphine! aboya Tom.

Surprises, la pianiste et les danseuses se figèrent. Tous les regards convergèrent vers Tom, attendant une suggestion ou une réprimande.

— *Elle…*

Tom désigna Sylvie du pommeau doré de sa canne.

— Sylvie? fit le Général, méfiant, en fixant son ami comme s'il avait perdu la raison.

— Sylvie doit sourire.

La jeune femme le foudroya du regard. Il l'ignora.

— Ce n'est pas si difficile, Sylvie. Un sourire, ça ressemble à ça! expliqua le Général en tirant sur les commissures de ses lèvres. Essaie donc! Je t'assure que les messieurs qui assistent à nos spectacles n'ont pas envie de voir un… manche à balai renfrogné.

Les ricanements fusèrent.

— Pas plus qu'ils n'ont envie de voir une bande de godiches dénuées de grâce, renchérit Tom, à la grande surprise de tous, y compris le Général, à en juger par son expression ébahie.

Sur scène, les jeunes femmes stupéfaites fixaient Tom, bouche bée.

Mais celui-ci n'en avait pas terminé.

— Certaines d'entre vous ont décidé de se reposer sur leurs lauriers, enchaîna-t-il en posant ostensiblement les yeux sur Molly.

Sylvie rougit. En l'espace d'une minute, il l'avait prise pour cible, lui adressant une critique mesquine, avant de la défendre aux dépens d'une autre.

Et il évitait toujours obstinément de la regarder.

— Qu'est-ce qui lui arrive ? demanda Rose à sa voisine.

— Rien justement, souffla Lizzie.

— Tu veux dire que M. Shaughnessy manque de compagnie pour réchauffer son lit ? railla Jenny.

Les ricanements redoublèrent.

Molly, elle, ne broncha pas. Elle était rouge de colère. Le Général fit taire les autres d'un regard furibond.

— Vous êtes des pirates, les filles, des pirates redoutables et *désirables*. Et capables de danser sans vous bousculer ou me faire honte, reprit Tom d'un ton sans réplique. Je vous ai vues cafouiller. Veuillez recommencer.

Il se tourna vers la pianiste, qui demeurait bouche bée.

— Joséphine ?

Elle tressaillit, puis se mit à jouer avec une vigueur décuplée, comme si les réprimandes de Tom la visaient personnellement.

Les danseuses foulèrent la passerelle en brandissant leur coutelas, et en ondulant des hanches.

Tom s'attarda un moment, manipulant nerveusement sa canne. Il regardait la scène sans vraiment la voir. Il émit un vague grommellement, puis se tut, l'air ailleurs.

Et soudain, sans crier gare, il tourna les talons et regagna son bureau.

Par-dessus la musique, tous entendirent la porte claquer.

Sylvie eut toutes les peines du monde à se concentrer sur la répétition tant elle s'inquiétait de ce que Tom pourrait faire. Allait-il… la renvoyer ? L'abandonner à elle-même dans une ville inconnue ? Aurait-elle le courage d'incriminer le Général ?

Quand ce dernier les autorisa à partir, elle s'attarda en arrière tandis que les autres regagnaient la loge. Molly lui lança un regard par-dessus son épaule, puis murmura quelques mots à l'oreille de Lizzie.

Le cœur battant, Sylvie prit sa décision. Elle fit demi-tour et se dirigea vers le bureau de Tom.

Il était en train d'ôter sa veste lorsqu'elle apparut sur le seuil. Il s'immobilisa, un bras encore dans une manche, dès qu'il l'aperçut. Il avait déjà jeté sa cravate dans un coin comme s'il avait voulu se débarrasser d'une entrave.

Il apparut soudain à Sylvie que lui aussi portait un déguisement. L'homme qu'elle avait vu le soir, travaillant à son bureau, le col ouvert, les manches relevées, c'était là le véritable Tom Shaughnessy.

Ils se fixèrent du regard, chacun cherchant à deviner ce que l'autre pensait.

— Je vous ai vu, déclarèrent-ils en chœur, d'un ton à la fois accusateur et penaud.

Tom affichait une expression indéchiffrable. Il se détourna et finit d'enlever sa veste, qu'il drapa sur le dossier d'une chaise. Puis il entreprit de rouler ses manches de chemise d'un air absent. Sylvie n'en perdait pas une miette. Le regarder découvrir ses bras lui semblait un spectacle aussi intime que s'il s'était dénudé entièrement. Un gentleman n'aurait jamais agi ainsi devant elle en plein jour. Elle n'imaginait pas un instant Étienne dans cette situation, même si elle n'ignorait rien de son anatomie...

Tom baissa les yeux, et se mit à farfouiller nerveusement parmi les documents dispersés sur son bureau. Se rendant compte de ce qu'il faisait, il s'arrêta. Son regard s'évada du côté de la fenêtre, passa sur les rayonnages, avant de revenir au bureau.

En un mot, il regardait tout sauf elle.

—Votre visite a une raison précise, Sylvie? demanda-t-il enfin d'un ton guindé.

Elle le dévisagea, peu accoutumée à une telle humeur. Elle sentait que lui non plus n'y était pas habitué.

—Vous êtes... fâché?

Il parut réfléchir, comme s'il ne savait pas vraiment ce qu'il ressentait.

—Non, répondit-il finalement, sans la regarder.

Un silence gêné s'installa.

—Bien, fit-elle doucement. Je vais vous laisser.

—Ça ne rapporte pas d'argent, dit-il vivement.

À croire qu'il cherchait à s'en convaincre lui-même.

Sylvie demeura là où elle était. Il se décida à la regarder, et elle éprouva un choc. Il avait l'air de la défier. Semblait incertain. Comme s'il devait se défendre et ne savait comment s'y prendre.

En bref, Tom Shaughnessy était *mal à l'aise*. Pas amusé. Pas fâché. Pas même charmeur.

Sylvie l'examinait, fascinée. Elle l'avait observé en présence de bandits de grand chemin, d'aristocrates, de maris trompés, et pas une fois il ne s'était départi de son assurance et de sa bonne humeur. Et voilà qu'elle avait réussi à le déstabiliser… « Moi, songea-t-elle. Je lui fais cet effet. » En dansant *vraiment*, elle l'avait désarçonné. Elle l'avait fait se sentir…

Vulnérable. Cette idée l'enchanta. D'autant que cet homme avait le don de la faire vaciller. Ses yeux devaient pétiller plus que de coutume, car le regard de Tom s'assombrit. L'air résolu, il fit deux pas vers elle.

Retenant son souffle, Sylvie recula imperceptiblement. Il esquissa un sourire. Elle eut toutes les peines du monde à ne pas bouger tandis qu'il franchissait lentement la distance qui les séparait. Elle sentait la chaleur de son corps, à présent. Son parfum l'enveloppa comme un cocon. Elle aurait dû se douter que cet homme aurait un parfum enivrant, mélange de tabac, de savon et de linge propre.

Auquel s'ajoutait la subtile, mais caractéristique odeur du désir. Elle la connaissait, car, comme Tom l'avait deviné dès le début, elle n'était pas innocente.

C'était la première fois, toutefois, qu'elle la savourait.

Des mots, songea-t-elle. Elle avait besoin de mots auxquels riposter, derrière lesquels se protéger.

— Voyez-vous quelque chose sur ma joue, monsieur Shaughnessy ?

Hélas, sa voix n'était qu'un souffle. Son cœur battait si follement que le sang lui rugissait aux oreilles.

Il parut n'avoir pas entendu sa question.

— Je crois vous avoir précisé que je n'étais pas tenu de jouer selon les règles, Sylvie, dit-il doucement, d'une voix sourde.

Excuse ? Mise en garde ? Défi ?

Cette dernière hypothèse incita la jeune femme à lui tenir tête. En dépit de son trouble et des intentions de Tom, qui se lisaient sur son visage, en dépit du désir qui montait en elle au point qu'elle se disait qu'elle allait mourir s'il ne... s'il ne...

Il était si proche qu'elle discernait les nuances d'argent dans ses prunelles, les petites rides au coin de ses yeux.

Dès que ses lèvres touchèrent les siennes, elle ne vit plus rien. Ses paupières se fermèrent tandis que son baiser explosait en elle.

Presque douloureux dans son indicible douceur.

Puis ce fut fini. Rouvrant les yeux, elle comprit pourquoi. Tom avait reculé d'un pas, son regard était aussi sombre que l'étain. L'espace d'un instant, ils demeurèrent pétrifiés. Se jaugeant mutuellement.

D'un seul baiser plutôt chaste, ils avaient réussi à se dépouiller de tout faux-semblant, de tout badinage, de tous ces petits subterfuges dont ils usaient pour se protéger l'un de l'autre. Ils se retrouvaient à égalité. Et tout aussi incertains l'un que l'autre.

Ce fut Tom qui, le premier, surmonta cette incertitude. Se rapprochant de la jeune femme, il prit doucement son visage entre ses mains. Puis il attendit. Il ne respectait pas les règles du jeu, en effet, car il l'obligeait à choisir.

Elle aurait pu se dégager, ou reculer. Cela aurait été si simple, et plus sage, peut-être.

Au lieu de cela, lorsqu'il se pencha de nouveau sur elle, elle laissa échapper un soupir, de soulagement ou de plaisir, elle n'aurait su dire, et lui offrit ses lèvres.

Sylvie ignorait qu'un baiser puisse commencer par un imperceptible frôlement de lèvres. Mais c'est ainsi qu'ils découvrirent la forme et la texture de la bouche de l'autre. C'est ainsi que, peu à peu, elle se sentit fondre et murmura son nom.

Tom lui mordilla la lèvre inférieure, en effleurant délicatement les commissures. Enivrée par tant de délicatesse, Sylvie le laissa mener la danse, la caresser de sa bouche, jusqu'à ce que la délicieuse tension qui montait en elle devienne insupportable. Ce fut elle qui entrouvrit les lèvres, qui frôla sa langue de la sienne, l'invitant en elle.

Il ne put réprimer un gémissement rauque. Ses doigts tremblants lui caressèrent les pommettes, puis il lui inclina légèrement la tête en arrière pour approfondir son baiser. Ses caresses, sa saveur, la douceur de sa langue, tout concourait à ce vertige qui s'était emparé d'elle. Elle agrippa sa chemise pour ne pas chanceler, se pressa contre lui. Son torse était ferme sous ses mains, son souffle erratique, et elle sentait contre son ventre le renflement de son sexe gonflé de désir. Lorsqu'elle se plaqua contre lui, il gémit. Le désir grimpa en flèche, exigeant d'être assouvi. En cet instant, elle aurait donné n'importe quoi pour l'apaiser.

Leur baiser se fit plus passionné. La main de Tom glissa de son visage à son sein, s'y déploya, sa paume en frottant la pointe dressée. Une onde de plaisir parcourut Sylvie, qui se cambra vers lui, suffoquant presque.

Comme s'ils venaient de prendre conscience d'un péril imminent, ils se figèrent. La main de Tom battit en retraite. Leur baiser s'interrompit sans brutalité, comme dans quelque chorégraphie.

Au désir succéda la confusion.

Ils échangèrent un long regard. Le temps s'étira, une éternité ou quelques minutes à peine, qui sait ? Leur baiser semblait avoir bouleversé les règles qui régissaient l'univers.

— Une autre répétition vous attend, Sylvie, murmura Tom d'une voix rauque. Si vous parvenez à tenir sur vos jambes...

Si terre à terre soient-ils, ces propos étaient impuissants à effacer ce qui avait eu lieu. Sylvie se contenta de le fixer sans mot dire.

Face à son silence, Tom baissa la tête, le souffle court. Sylvie le contemplait, à la fois flattée et un peu effrayée de le voir aussi clairement ébranlé, lui qui avait sans aucun doute séduit des centaines de femmes, et ce depuis qu'il savait... manier l'épée.

Cela prouvait simplement que ce qu'il y avait entre eux désormais exigerait de la détermination, indépendamment de ce qui était sage ou sans risque.

Tom releva enfin la tête.

— Ma chambre est sous les toits, Sylvie, comme vous le savez. Vous m'y trouverez... presque toutes les nuits.

Sur ces mots, il tourna les talons et sortit en refermant la porte derrière.

Presque toutes les nuits...

Quand elle eut assimilé le sens de ces paroles, elle faillit éclater de rire. Ou pleurer. Si elle avait eu un objet sous la main, elle l'aurait jeté contre le mur.

Tom Shaughnessy avait le pouvoir d'exalter toutes les sensations en elle. Jamais elle ne s'était sentie aussi vivante. Et elle était furieuse, car elle ne voulait pas ressentir cette... vie en elle.

Elle avait besoin de se sentir en sécurité.

Or cet homme n'avait *rien* de rassurant.
Presque toutes les nuits.

Elle lui en voulait de lui laisser le choix. Tom Shaughnessy avait mal choisi son moment pour se conduire en gentleman.

12

Sylvie ne trouvait pas le sommeil. Elle ne cessait de se retourner dans son lit étroit. Son corps était en révolte contre la discipline qu'elle lui imposait depuis des années. Il réclamait désormais des sensations dépourvues de sens ou de but.

Tom était un fin tireur et savait manier le couteau comme personne. Pourquoi n'entretiendrait-il pas une maîtresse prénommée Kitty dans le Kent ? Et en quoi cela lui importait-il, à elle ? « Prends-le ! » lui intimait son corps qui brûlait de sentir les mains et les lèvres de Tom Shaughnessy le parcourir. C'était aussi simple que cela.

Le lendemain matin, elle endura les répétitions bravement, sourit, se dandina, agita sa baguette, suscitant même des compliments de la part du Général.

— Merci de ne pas faire la grimace quand tu donnes la fessée à Molly ! lança-t-il.

Une heure durant, elle avait aidé Joséphine à retoucher les costumes de fée et les tenues translucides des nymphes, ainsi que les culottes de pirates. Si seulement il existait une solution aussi simple qu'une retouche pour mettre fin à ses tourments ! Ce baiser passionné avait ouvert en elle une brèche. Non, une porte immense. Où cela la mènerait-il ? Comment endiguer le flot d'émotions qui s'y déversait ? Elle avait le choix entre partir, au risque de le regretter, ou se jeter à corps perdu dans cette aventure.

Ou encore se perdre dans la danse, un univers où tout était planifié, logique, où la discipline était indispensable pour engendrer la beauté.

Elle prit congé de Joséphine assez tôt, sans lui fournir la moindre explication, et gagna le grenier pour tenter d'oublier ses tourments.

Elle s'étira, s'envola, bondit avec souplesse. Son arabesque était parfaite. Elle entendait presque la voix de M. Favre… Elle se redressa, tendit les bras. *Voilà*.

— Comment ça s'appelle, ce que tu fais là ?

Sylvie faillit s'effondrer en entendant cette voix. Par chance, elle garda l'équilibre.

— De la danse classique, répondit-elle simplement à Molly, comme si elle n'était pas étonnée de la voir.

Elle effectua un plié impeccable pour s'étirer les muscles. Ses membres connaissaient cette position comme un pianiste ses gammes. Elle aurait toutefois apprécié une barre et un miroir, et regrettait presque M. Favre.

Elle aurait surtout volontiers remonté le temps pour empêcher Molly de la surprendre dans le grenier.

Molly avait dû la suivre, comme Tom l'avait fait. Si cela continuait, ce maudit grenier serait bientôt aussi fréquenté que la salle de spectacle.

— Qui peut vouloir te regarder… t'accroupir ? demanda Molly d'un ton moins méprisant qu'elle ne s'y attendait.

— Des princes, répondit Sylvie d'un ton désinvolte. Des rois, ajouta-t-elle en se mettant en quatrième position.

Son cœur battait un peu plus fort, tant elle s'efforçait de garder son calme. Molly émit un grommellement sceptique.

Sylvie se mit en demi-pointes et leva les bras, avant de se lancer dans une série de ronds de jambe à travers la pièce. Elle conclut en retombant sur un genou, le dos cambré avec grâce.

Enfin, elle se redressa, la mine impassible, et se mit en troisième position. Elle lança un regard à Molly, et lut dans son expression de l'envie, et une sorte de fureur impuissante. Une admiration qu'aucune réflexion ou fierté ne pouvait masquer. Sylvie ressentit une profonde honte. Cette démonstration d'un art qu'elle avait mis des années à peaufiner était cruelle et vaniteuse. Indigne d'elle.

Les joues empourprées, Molly déglutit et regarda vers la fenêtre.

— Elle a besoin d'être nettoyée, murmura-t-elle.

— Mmm, fit Sylvie en reprenant ses exercices.

— Pourquoi tu fais ça ? Pour que les hommes t'admirent ?

Sylvie s'interrompit et observa la jeune femme, qui s'efforçait de comprendre en dépit de son orgueil blessé. Sa question était très sérieuse.

— Parce que… Non, c'est pour m'admirer moi-même.

Ce n'était qu'une partie de la réponse.

— C'est à cause de cette danse que tu n'as pas de… Molly désigna ses seins.

Elle ne plaisantait pas. Sylvie ignorait si elle devait rire ou pleurer.

—Peut-être, admit-elle avec un soupir. Tu m'as suivie, Molly?

Cette dernière ne répondit pas tout de suite.

—Je croyais…

Elle se retourna sans terminer sa phrase. Elle arpenta la pièce, s'immobilisa devant une vieille malle.

—Pourquoi tu ne m'aimes pas? lui demanda Sylvie sans détour dans l'espoir de la désarmer.

Molly pivota pour lui faire face. Elle ne nia pas. Sa bouche s'incurva en un demi-sourire admiratif. De toute évidence, elle réfléchissait à la question, comme si elle tenait à y répondre avec exactitude.

—Il te regarde, lâcha-t-elle finalement. Il te regarde *vraiment*. Il ne nous voit pas, nous autres. Il ne nous a jamais vues, du reste, ajouta-t-elle avec amertume.

—Qui? demanda Sylvie, qui devinait sans peine à qui elle faisait allusion.

Son cœur s'emballa.

—*Qui?* répéta Molly en pouffant.

De toute évidence, elle trouvait sa question ridicule. Elle n'en dit pas davantage, et Sylvie n'insista pas.

Molly la dévisagea, un rictus résigné aux lèvres.

—C'est le meilleur homme que j'aie jamais rencontré, ajouta-t-elle sans masquer sa peine.

Sylvie en demeura sans voix. Jamais elle n'aurait songé à décrire Tom Shaughnessy en ces termes.

—Et ton amant? s'enquit-elle avec douceur. Celui qui est aussi beau qu'un duc?

—Ce n'est qu'un homme, déclara-t-elle en haussant les épaules d'un air de mépris, pour elle-même ou pour son amant, Sylvie n'en était pas certaine. Même lui, il m'a posé des questions sur toi. Il trouve que tu as l'air… déplacée. Il se demande ce que tu fabriques au *Lys blanc*. Je lui ai répondu que tu avais un amant, ici même.

Soudain gênée par la tournure que prenait la conversation, et n'ayant aucune envie de confirmation ou d'infirmer sa supposition, Sylvie effectua un plié sous le regard de Molly. Elle se doutait qu'elle semblait déplacée sur scène, malgré ses efforts pour onduler des hanches et fesser ses camarades. Étrangement, pourtant, cette critique la piqua au vif.

— C'est difficile à apprendre ? reprit Molly, d'un ton détaché, cette fois. Cette façon de danser ?

« D'une complexité inimaginable, songea Sylvie. Une discipline impitoyable, un don de soi, une souffrance quotidienne, des déformations des pieds, des douleurs musculaires… Seules les meilleures réussissent, et je suis la meilleure, parce que j'ai travaillé pour le devenir. »

Molly chercha une réponse sur le visage de Sylvie. Celle-ci crut déceler une ecchymose sous son œil, la trace laissée par la main de Belstow. Tel était le prix qu'elle avait dû payer pour susciter l'admiration des hommes.

Puis Sylvie comprit que sa réponse à Molly avait été malhonnête.

Car elle s'était totalement consacrée à la danse pour mener une vie hors du commun, pour attirer un homme tel qu'Étienne, susceptible de lui offrir un avenir différent de celui de Claude, sa mère adoptive, qui vivait chichement dans son petit appartement, avec pour toute compagnie ses souvenirs et un perroquet.

Elle était bel et bien devenue danseuse classique pour être admirée. Toutefois, elle savait que son talent était magique.

— Tu veux que je t'apprenne ? s'entendit-elle demander à Molly.

13

Parmi les plans du *Gentleman's Emporium* se trouvait la lettre d'un artisan qui devait fournir les miroirs des loges. Cet après-midi-là, tandis que Sylvie dansait au grenier, Tom s'empara de cette lettre et sourit, car il venait d'avoir une idée lumineuse.

C'est alors qu'il vit une autre lettre, dont le sceau était particulier, de même que l'écriture.

Avant même de l'ouvrir, il en devina le contenu et se rembrunit.

—Le vicomte de Howath a retiré ses billes, annonça Tom au Général avant le spectacle. Il m'a envoyé un message aujourd'hui.

Ses investisseurs se désistaient les uns après les autres, ce qui ne leur ressemblait pas. C'étaient des amis et clients de longue date. Et aucun n'était venu au théâtre depuis quelque temps. Il ne les avait pas croisés en ville, non plus.

Ce qui signifiait qu'ils l'évitaient.

Ce genre de situation mettait Tom hors de lui. Il était capable de persuader, d'amadouer, de convaincre n'importe qui en usant de son charme et sur la base de faits concrets. Il aurait volontiers accepté une raison valable à ces désistements. Il pouvait tout affronter, du moment que c'était face à face.

Mais il méprisait le silence et la fuite. Il considérait cela comme de la lâcheté, et il ne pouvait rien faire pour la combattre. Ces défections étaient inexplicables, et il était difficile de ne pas les attribuer à une cause unique.

Mais aucune ne lui venait à l'esprit.

C'était fort contrariant. Depuis l'enfance, jamais il ne s'était trouvé dans une situation aussi précaire. À mesure que son rêve prenait forme, il s'effritait entre ses mains. Il luttait pour sauver son projet, et un autre événement survenait, qui ajoutait à la précarité de son univers.

Il avait cru résoudre le problème la veille, avec un baiser. Naturellement, il avait embrassé bien des femmes par le passé, et y avait pris plaisir. En général, ces baisers n'étaient que les préliminaires à des plaisirs plus intenses. En embrassant Sylvie, il s'imaginait rétablir l'équilibre dans son univers. Une fois assouvi, le désir s'éteignait inévitablement, et la curiosité cessait de vous tourmenter. Or depuis qu'elle s'était retrouvée sur ses genoux, Sylvie suscitait en lui à la fois du désir et de la curiosité.

Il avait vite compris qu'un simple contact de la main ne lui suffirait pas, mais comment deviner qu'un unique baiser pouvait devenir aussi passionné, et engendrer un désir si avide qu'il l'empêchait de dormir? Pour elle, il aurait décroché la lune.

À défaut de la lune, il pouvait au moins lui offrir des miroirs pour sa salle de danse…

— Tu as déjà été amoureux, Général?

Ce dernier releva la tête, l'air passablement irrité.

— Bon sang, Tom, tu as bu trop de cognac ? Tu comptes recommencer tous les soirs à échanger des confidences comme des midinettes ? Ne compte pas sur moi pour me prêter à ce jeu.

Tom s'esclaffa.

— Je veux savoir, Général.

— Tu te demandes si *toi*, tu es amoureux, Tom, c'est ça ? répliqua le petit homme, finaud. Pourquoi ne pas le dire, tout simplement ?

Tom le dévisagea.

— Je t'ai ramassé sur le trottoir, crasseux et ivre…

— Seigneur, quel coup bas, Shaughnessy, coupa le Général avec un regard noir.

Tom se contenta de hausser les épaules.

— Bon, très bien, soupira le Général. Oui, j'ai été amoureux.

— Et ?

— On se sent ridicule, désespéré, mal, heureux et immortel, expliqua-t-il tristement. Tu es satisfait ?

— C'est tout ? insista Tom.

Un long silence s'installa.

— Elle m'a trouvé trop petit, ajouta-t-il d'un ton léger.

Ces paroles firent à Tom l'effet d'un coup de poignard en plein cœur.

— Tu es le plus grand, à mes yeux, déclara-t-il, d'un ton tout aussi léger.

— Cela ne m'étonne pas de toi.

Tom rit, avant d'enchaîner :

— Donc, tu as prévu un numéro sur le thème du harem, dans une semaine ou deux ? Daisy serait parfaite en favorite.

— Daisy serait parfaite en jambon de Noël, rétorqua le Général, la mine sombre.

— Tu as raison, elle est si rose, si bien en chair, et succulente… fit Tom avec malice, notant que le Général s'empourprait davantage à chaque mot.

Le surlendemain du baiser, et après une bonne nuit de sommeil, Sylvie se sentait plus forte. Il lui semblait même possible de ne pas penser à Tom Shaughnessy pendant une minute entière.

Jusqu'à ce qu'elle franchisse le seuil du grenier.

Elle s'arrêta au sommet des marches, presque aveuglée par la clarté, et mit un certain temps à en comprendre la raison.

Des miroirs ! Six grands miroirs rectangulaires avaient été installés sur tout un mur, et le soleil, qui inondait la pièce, se reflétait dessus.

Les fenêtres étaient d'une propreté étincelante. L'une d'elles était ouverte, laissant entrer une douce brise – ainsi, certes, que les relents moins agréables de la rue. Sylvie appréciait néanmoins un peu d'air.

Elle porta la main à son cœur, qui se mit à bondir d'une joie étrange. La surprise lui coupait le souffle sans qu'elle sache pourquoi. Ce n'était pas la première fois qu'un homme lui faisait un cadeau. Étienne la couvrait de présents : parfums, bijoux, dessous en soie, vêtements somptueux… Mais jamais personne ne lui avait offert un présent aussi personnel, qu'elle seule était à même d'apprécier.

Elle étudia son reflet. Elle arborait une expression qui lui était inconnue, avait l'impression de découvrir une étrangère pleine de vie et d'entrain, qui lui ressemblait sans être elle. Elle pensa à Susannah. Mener une autre vie que la sienne avait dû donner à sa sœur un regard différent du sien.

Serait-il empli de respect devant un cadeau à la fois simple et parfait d'un homme superbe et mystérieux ?

La danse classique ne rapporte pas d'argent. Tom Shaughnessy, extravagant en surface, financier avisé qui dormait dans un grenier, avait décidé de lui faire ce cadeau.

Elle perçut soudain un craquement dans l'escalier. Le cœur battant, elle fit volte-face.

Elle n'avait pas envie de le voir tout de suite, mais il semblait peu probable qu'il monte la rejoindre pour observer sa réaction. Elle voulait rester seule avec ses pensées, pour décider de ce qu'elle voulait vraiment.

Prendre quelque chose uniquement parce qu'elle le voulait lui était étranger, et son esprit lutta avec ce concept tel un enfant qui tente de soulever un jouet trop lourd pour lui.

En se tournant vers l'escalier, Sylvie ne vit personne. Pourtant, elle entendait des pas lents, réguliers. Ce devait être le Général si elle ne voyait toujours pas le sommet de son crâne.

Elle ne se trompait pas.

— Eh bien ! s'exclama-t-il en découvrant les miroirs.

Son expression était éloquente. Il n'était pas stupide. Elle n'avait pu se procurer ces miroirs et les installer au grenier toute seule. Sylvie le dévisagea, les sourcils arqués, attendant qu'il parle.

— Tu as pas mal transformé cette pièce depuis la dernière fois que je l'ai vue, commenta-t-il. Il n'y avait pas de miroirs...

— Non, répondit-elle, prudente, attendant la question à laquelle elle ne voulait pas répondre. Il n'y avait pas de miroirs.

Les yeux du Général étaient bien trop rusés, trop intelligents. Il fallait absolument détourner son attention.

— Vous connaissez un certain M. Beedle, Général ?

Sa question fit mouche. Le Général écarquilla les yeux. Ses joues s'empourprèrent, et il cligna nerveusement des paupières.

Il se ressaisit très vite.

— Pourquoi ? demanda-t-il sèchement.

Elle traversa la pièce et se regarda dans un miroir.

— Parce que moi, j'en ai connu un, un chorégraphe anglais de talent. Il est venu à l'Opéra de Paris et nous avons dansé pour lui. Il a ensuite épousé l'une de ses ballerines, je crois. Maria Bellacusi. Elle était douée, elle aussi. Dernièrement, j'ai entendu dire qu'il travaillait à la cour d'Angleterre. Mais la danse classique ne remporte pas autant de succès dans ce pays.

— C'est vrai, acquiesça le Général.

— À part à la Cour. Pour le roi.

— En effet.

Sylvie lui sourit et inclina la tête.

— Vous aimez peut-être la danse classique, mais… pas les danseuses.

Le Général eut un rire bref. Puis il fit quelques pas dans la pièce. Les boutons de son gilet scintillèrent au soleil.

— Disons plutôt… que c'est une danseuse qui ne m'aimait pas, avoua-t-il en regardant Sylvie droit dans les yeux.

À la fois flattée et étonnée par cette confidence, Sylvie ne dit rien, mais reprit vite la parole avant qu'il ne se sente gêné.

— S'agit-il d'une visite de courtoisie, Général, ou bien a-t-on besoin de moi, quelque part ? s'enquit-elle.

Il croisa les mains derrière le dos.

— Je suis monté te voir parce que j'ai une idée.

Il s'était exprimé avec dignité, mais elle devinait une certaine anxiété en lui, et un sentiment qui ressemblait à de l'espoir sur son visage.

— Une idée ?

— Pour un… hum… pour un ballet.

— Je ne cherchais qu'à la protéger.

Claude Lamoureux et Guillaume, le perroquet, étaient de nouveau réunis. Perché sur l'épaule de sa maîtresse, le volatile multipliait les marques de tendresse. Pâle et désemparée, face au vicomte et à lady Grantham, Claude se tamponnait les yeux. Ses cheveux bruns étaient striés de blanc, ses grands yeux gonflés de fatigue et soulignés de rides. Avec le temps, l'ovale de son visage s'était affaissé. La vie ne l'avait sans doute pas épargnée, songea Susannah.

— J'avais peur de ce que deviendrait Sylvie si elle apprenait la vérité sur son passé. Et si Étienne, son amant, découvrait d'où elle venait.

Susannah avait beau avoir les idées larges, l'emploi de ce terme la choquait un peu. Claude parlait de lui avec un naturel désarmant, comme si cette situation était normale.

— Il veut l'épouser, vous savez, et elle aura une vie agréable, bien plus que celle que j'aurais pu lui offrir. C'est un prince, de la maison des Bourbon.

Claude ne put dissimuler sa fierté, d'autant que le titre de prince était supérieur à celui de vicomte.

— J'ai donc brûlé vos lettres, lady Grantham. Je le regrette, mais j'avais peur, à la fois pour Sylvie et pour moi-même.

Susannah avait été tiraillée par l'envie de partir sur-le-champ pour l'Angleterre afin de retrouver sa sœur et celle d'attendre le retour de Claude. Les horaires des bateaux avaient décidé à sa place : il n'y avait pas de navire en partance avant plusieurs jours. C'était ainsi que le couple se retrouvait dans la pièce où Sylvie avait passé la majeure partie de sa vie. L'appartement était minuscule. Meubles et tapis usés témoignaient du peu de moyens de l'ancienne danseuse. Les rayons du soleil entraient par la fenêtre, éclairant le perchoir de Guillaume. De toute évidence, il régnait en maître sur les lieux. Il y avait des plumes éparpillées un peu partout, au grand dam, sans doute, de Mme Gabon.

Susannah posa la main sur celle de Claude.

— Merci d'avoir veillé sur elle pendant toutes ces années. Je sais que vous avez pris des risques.

— J'ai dansé quelque temps à la *Pomme verte*, voyez-vous. C'est là-bas que j'ai rencontré Anna, ainsi que Daisy Jones. C'est grâce à Daisy que j'ai eu connaissance de votre... épreuve. Quand je suis retournée en France, j'ai... j'ai ramené Sylvie avec moi pour l'élever. Et nul n'a plus eu de nouvelles d'Anna. Je n'ai jamais parlé d'elle à Sylvie. Je ne voyais pas l'intérêt de la perturber. J'ignorais ce qu'étaient devenues les deux autres fillettes, c'est-à-dire vous-même et Sabrina. Il était plus sage de ne pas écrire de lettre à quiconque à votre sujet, car il y avait danger...

Guillaume murmura une obscénité, mais avec tendresse, et pencha la tête vers sa maîtresse.

Claude prit un air confus.

— Il a appartenu à un marin, autrefois, expliqua-t-elle. Il a un vocabulaire très imagé.

C'était le moins que l'on puisse dire, songea Susannah, qui esquissa un sourire poli. Kit serra sa main dans la sienne. Elle le soupçonnait de réprimer un fou rire.

—Je suis désolée, Susannah, répéta Claude, la gorge nouée par l'émotion.

—Claude, je ne suis pas en colère, assura la jeune femme. À votre place, j'aurais peut-être brûlé ces lettres, moi aussi. Vous dites que Sylvie est partie pour l'Angleterre. Savez-vous où elle a pu se rendre exactement ?

—Hélas, non ! Daisy Jones est ma seule amie en Angleterre. Mais je doute que Sylvie connaisse son existence.

» Je suis inquiète, gémit Claude. Comme vous le voyez, nous menons une vie simple. Cela n'a pas toujours été facile quand elle était petite. Mais Sylvie... est devenue la plus grande danseuse de la capitale. Tout le monde est au courant de son départ. Quant à M. Favre... selon Mme Gabon, il est furieux.

—Sylvie est ballerine ? demanda Kit, fasciné.

Susannah ressentit aussitôt un soupçon de jalousie, parce qu'il y avait de quoi être fascinée. Puis elle éprouva une certaine fierté, car, après tout, Sylvie était sa sœur.

Et elle avait un *amant*.

Prenant une profonde inspiration, Claude s'efforça de se ressaisir.

—Si vous la retrouvez... dites-lui que je regrette. Je n'ai jamais voulu lui faire de mal. Ma Sylvie est très disciplinée. Cela ne lui ressemble pas de s'enfuir. Mais elle a un tel caractère... Je crains qu'elle ne soit partie pour l'Angleterre sur un coup de tête. Elle n'est pas en sécurité, toute seule là-bas...

Susannah sentit Kit lui glisser un regard de biais.

Ainsi, elle n'était pas la seule de la famille Holt à avoir un tempérament de feu. Voilà qui n'était pas pour lui déplaire. Déjà, elle se sentait proche de sa sœur.

Tom et le Général ayant le goût du spectacle, ils installèrent les filles et Daisy dans la salle, ce qui leur arrivait rarement. Elles étaient comme des écolières de sortie : sages, attentives, un peu impatientes, peut-être, mais on n'entendait pas un gloussement, pas un chuchotement.

Elles savaient pourquoi Tom et le Général les avaient réunies.

Sylvie lança un coup d'œil à Molly, qui le lui rendit. Après leur conversation de la veille, au grenier, elle savait que Molly était convaincue que ce serait elle qui jouerait le rôle de Vénus.

Derrière le rideau de velours rouge, un bruit sourd se fit entendre, suivi de quelques jurons.

— Le jour tant attendu est arrivé, mesdemoiselles, annonça Tom avec emphase.

Le rideau se leva.

— *Bon sang !* souffla Rose.

Une énorme huître trônait sur scène, étincelante. Les lumières étaient disposées de telle façon qu'on décelait à peine les cordages qui retenaient la partie supérieure. Un groupe de jeunes garçons étaient prêts à les actionner pour l'ouvrir.

— Ce sera encore plus beau le soir, assura le Général. Nous allons l'entourer d'algues et de poissons.

Il fit de grands gestes pour illustrer ses propos.

— Vénus, expliqua Tom, qui se tenait sur la scène, aura l'honneur d'attendre à l'intérieur de la coquille avant d'apparaître sous les yeux ébahis du public. Elle sera la perle de cette huître, et se lèvera avec grâce pour chanter une chanson composée par notre chère Joséphine.

La pianiste le remercia d'un gracieux signe de tête. Sylvie commençait à être inquiète quant à ce qui allait suivre.

—Je sais que vous brûlez toutes de savoir qui sera Vénus… poursuivit Tom.

Chacune retenait son souffle, surtout Sylvie, qui priait pour ne pas être l'heureuse élue. Mais, en vérité, elle ne savait à quoi s'attendre de la part de Tom Shaughnessy. Considérerait-il ce rôle comme un cadeau, ou bien cela l'amuserait-il de la placer dans cette coquille où elle avait si peu envie de se retrouver ? Elle ne pourrait protester, car il l'hébergeait. Cela dit, Tom était un être pragmatique. Il savait qu'elle ferait une piètre Vénus.

Il prolongea le silence pour souligner son effet.

—Molly, dit-il enfin, veux-tu monter sur scène ?

Des murmures ravis accueillirent la nouvelle, car aucune des filles ne remettait en question la suprématie de Molly.

Comme s'il s'agissait de son couronnement, l'intéressée monta sur scène, affichant un sourire radieux.

—Applaudissons Molly ! lança Tom avec une gravité de circonstance.

Les applaudissements crépitèrent. Flanquée de Tom et du Général, l'heureuse élue se rengorgea.

Sans un mot, Daisy se leva et se dirigea d'un pas digne vers les coulisses afin de regagner sa loge. Sylvie la suivit un instant des yeux., puis reporta le regard sur la scène. Tom souriait aux filles dans la salle. Quant au Général, il assistait à la retraite de Daisy avec une expression indéchiffrable.

Durant l'heure qui suivit, Molly apprit à entrer dans la coquille et à en sortir tandis qu'elle s'ouvrait lentement. Chacune voulut essayer, et le Général, ravi de son succès, les y autorisa tandis que Tom expliquait aux jeunes garçons à quel moment ils devraient tirer sur les cordes pour révéler Vénus. Il leur fit même une démonstration.

Sylvie examina de plus près l'imposant décor. Elle effleura des doigts l'intérieur doublé de satin, admirant la finesse du travail, et l'astuce du procédé. Le satin rose seyait à merveille au trône d'une reine des mers. Avec l'éclairage, il scintillerait de mille feux rehaussant le teint pâle de Molly. Oui, c'était là le décor idéal pour une perle.

Cette idée pleine de sensualité était née dans l'esprit de Tom Shaughnessy.

Tandis qu'elle caressait le tissu soyeux, Sylvie songea qu'elle aurait tout aussi bien pu caresser Tom lui-même. Elle leva les yeux, certaine de croiser son regard. Il bavardait encore avec les garçons à propos des poulies. Il lui lança un regard furtif, et ses yeux s'assombrirent.

Presque toutes les nuits…

14

Le lendemain, Molly arriva au grenier peu après Sylvie. Mais elle n'était pas seule. Elle avait amené le reste de la troupe.

Toutes les filles s'immobilisèrent, et la fixèrent en silence, les yeux écarquillés. Sylvie avait tiré ses cheveux en un chignon strict. La superbe tenue qu'elle portait pour s'entraîner voletait autour de ses mollets.

— Je leur ai parlé de ta danse classique, expliqua Molly non sans fierté, et des princes et des rois.

— Et vous avez toutes envie d'apprendre ? leur demanda Sylvie.

Si elle n'avait jamais enseigné à une classe complète, elle avait déjà conseillé de jeunes élèves, et consolé bien des victimes des foudres de M. Favre.

— Tu peux nous montrer ?

Sylvie détailla ces jeunes femmes bien en chair dont le corps n'avait jamais travaillé, à part dans un lit, peut-être, ou pour onduler des hanches sur la scène du *Lys blanc*. Comment allaient-elles supporter les souffrances, les efforts, la discipline ? Sans parler des nuances et de la complexité des pas…

Mais à quoi bon leur dire combien c'était difficile, ou que peu d'élues excellaient dans cet art ?

Elle leur montrerait, et elles décideraient par elles-mêmes ensuite.

—Oui, répondit-elle, je peux vous montrer.

Elles lui adressèrent des sourires timides en guise de remerciement.

—Ces miroirs… fit soudain Molly. Ils n'étaient pas là, l'autre fois…

Elle posa sur Sylvie un regard presque accusateur. Avant que celle-ci puisse s'expliquer, elles entendirent des pas dans l'escalier. Toutes se figèrent, et Sylvie surprit l'expression blessée de Molly. «Elle croit que c'est Tom qui vient me rejoindre», devina-t-elle. Mais Sylvie avait reconnu le pas du Général, qu'elle avait invité à les rejoindre.

—Elles aimeraient apprendre la danse classique, expliqua-t-elle posément.

Le Général fixa les six jeunes femmes superbes, qui se reflétaient dans les miroirs de la petite pièce si différente de la salle de spectacle du *Lys blanc*.

Dans un premier temps, un soupçon d'incrédulité apparut sur son visage. À moins que ce ne soit de l'étonnement.

Puis une lueur… inspirée s'alluma dans ses yeux sombres. Une lueur familière, presque extatique.

Sylvie l'avait déjà vue dans le regard de M. Favre.

—Vous travaillerez dur et ferez ce que je vous demanderai sans vous plaindre ? Je ne vous le demanderai qu'une fois, et à la première plainte, vous sortirez.

Il s'adressait à toutes, sauf à Sylvie.

Les cinq jeunes femmes acceptèrent d'un signe de tête. Que risquaient-elles à acquiescer ? devaient-elles se dire. Elles étaient loin d'imaginer ce qui les attendait.

—Très bien. Alors, on s'y met ?

La revue était placée sous le signe des pirates, des fées, des damoiselles et des sirènes. Après leur première leçon de danse classique, les danseuses entreprirent donc de se transformer en fées pour le premier tableau. Comme d'habitude, elles bavardaient bruyamment, les plaintes se mêlant aux exclamations devant les cadeaux livrés par les jeunes garçons.

En entrant dans la loge pour se préparer, Sylvie découvrit une petite boîte sur sa coiffeuse.

— Regarde, Sylvie ! Tu as un admirateur ! s'écria Rose.

Enfin ! aurait-elle pu ajouter.

Comparé aux paquets et bouquets ostentatoires qui s'accumulaient chaque soir, le présent de Sylvie était bien modeste. Déconcertée, elle fixa l'écrin. Comment répondre à un admirateur qui fréquentait le *Lys blanc* ?

Molly brandit un foulard en soie, dernier cadeau en date de son admirateur anonyme, celui qui la courtisait «dans les règles de l'art». La soie délicate suscita des soupirs d'envie chez ses compagnes, qui se précipitèrent pour l'admirer, le toucher, s'en couvrir les épaules, oubliant Sylvie et son écrin minuscule.

Elle s'en empara, presque méfiante, comme s'il allait lui sauter au visage. Il était en bois et pesait étonnamment lourd, vu sa petite taille.

Sur le couvercle était peinte une gracieuse ballerine dont le tutu flottait comme un nuage. Un flot brûlant lui enflamma les joues. Son cœur s'emballa. La boîte était munie d'un cordonnet au bout duquel pendait une minuscule clé en or.

Les mains tremblantes, Sylvie souleva le couvercle pour révéler un tambour étincelant qui, en tournant, jouerait un air.

Une boîte à musique !

Elle glissa la clé dans la fente, se rendant parfaitement compte que ce geste était empreint d'une certaine poésie lascive, compte tenu de la personne qui lui avait offert cette boîte, et à qui cela n'avait sans doute pas échappé.

Elle tourna la clé. Une mélodie résonna, à peine audible, parmi les rires et les bavardages. Une mélodie pour elle seule.

Plus tard, après les numéros de pirates et de fées, elles attendaient derrière le rideau, observant Daisy sur sa balançoire en pariant sur la résistance de celle-ci. Soudain, Sylvie sentit la présence de Tom derrière elle. Il fixait Daisy par-dessus leurs têtes. Il ne lui adressa pas un regard, ne dit pas un mot à aucune d'entre elles. À la fois distrait et en alerte, il passait en revue les moindres détails du spectacle, comme chaque soir.

Mais lorsqu'il tourna les talons, sa main effleura le dos de Sylvie, de façon apparemment fortuite.

Il alla voir le comte de Rawden, connu pour ses poèmes, qui venait d'entrer, très sûr de lui, et le cherchait des yeux. Il alla également saluer Crumstead, l'agent du roi, venu voir le spectacle et toucher son pot-de-vin.

Ce n'était qu'un frôlement, peut-être involontaire. Les autres filles n'avaient rien remarqué, car elles scrutaient le public en murmurant des commentaires que Sylvie avait cessé d'écouter. Mais il s'agissait de Tom Shaughnessy, après tout, qui avait le sens du spectacle. L'effleurement avait été délibéré. C'était un message, un geste complice destiné à eux seuls.

À cet instant, la joie et un désir violent entrèrent en conflit avec la colère et la peur de ce qu'elle ressentait. Elle s'en voulait d'éprouver tout cela elle qui, sa vie durant, avait canalisé ses passions, organisé son existence comme un ballet, sachant quel serait le prochain pas, et le suivant.

Mais avec ces miroirs, cette boîte à musique, cet effleurement discret, Tom Shaughnessy la courtisait en faisant montre d'une intuition et une subtilité qui ne correspondaient pas à l'image qu'il offrait de lui. Ainsi avait-il réussi à pénétrer les murs de sa raison sans rencontrer de résistance.

Elle se ravisa. Il ne la courtisait pas, il la séduisait. Le but était fort différent.

« Il ne touche pas aux danseuses », avait dit Rose. Tom ne vivait que pour son théâtre, et il n'était pas stupide. Il savait charmer ses employés tout en se tenant à distance, car il comprenait combien il était crucial de maintenir l'harmonie sous son toit. Sachant cela, Sylvie comprit qu'il n'entreprenait pas cette campagne à la légère.

Les implications de cette découverte lui coupèrent le souffle.

Elle avait souvent trouvé les attentions d'Étienne un peu trop solennelles. Pour lui, l'épreuve était gagnée d'avance.

Mais là... là, elle avait le choix.

Et si elle en avait d'abord voulu à Tom de lui accorder ce choix... elle y voyait à présent le plus beau des cadeaux.

Après le spectacle, dans sa robe de mousseline, le visage démaquillé, les cheveux noués en chignon, Sylvie regarda ses camarades s'en aller. D'un geste, elle salua Poe, puis gagna sa chambre. En passant devant le bureau, elle constata qu'il n'y avait pas de lumière sous la porte fermée.

La soirée avait été longue et agitée. Tom avait reçu plusieurs invitations de ses clients alors qu'il leur souhaitait une bonne nuit. Plus d'un avait évoqué le *Gant de velours*.

Presque tous les soirs…

Une fois dans sa chambre, Sylvie dénoua ses cheveux et les brossa avec soin. Puis elle se dévêtit, roula ses bas et s'empara de sa chemise de nuit.

En voyant son reflet dans le miroir, elle s'interrompit. La vie lui apparut soudain comme une chorégraphie. Elle pensa aux miroirs, à la boîte à musique… À la tête du *Lys blanc*, il y avait un homme fier et superbe qui la désirait. Mais avec ces présents, il lui avait aussi prouvé qu'il la *connaissait*. Ces cadeaux en disaient bien plus sur lui qu'il ne l'imaginait.

Elle reposa sa chemise de nuit sur le lit, enfila de nouveau sa robe, drapa sa cape sur ses épaules et prit sa chandelle.

Ce n'est qu'en entendant une marche grincer que Tom admit qu'il l'attendait depuis des jours. Il avait passé des nuits sans dormir, les sens en alerte, désespérant de la voir un jour. Il avait refusé des invitations, mené une campagne de séduction discrète. Cela lui ressemblait si peu qu'il en était déstabilisé, et un peu amusé, aussi. Il avait l'impression de n'avoir jamais rien désiré aussi ardemment. Et jamais il n'avait été aussi peu certain de l'obtenir.

Il s'assit dans son lit, alluma sa lampe de chevet. Ses mains tremblaient et son cœur cognait à grands coups sourds dans sa poitrine.

Il vit d'abord les ombres vacillantes que la chandelle projetait sur le mur, puis la jeune femme, enveloppée dans une cape qui laissait à peine entrevoir un pan de mousseline.

Ses cheveux tombaient sur ses épaules en une cascade soyeuse. Tom avait de la peine à respirer. Constatant que la lampe était allumée, elle souffla sa chandelle.

Elle aussi tremblait, et Tom en demeura muet d'émotion.

Il la regarda se débarrasser de sa cape. Dans la pénombre, il devina les contours de son corps svelte, ses longues jambes fuselées, sa taille fine. Puis elle ôta lentement sa robe...

La vue de son corps entièrement nu fut un choc exquis qui lui coupa le souffle. La jeune femme entreprit de plier sa robe, et Tom recommença à respirer pour lui murmurer d'une voix rauque :

— Pour l'amour du ciel, Sylvie, laissez cette robe.

Elle obéit avec un petit rire chevrotant. D'un geste gracieux, elle repoussa son épaisse chevelure, et Tom contempla, fasciné, le sein rond qui s'était soulevé en même temps que son bras.

Cette femme s'était déjà trouvée nue devant un homme. Elle n'était ni timorée ni honteuse, mais ne le provoquait pas pour autant. Elle savait l'importance du corps, savait utiliser le sien pour atteindre les sommets de son art, mais aussi pour prendre du plaisir et en donner.

À cette pensée, un flot de jalousie le submergea. En ce moment même, quelque part, quelqu'un se languissait de Sylvie. Quelqu'un qui l'avait possédée, qui pensait avoir des droits sur elle, et devait ressentir de la culpabilité ou des regrets.

Mais pour l'heure, elle était *ici*.

Qu'elle ait un amant ou pas, elle était montée jusqu'à sa chambre pour le retrouver.

Elle s'assit au bord du lit, les jambes repliées sous elle.

— Sylvie... murmura-t-il.

Il se déplaça, et le drap glissa jusqu'à sa taille. Il le repoussa d'un geste impatient, dévoilant les muscles saillants de son torse, ses hanches étroites, son ventre plat... et la preuve palpitante de son désir pour elle. Les sens en émoi, elle avait peine à croire qu'elle se trouvait là.

Il tendit la main, hésita un instant, puis lui effleura les côtes du dos des phalanges, comme s'il testait la température de l'eau parce qu'il redoutait de se brûler.

Le corps entier de Sylvie se mit à luire d'un éclat particulier, comme s'il était éclairé de l'intérieur.

Elle détourna la tête. L'ardeur dans son regard... C'était trop de sensations, tout à coup.

Elle l'entendit retenir son souffle tandis qu'il lui caressait doucement le flanc, traçant un sillon brûlant sur sa peau. Il referma la main sur un sein, en effleura l'extrémité d'un pouce rugueux. Parcourue d'un frisson de plaisir, Sylvie ferma les yeux et se mit à respirer plus vite.

— Ils sont petits, souffla-t-elle, gênée.

— Doux, corrigea-t-il aussitôt d'une voix sensuelle.

Sa main retomba ; il semblait deviner sa tension. Le silence les enveloppa, palpable.

— Montre-moi comment tu voudrais qu'ils soient, reprit-il avec douceur.

Sylvie rouvrit les yeux et inspira profondément. Aussitôt, le parfum troublant de son désir mêlé à la chaleur de sa peau l'assaillirent, aussi enivrants qu'un vin capiteux ou de l'opium. Toutes pensées cohérentes la désertèrent, et ce fut presque un soulagement ; elle n'était venue que pour une seule raison, après tout, et qui n'avait rien à voir avec la pensée.

Elle se pencha et glissa les bras autour de son cou. Ses lèvres frôlèrent les siennes, les pointes de ses seins effleurèrent la peau satinée de son torse, lui arrachant un frémissement de plaisir. Il avait le souffle court, mais se contentait de la contempler pensivement, ses yeux rivés aux siens, les mains crispées sur le drap.

Elle s'écarta, l'entraînant avec elle tandis qu'elle s'allongeait sur le dos. Il était sur elle à présent, tout en muscles, chair ferme, peau brûlante. Aussitôt, elle l'emprisonna entre ses jambes, son corps souple de danseuse ondulant jusqu'à ce que son sexe rigide trouve sa place à l'orée de son intimité. Le regard de Tom s'assombrit lorsqu'il la découvrit prête à l'accueillir.

Il chercha dans ses yeux l'ombre d'un doute, de l'abandon, peut-être. Mais son corps et son esprit n'étaient que pur désir.

— Tu es sans pitié, souffla-t-il avant de s'emparer de sa bouche avec un grognement rauque.

Ils ne s'attardèrent pas sur les préliminaires. Sylvie n'en avait nul besoin. Elle le voulait en elle sans attendre. Elle se cambra contre lui, ils se prirent mutuellement, et elle faillit crier de plaisir.

En appui sur les mains, Tom baissa les yeux sur elle et la contempla.

— Tom… Je t'en prie… vite… *vite…*

Il la fixait toujours, les pupilles dilatées, un sourire au coin des lèvres. Sylvie sentit la sueur lui perler au front. Et Tom ne bougeait toujours pas. Fermant les yeux, elle articula d'une voix haletante :

— Tom… Il faut que tu… Je…

— Non.

236

Sentant son souffle sur ses lèvres, Sylvie rouvrit les yeux. Leurs visages se frôlaient presque, à présent. Il avait exprimé son refus d'un ton nonchalant, mais son torse luisant, ses muscles frémissants sous ses doigts disaient tout autre chose.

— J'ai besoin…

— Implore-moi, Sylvie.

— *Je t'en supplie…*

— Chut, mon ange. Il ne faut jamais, jamais supplier.

Elle rit et grommela à la fois :

— Que tu es bête !

— Bête ?

Elle perçut un doux rire dans sa voix. Puis il se retira, lentement, très lentement, leur permettant à tous deux de sentir l'autre, de savourer l'exquise sensation. Il donna un coup de reins, une fois, deux fois. S'immobilisa.

— C'est ce que tu veux, Sylvie ? demanda-t-il, en appui au-dessus d'elle.

Elle aurait voulu lui répondre d'un juron, mais se trouva incapable de prononcer un mot. Elle ne put que gémir. Tom pencha alors la tête et lui murmura à l'oreille :

— C'est aussi ce que je veux…

Elle faillit s'esclaffer, mais gémit de plus belle comme il s'enfonçait de nouveau en elle. Les yeux rivés aux siens, elle se cramponna à ses épaules, le dos arqué tandis qu'il entamait un va-et-vient sensuel. Chacun de ses coups de reins mettait à mal les ressorts du matelas. Il l'embrassa dans le cou, et le contact de sa barbe naissante sur sa peau lui apparut délicieux. Leurs souffles haletants se mêlèrent, leurs bouches avides se trouvèrent comme ils se perdaient dans la férocité de leur union. Vite, vite, toujours plus vite…

Trop vite, Sylvie bascula, engloutie dans un océan de plaisir indicible.

— *Tom…*

Elle allait crier, mais il couvrit ses lèvres des siennes tandis que la jouissance explosait en elle, sauvage, volcanique, la secouant de la tête aux pieds. Tom continua d'aller et venir follement en elle avant de se figer, les yeux clos, l'extase déferlant en lui en spasmes incoercibles.

Le souffle rauque, les bras tremblants, il se laissa aller doucement sur Sylvie en prenant soin de ne pas l'écraser.

Un bien-être comme jamais elle n'en avait ressenti se répandit dans tout son être. La respiration de Tom tout près de son oreille lui était une musique céleste. Au bout d'un moment, elle enroula autour de l'index une boucle de ses cheveux puis, mutine, tira dessus avant de la relâcher.

Elle le sentit rire dans son cou. Il leva la tête avec langueur, et l'étudia comme s'il la voyait pour la première fois. Cela dura si longtemps qu'elle se tortilla, mal à l'aise.

— Ta bouche… commença-t-il.

Puis il secoua la tête et l'embrassa avec une douceur, une tendresse qui l'intimidèrent.

Ils demeurèrent enlacés un long moment, paisibles, silencieux, puis Tom se redressa et s'appuya sur le coude.

— À présent, est-ce que je peux te montrer comment j'aimerais que ce soit ? demanda-t-il, solennel.

Elle hésita, puis hocha brièvement la tête.

Il se pencha pour effleurer ses lèvres d'un baiser.

Il avait décidé d'embrasser certaines parties de son corps dès leur première rencontre et s'attela à la tâche avec bonheur. Il commença par le lobe de l'oreille, puis la tempe, le creux du cou, la clavicule. Sylvie redécouvrait son propre corps sous ses caresses.

— En te voyant danser, murmura-t-il, j'ai eu l'impression de voir... une flamme. Et voici que ton corps est ferme, puissant, aussi fort que celui d'un... taureau...

Il effleura des doigts la peau nacrée de sa cuisse avant d'y déposer un baiser furtif.

— Un *taureau* ? répéta-t-elle, indignée, tandis qu'il insinuait le bout de la langue dans son nombril.

— Un taureau, confirma-t-il. Je ne suis pas un poète, et tu es si forte et si fine à la fois...

Il posa la main sur son ventre plat, traça le contour de sa hanche, en embrassa la courbe. Elle sentit de nouveau sa barbe naissante sur sa peau et en eut la chair de poule.

— Je n'avais jamais rien vu d'aussi beau, reprit-il d'une voix rauque.

Ses lèvres cheminèrent jusqu'au triangle bouclé de son entrejambe. Elle réprima un cri lorsque sa langue atteignit sa destination, s'insinuant sans vergogne dans les replis humides de son sexe.

— C'est agréable ? s'enquit-il.

Elle lui répondit d'un soupir.

— Ce sera encore meilleur, promit-il, avant de le lui prouver.

S'abandonner au plaisir qu'il lui offrait, s'ouvrir à lui, se laisser fouailler de la sorte était nouveau pour elle. Tom était non seulement un amant expérimenté, mais il lui donnait en outre l'impression de la vouloir tout entière. Pourtant, même si son corps voulait capituler, une partie d'elle-même résistait. Elle éprouvait presque de la peur, mais n'aurait su dire pourquoi.

Il le comprit.

— Tout va bien, mon ange, chuchota-t-il. Tu peux te laisser aller.

Petit à petit, ses appréhensions cédèrent au plaisir divin que ses doigts et sa langue lui procuraient ; le monde s'évapora et elle oublia tout. Elle ondulait langoureusement, prenant d'abord ce qu'il lui offrait, puis réclamant davantage encore.

— Tu es si belle, murmura-t-il.

L'extase la prit par surprise, telle une grande vague surgie de quelque endroit secret de son corps, et qui enfla à l'infini pour l'emporter avec elle.

— Je veux être en toi, Sylvie…

La voix de Tom lui parvint de très loin.

— Oui… souffla-t-elle.

Il l'empoigna par les hanches et la fit sienne, lentement. Émerveillée, elle le regarda se perdre en elle, se mouvoir en rythme, la mâchoire crispée, le cou tendu, jusqu'à ce que, dans une plainte rauque, il se répande en elle, le corps secoué d'un ultime spasme.

Il se retira, s'écroula à son côté, et l'attira contre lui. Ils demeurèrent ainsi un long moment, deux corps repus et moites. Il lui caressait les cheveux, y enfouissait les doigts pour les démêler.

— Il ne te demandait jamais la permission avant de te prendre, n'est-ce pas ? Je parle de… ton amant.

Sylvie en eut le souffle coupé. Ce ton qu'il avait pris. Il ne lui plaisait pas… et il lui plaisait ; parce que la douceur perçait sous la colère.

Elle ne put lui répondre, pas plus qu'elle ne put retenir ses larmes, ce qui la sidéra. Des larmes anciennes, qui se déversèrent comme si elles attendaient que l'occasion leur en soit donnée.

— J'étais une adulte, fit-elle en les essuyant impatiemment du dos de la main. Je ne me suis pas refusée à lui.

— Alors tout va bien, fit-il, ironique à présent et dur.

Elle le sentit respirer plus fort, mais sa main demeura caressante, traçant le contour de son épaule, glissant le long de son dos musclé façonné par la danse. La déstabilisant à force de douceur et de tendresse.

— Comment est-ce arrivé?

— Quelle importance?

Le silence de Tom lui indiqua que cela n'en avait guère, en réalité.

— C'est arrivé. Il s'est contenté de… prendre.

Sylvie ferma les yeux pour mieux se concentrer sur la caresse de Tom.

Elle se rappelait le charme d'Étienne, et ses paroles. Elle avait été flattée, avait joué les coquettes. Ses attentions la mettaient en joie; un jeu, même si elle était consciente du danger. Elle se rappelait le jour. Il lui avait volé un baiser, comme une demi-douzaine de fois déjà, et puis, elle s'était retrouvée dans ses bras, plaquée contre le mur, sa bouche sur la sienne. Elle lui avait rendu ses baisers avec ardeur, parce que cela faisait partie du jeu, et que c'était excitant.

Il avait glissé les mains sous sa robe, et elle avait découvert une sensation nouvelle et palpitante. Elle l'avait senti plus qu'elle ne l'avait vu déboutonner son pantalon. Trop effrayée pour lui résister, trop désireuse de mûrir, trop fière pour protester, se rebeller contre ce qu'elle savait devoir arriver, et qui était effectivement arrivé.

Elle ne comprit qu'après qu'elle s'était comportée de façon immature. Il avait rabattu sa robe, l'avait lissée en lui promettant que ce serait mieux la prochaine fois, qu'il s'était laissé emporter par sa fougue, avait été peut-être un peu trop vite… Par la suite, il n'avait été qu'excuses, assauts de charme, fleurs et cadeaux. Et... ç'avait été mieux, en effet. Elle avait appris à prendre du plaisir et à en donner.

Mais jamais il ne lui avait demandé la permission. Jamais il ne lui avait donné le choix.

Jamais il ne lui était venu à l'idée qu'elle veuille choisir. Et c'était son tout premier amant.

— Il m'aime. Il veut m'épouser.

La main de Tom s'immobilisa. Sylvie s'en réjouit, car elle en profita pour se ressaisir. Puis elle se réjouit qu'il reprenne ses caresses, car, l'espace d'un instant, elle avait craint qu'il n'ait plus envie de la toucher.

— Tu l'aimes ? s'enquit-il, bourru.

En vérité, elle n'en savait rien.

— C'est un prince.

Tom se figea.

— C'est une image, ou il l'est vraiment ?

— C'est un vrai prince, confirma-t-elle.

Une seconde de silence, puis :

— Bon Dieu Sylvie.

Le ton était à la fois sinistre et amusé.

Tom se dressa abruptement sur son séant et posa les pieds sur le sol. Sylvie doutait qu'il aille où que ce soit vu qu'il était nu, que ses vêtements se trouvaient à l'autre bout de la pièce, qui était sa chambre, après tout.

— Tu l'aimes ? lui avait-il demandé.

Elle l'ignorait. Que savait-elle vraiment de l'amour ? Étienne lui avait promis la sécurité, un statut social et toutes ces choses auxquelles elle aspirait depuis toujours.

Mais cela n'avait rien à voir avec ce qu'elle venait de vivre.

Elle était tentée de croire que ce désir à la fois tendre et sauvage que lui inspirait Tom était de l'amour. Mais elle n'en était pas certaine, et elle avait peur de penser que ça pouvait l'être. Car à quoi renoncerait-elle alors lorsqu'elle le quitterait ? Mieux valait appeler cela du désir, car le désir pouvait être satisfait.

Soudain, elle fut intimidée par ce dos large et musclé, presque cuivré à la lueur de la lampe. Tom se moquait complètement d'être nu, tandis qu'il fourrageait dans ses cheveux en bataille.

Cet homme fort, intelligent, superbe lui semblait un inconnu tout à coup. Un être éminemment complexe...

C'était peut-être de l'amour, cette douleur lancinante qui se propageait dans son corps, et que seul Tom était à même de soulager. Elle avait besoin de sa passion, de sa rudesse, de sa tendresse, et de son pragmatisme, aussi. Mais comment cela pouvait-il être de l'amour après si peu de temps ?

À moins que la vraie question ne soit : Comment si peu de temps pouvait paraître une éternité ?

Tom Shaughnessy n'avait pourtant rien en commun avec la vie dont elle rêvait. Elle l'avait fait sien, et réciproquement, et peut-être que cela n'irait pas plus loin.

Un instant plus tard, elle se redressa à son tour, l'enlaça, et se pressa contre son dos. Peu à peu, elle le sentit se détendre. Et un sentiment de puissance comme jamais elle n'en avait connu la submergea en découvrant qu'elle était à la fois capable de donner du plaisir à cet homme et de le réconforter.

— Viens dormir, murmura-t-elle.

Il la regarda par-dessus son épaule.

— Tu restes avec moi ?

Elle hocha la tête. Il se glissa alors entre les draps et l'invita à le rejoindre. Lovée contre lui, elle attendit qu'il soit endormi pour sombrer à son tour dans un profond sommeil.

Tom fut réveillé de la manière la plus agréable qui soit pour un homme.

Une main douce était posée sur sa cuisse.

— Sylvie? murmura-t-il d'une voix ensommeillée.

Il ouvrit un œil, mais ne vit aucune tête sur l'oreiller, près de lui. En tâtonnant sous le drap, sa main entra en contact avec les cheveux soyeux de la jeune femme.

— Bonj... Oh...

La langue de Sylvie descendait le long de son sexe qui durcit instantanément.

— Bonjour, répondit-elle poliment, quoique d'une voix étouffée, avant de glousser.

Tom laissa échapper un gémissement.

Elle rit de plus belle, avant de le prendre dans sa bouche très lentement. Le souffle court, il repoussa le drap pour admirer le spectacle.

Il s'abandonna avec délices aux caresses expertes de la jeune femme, à ses mains douces qui effleuraient l'intérieur de ses cuisses, et, ce faisant, passa d'une bienheureuse félicité à un désir brut qui exigeait d'être assouvi sur-le-champ.

Il crispa les doigts dans ses cheveux.

— Sylvie, articula-t-il, j'ai envie de toi.

Elle leva la tête, puis vint se lover dans ses bras.

D'un mouvement preste, il la fit basculer sur le dos et s'insinua en elle. Il promena les mains sur sa peau soyeuse, contempla son beau visage que la passion empourprait tandis qu'il se mouvait en rythme. Leurs lèvres se cherchèrent, se trouvèrent. Entre deux baisers sensuels, ils murmuraient de douces suppliques et des paroles sans suite empreintes de tendresse.

— Je t'aime, crut-il l'entendre murmurer contre sa bouche.

— Répète ? souffla-t-il.

Elle ne répéta pas. Mais la façon dont elle prononça son prénom lorsque la jouissance la balaya y ressemblait fort.

15

Sylvie enfila sa robe à la hâte et tenta de lisser ses cheveux. Avec l'aide de Tom, elle parvint à les attacher en un semblant de chignon, puis, assise au bord du lit, elle le regarda s'habiller à son tour. Elle était proprement fascinée par sa façon de boutonner son pantalon, de nouer sa cravate, comme si l'acte même de se vêtir était non seulement nouveau, mais merveilleux.

Surprenant son regard, Tom s'interrompit, lui sourit, et vint s'asseoir près d'elle. En réponse, le cœur de Sylvie bondit dans sa poitrine. Un sentiment d'exaltation naquit en elle, vibrant et intense, une joie infinie.

Il referma la main sur sa nuque, ses doigts enfouis dans ses cheveux, et plongea son regard dans le sien, ses prunelles d'argent reflétant sa propre perplexité. Puis il l'embrassa, et ce fut brûlant, tendre, profond.

Ainsi commença leur journée, par un baiser, sans qu'un mot soit échangé. Sylvie fut la première à quitter la chambre. Après un dernier sourire, elle se rendit à la répétition tandis que Tom gagnait son bureau, ou quelque autre endroit. Elle ne lui posa aucune question.

Les autres devineraient-elles qu'elle venait de passer la nuit dans les bras de Tom Shaughnessy ? s'interrogea-t-elle en pénétrant dans la loge. Ses camarades n'étaient pas des oies blanches, loin de là. Qu'allaient-elles conclure de ses yeux cernés, de ses lèvres encore gonflées de baisers et de son regard rêveur ?

Sylvie s'était inquiétée inutilement. Elles continuèrent de bavarder comme de coutume tout en enfilant leur costume de nymphe. Aucune ne parut remarquer son mutisme, sauf Molly, peut-être, qui lui prêtait toujours une grande attention.

— Bonjour, tout le monde.

La voix était douce, mais toutes se turent abruptement comme si on venait de frapper un coup de gong. Les têtes se tournèrent vers la porte d'un même mouvement.

La jeune femme était belle, même selon les critères du *Lys blanc*. Ses cheveux blonds encadraient son visage semé de taches de rousseur aux pommettes délicates. Elle avait de grands yeux couleur ambre et portait une toilette élégante qui seyait à son teint. Sa coiffe était nouée sous le menton par un ruban grenat.

Mais ce n'était pas sur la jeune femme que tous les yeux étaient rivés ; c'était sur le petit paquet qu'elle portait dans les bras.

Deux petits poings en jaillirent, suscitant une intense curiosité de la part des danseuses.

— Il a les cheveux roux ? s'enquit l'une d'elles.

Sylvie crut défaillir. *Kitty*. Il s'agissait de Kitty, la favorite de Tom, apparemment. La fille qui avait disparu mystérieusement.

Elle était sur le seuil de la loge. Un bébé dans les bras.

— Kitty! s'exclama Rose en s'approchant pour l'embrasser sur la joue. Il est magnifique, ce bébé ! Et toi aussi, du reste. Tu nous as manqué, tu sais.

— C'est un garçon, annonça-t-elle avec fierté, en contemplant son fils. Il est plein de vie. Par chance, il fait ses nuits, désormais. Sans doute à cause de toutes ces femmes… Il sait que c'est nous qui menons le monde.

Elle sourit avec tendresse à l'enfant.

— Tu l'as baptisé Tom… Aïe ! fit Rose en recevant un coup de coude de sa voisine.

— J'aurais dû, répondit Kitty, la mine rêveuse, un sourire énigmatique aux lèvres.

— Il n'a pas de cheveux, reprit Rose à l'intention de ses camarades.

Kitty ne semblait pas se rendre compte de l'effet produit par sa visite. Elle était dans sa bulle de jeune mère, et rien de ce qui ne concernait pas son enfant ne pouvait troubler son bonheur.

— Il s'appelle comment ? s'enquit Rose.

Kitty prit une expression malicieuse avant de lâcher :

— Le Général.

Toutes les danseuses en demeurèrent bouche bée. Ravie de sa plaisanterie, Kitty éclata de rire, ce qui déplut à son fils. Quand elle regardait son enfant, elle irradiait de beauté.

Le cœur de Sylvie se serra. *La favorite de Tom.*

Elle se rappela alors le petit cheval à roulettes qu'elle avait vu dans son bureau, et qui avait disparu.

— Je passais juste vous dire bonjour. Je craignais que vous ne vous inquiétiez pour moi, et je voulais vous rassurer. Nous allons merveilleusement bien.

Son ton était presque empreint de défi. De toute évidence, elle venait leur faire ses adieux.

Elle voulait peut-être jeter un dernier regard sur son ancienne vie, prouver quelque chose aux autres, ou à elle-même.

Elle tourna les talons et prit congé.

— Il faut que quelqu'un aille lui demander.

— Elle ne dira rien. Elle est mère, désormais.

— Demande-lui si elle habite dans le Kent. Allez !

— Vas-y toi-même !

Les murmures se poursuivirent. Sylvie remarqua soudain que Molly était pâle. Et silencieuse.

Tom lui avait expliqué que le *Lys blanc* célébrait la luxure. C'était de luxure qu'il avait été question cette nuit. Elle le savait depuis le début. Ce n'était pas comme s'il l'avait trahie, ou lui avait fait des promesses. Elle avait pris du plaisir, et lui en avait donné, et c'était là le prix à payer : l'estomac noué, une sensation de froid… Alors pourquoi était-elle troublée à ce point ?

Et soudain, elle fut à la porte. Il fallait qu'elle sorte, qu'elle aille se réfugier dans sa chambre. Qu'elle surmonte sa souffrance, qu'elle s'en débarrasse.

Tom avait ses gants et sa canne à la main et se dirigeait d'un pas rapide vers la porte.

— Sylvie, fit-il en s'immobilisant.

Elle lut dans son regard et dans son sourire le souvenir de leur nuit de passion, et une onde de chaleur la submergea. L'incertitude, la fierté la poussèrent cependant à demander froidement :

— Tu pars rendre visite à ta famille ?

Il parut stupéfait.

— Ma… famille ?

— Dans le Kent ?

Peut-être était-il stupéfait qu'elle soit au courant.

— Ma famille? répéta-t-il.

Il la dévisagea d'un air curieux puis émit un grommellement incrédule.

— Eh bien, je suppose que oui. Mais... comment...

— Et tu vas les prendre avec toi, maintenant... Kitty et le bébé?

— Kitty et le... commença-t-il, totalement abasourdi. Mais qu'est-ce que tu racontes? Que sais-tu de Kitty? Est-ce que...

— Elle est passée, avec le bébé.

— Kitty est passée? répéta-t-il, étonné. Elle est encore là? Elle va bien? Et l'enfant? J'imagine que ce sont Poe et Stark qui l'ont laissée entrer.

Comment pouvait-il se comporter de façon aussi cavalière? À moins que...

— Ils vont bien tous les deux, répondit-elle, prudente.

— Tant mieux, fit-il en lui adressant un sourire.

Elle ne parvint pas à le lui rendre. Se rembrunissant, elle le dévisagea sans mot dire, en proie à mille émotions contradictoires.

Puis elle tourna les talons. Il la saisit vivement par le bras.

— Sylvie, pour l'amour du ciel, qu'est-ce que tu as?

Elle vit les autres danseuses sortir de la loge. Quelques têtes se tournèrent en passant, puis des chuchotements suivirent. Sylvie n'était pas certaine que Tom ait remarqué ses camarades, car il lui lâcha si doucement le bras qu'on aurait dit une caresse.

Elle n'avait aucun droit de le dire, de le penser, d'exiger de lui des explications. Elle n'avait aucun droit, aucune raison d'attendre de lui qu'il soit autre chose que ce qu'il semblait être.

— On dit… Les filles disent… Elles disent que toi… que Kitty…

Il fronça légèrement les sourcils, puis il comprit et hocha la tête.

— Vraiment ? fit-il, un rien ironique.

Elle leva les yeux, s'efforça de croiser son regard, mais n'y parvint pas. Elle préféra fixer ses bottes, consciente que sa souffrance devait se lire sur son visage.

— Dis-moi sincèrement, Sylvie : cela t'ennuierait si ce qu'elles racontent était vrai ?

Cette fois, il affichait un air prudent.

Elle ne devrait pas être troublée, ni même surprise. Elle n'avait aucun droit de ressentir quoi que ce soit à propos de cette histoire.

Elle se risqua à le regarder.

Il tripotait nerveusement sa canne et semblait tendu.

Elle ne dit rien.

Il poussa alors un profond soupir, résigné, ou pour se donner du courage.

— J'aimerais que tu m'accompagnes dans le Kent, Sylvie, lâcha-t-il.

Il s'était exprimé d'une manière étrange, presque formelle.

— Avec Kitty et le…

— Non.

Déconcertée, elle s'entêta pourtant.

— La couture…

— Elle attendra.

— Les répétitions…

— Sylvie, coupa-t-il, agacé. Je suis le patron, ici.

Autrement dit, il était en droit de lui ordonner de l'accompagner.

Ce qu'il avait à lui montrer dans le Kent lui fournirait enfin les réponses aux questions qu'elle se posait à son sujet, devina-t-elle.

— Je viens avec toi.

Durant le trajet, Tom se montra drôle et plein d'esprit. Il lui apprit un nouveau chant de pirates qu'il jugeait trop grivois pour le *Lys blanc*. Mais pas une fois il ne la toucha ni ne l'embrassa. Il n'évoqua même pas leur nuit torride. Pourtant, une voiture fermée était le lieu idéal pour s'encanailler. Étienne en avait toujours profité, lui.

— Nous nous rendons chez la famille May, à Little Swathing, lui expliqua-t-il. Et tu seras ma cousine, ajouta-t-il comme ils arrivaient à destination.

Elle lui jeta un coup d'œil.

— C'est à cause de Mme May. Elle me trouve scandaleux. Tu seras donc ma cousine. Elle ne sera sans doute pas dupe, mais, au moins, c'est un mensonge auquel elle pourra feindre de croire.

Le cottage était petit et modeste, mais confortable, vu de l'extérieur. Mme May, une femme au visage grave, vint les accueillir à la porte. Avant même les présentations, un petit garçon accourut derrière elle et tendit les bras vers Tom.

— Tah !

Tom se pencha, le prit dans ses bras et le jucha sur ses épaules. L'enfant s'esclaffa et lui agrippa les cheveux.

— Ouille ! hulula Tom au profit du petit, qui éclata d'un rire ravi. Tire moins fort, ajouta-t-il en desserrant les petits poings.

Puis il se tourna et croisa le regard de Sylvie, dont le cœur faillit cesser de battre. Tom et son sosie miniature lui faisaient face. L'un avait de grands yeux innocents et émerveillés, l'autre semblait un peu sur ses gardes.

Il n'avait décidément rien d'innocent. Ni de contrit.

— Il n'arrête pas de répéter ce mot, monsieur Shaughnessy, dit Mme May. Je crois qu'il dit « Tom ». Il vous réclame.

Plaisir empreint de stupéfaction ou souffrance empreinte de stupéfaction, les émotions que ces paroles firent naître sur le visage de Tom étaient difficiles à décrypter, si fugace avait été l'instant.

Mme May avait manifestement succombé au charme de Tom. Au fil des semaines, elle était devenue plus chaleureuse, attitude qui avait certes un rapport avec l'argent qu'il lui versait, mais pas seulement, du moins se plaisait-il à le penser.

— Tu es un grand garçon, déclara-t-il. Que sait-il dire d'autre ?

— Balle ! hurla Jamie, répondant lui-même à cette question, avant de se tortiller pour que son père le repose sur le sol.

Tom accéda à sa demande, et il fila comme une flèche. Il revint en trottinant offrir sa balle à Sylvie.

La jeune femme demeura muette. Le petit Jamie était le portrait craché de son père. Pas le moins du monde timide, joyeux, curieux et débordant d'énergie. Les May devaient contribuer à son équilibre, supposait-elle. Mais Tom voyait-il ces qualités, chez Jamie ? Savait-il que le petit les tenait de lui ?

Elle se pencha pour lui prendre la balle. Jamie lâcha le jouet pour attraper le nez de Sylvie qu'il pinça entre ses petits doigts potelés.

— Nez ! cria-t-il au comble du bonheur.

La jeune femme dut se retenir pour ne pas crier.

— Il sait dire « nez », aussi, confirma Mme May.

Se retenant visiblement de rire, Tom s'accroupit et libéra Sylvie de l'emprise de Jamie. Elle vérifia que son nez n'avait rien. Elle n'avait pas l'habitude des enfants. Elle savait juste qu'ils faisaient du bruit, émettaient des odeurs incommodantes, et se montraient souvent désarmants. Et le sourire du petit garçon ne fit pas exception. Il la prit de court tant il était émouvant.

— J'ai souvent eu envie de faire la même chose, avoua Tom. C'est un très joli nez.

Sur ce, il souleva à nouveau Jamie et le posa sur ses épaules.

— Des nouvelles de Maribeth ? demanda-t-il à Mme May.

— Aucune, hélas !

Ils parlèrent de l'enfant sous le regard attentif de Sylvie : ses progrès, sa taille, ses goûts alimentaires, ce dont il aurait besoin dans quelques semaines en matière de vêtements et de chaussures. Tom semblait aussi à l'aise que dans les coulisses de son théâtre.

Fascinée, Sylvie observa le petit Jamie qui jouait avec les cheveux de son père tout en lui donnant des coups de pied dans la poitrine. Un peu distrait, Tom l'empêcha d'enfoncer l'index dans son oreille tout en le berçant doucement. Il se comportait de façon totalement naturelle.

— Monsieur Shaughnessy, je dois vous dire qu'il a baptisé son cheval... Nom de Dieu, murmura Mme May en rougissant.

— Je suis confus, madame May, assura Tom en luttant pour ne pas rire. Mais peut-être qu'il finira par s'en désintéresser et finira par l'oublier.

— Il grandit si vite. Je me suis dit... je me suis dit que vous aimeriez peut-être le prendre toute une journée. Ce serait dommage que vous manquiez les nouveaux mots qu'il apprend en ce moment.

Sylvie perçut un changement infime dans l'expression de Tom. Sa bonne humeur n'était plus à présent que de façade, masquant une prudence instinctive.

— Peut-être, répondit-il d'un ton neutre en posant Jamie à terre. Nous en discuterons.

— Pourquoi ne m'as-tu pas parlé de lui pendant le trajet ? s'enquit Sylvie sur le chemin du retour.

— Je voulais que tu le voies d'abord. Avant de me juger.

Car il savait qu'en dernier ressort, elle le jugerait, bien sûr. Elle comprenait son point de vue, même si elle n'avait guère apprécié de ne pas être informée.

— Qui est sa mère ?

Il s'éclaircit la voix.

— Maribeth May était une aventurière de premier ordre, expliqua-t-il avec un sourire désabusé. Elle et moi avons partagé quelques bons moments, et puis elle est partie… Dans le Shropshire, je crois… Avec un autre homme, qui avait sans doute plus d'argent ou un meilleur avenir que moi, à ses yeux. Maribeth était ambitieuse, mais comment lui en vouloir ? Je n'ai pas eu le cœur brisé, et je n'étais pas très surpris, telle que je la connaissais. C'est une lettre qui m'a appris l'existence de Jamie.

Il parlait lentement, l'air ailleurs.

— Elle a dû considérer qu'un enfant serait un poids. Au moins sur le plan financier. À moins qu'il n'ait été un… obstacle à sa vie de plaisirs.

Visiblement, il avait eu du mal à prononcer cette dernière phrase. Ils restèrent un instant silencieux.

— Je n'ai aucun doute sur le fait que c'est mon fils.

Qui en aurait ? Il suffisait de le regarder.

— Il est magnifique, commenta-t-elle.

Tom tourna vivement la tête vers elle, une émotion traversa brièvement son regard, puis il la gratifia d'un sourire taquin, sachant que le compliment s'adressait aussi à lui.

— Tu ne m'as pas posé de questions sur Kitty.

— Et Kitty ? fit-elle obligeamment.

— Kitty était… vive, bien plus que les autres filles. Jolie. Je l'appréciais beaucoup. Un jour, elle est venue me trouver pour m'annoncer qu'elle était enceinte. Elle craignait que je ne me mette en colère et que je ne la chasse. À raison. J'aurais *dû* la renvoyer, de toute façon. Je ne peux faire monter une femme enceinte sur scène. Son amant n'avait pas de travail, à l'époque. Alors je… je lui ai donné de l'argent, suffisamment pour qu'ils se marient. Qu'ils trouvent un logement. Je me suis renseigné et j'ai trouvé un emploi pour son mari. Mais c'était… c'était après que j'eus appris l'existence de Jamie.

C'était une façon détournée de lui dire que Jamie avait probablement modifié sa vision du monde, que sa générosité envers Kitty était peut-être liée à son propre sentiment de culpabilité.

— Donne-moi la main, fit la jeune femme.

Tom la regarda, étonné.

— Donne-moi la…

Elle s'interrompit et prit simplement sa main dans la sienne.

Elle entreprit de le masser, de lui étirer les doigts, de lui frictionner les jointures. La danseuse en elle connaissait, en effet, tout des muscles et tendons.

— Ça fait du bien ? demanda-t-elle.

Il opina, mais son expression demeura réservée, un peu perplexe, aussi. Sylvie songea à la façon qu'il avait de s'occuper de ceux qui l'entouraient, y compris elle-même. Quelqu'un s'était-il jamais vraiment occupé de lui ? Il donnait l'impression de ne pas savoir laisser quiconque s'en charger.

— Jamie est ton seul enfant, fit-elle, mi-affirmative, mi-interrogative.

— À ma connaissance.

Le ton était ironique. Tout homme pouvait sans doute en dire autant, même – surtout, peut-être – un homme comme Étienne.

Tom soupira et, fermant les yeux, appuya la tête sur la banquette.

Quel couple étrange ils formaient ! songea Sylvie. Elle avait traversé la Manche, quittant les bras d'un amant pour découvrir la vérité sur son passé, sans se douter qu'elle tomberait dans les bras d'un autre amant.

Lorsqu'elle en eut fini avec ses massages, elle garda la main de Tom dans la sienne et la caressa doucement. Il rouvrit les yeux, se dégagea et lui effleura le visage. Du pouce, il traça le contour de son menton. Elle se tourna légèrement pour caler la joue dans sa paume.

Elle songea qu'il pourrait l'embrasser, et se demanda si elle en avait vraiment envie en cet instant précis. Elle souhaitait simplement réfléchir à cette histoire d'une liaison sans lendemain dont était né un enfant superbe, et se remémorer l'expression de Tom lorsqu'il avait son fils dans les bras.

Elle voulait aussi se rappeler son regard tandis qu'il se tenait au-dessus d'elle, allait et venait en elle. Et quand il l'avait embrassée pour la première fois. La profondeur ténébreuse de ses yeux.

À ce souvenir, le désir la submergea, si féroce, si intense qu'elle en eut le vertige.

Ce voyage dans le Kent était-il un moyen pour lui de la mettre en garde, de lui dire « Voilà qui je suis » ?

Ou bien, en lui présentant Jamie, avait-il voulu lui ouvrir son cœur, et attendait-il qu'elle lui dise ce qu'elle en pensait ?

Il ne l'embrassa pas. Il ôta sa main de sa joue, regarda par la fenêtre, et demeura silencieux le reste du trajet.

L'enseigne ostentatoire du *Lys blanc* apparut, et la voiture s'arrêta. Tom aida la jeune femme à descendre, puis paya le cocher avant de le congédier d'un geste.

Sylvie lissa sa robe, puis chercha Tom des yeux.

Il ne la regardait pas. Les yeux plissés à cause du soleil, il était tourné vers le centre de Londres, et affichait l'air concentré d'un savant qui observe les étoiles dans un télescope.

Il était immobile, mais martelait le sol de sa canne.

— Ton prince… il est très riche, Sylvie ?

— Oui, répondit-elle après une brève hésitation.

— Peut-il t'offrir une vie confortable et sûre ?

Elle le dévisagea, s'efforçant de jauger son humeur, et fronça légèrement les sourcils. À contre-cœur, comme si elle ne voulait pas qu'il tire les conclusions qu'il semblait vouloir tirer, elle répondit :

— Oui.

Son cœur s'était mis à battre bizarrement.

— Et il t'aime.

C'était une affirmation. Ne le lui avait-elle pas affirmé au cours de la nuit ? Il semblait rassembler mentalement tous les éléments dont il disposait.

Soudain, il baissa les yeux sur son chapeau, qu'il avait encore à la main, et le coiffa vivement, un peu honteux de ce manque de savoir-vivre.

— Dans ce cas, ce serait de la folie de ne pas l'épouser, dit-il en la regardant droit dans les yeux.

Voyant qu'elle ne répondait rien – et qu'aurait-elle pu dire, abasourdie qu'elle était par sa déclaration ? –, il hocha la tête brièvement comme si elle avait répondu à quelque question silencieuse.

Puis il pivota, poussa la porte du théâtre et disparut dans l'ombre.

Le message était écrit de la main du Général. Il était succinct, comme il seyait à la gravité de la nouvelle, et se trouvait sous le presse-papiers.

Pinkerton-Knowles se retire. C'est le dernier.

Tom ne jura pas. Il ne jeta pas le message. Il se contenta de le regarder tandis qu'un frisson lui parcourait l'échine. D'ordinaire, un échec aussi cuisant – et il en avait connu, au cours de sa vie – lui inspirait d'abord de la déception, puis un autre projet se faisait jour dans la foulée. Cette fois, il ne ressentait qu'une colère froide.

Quelque chose clochait dans cette histoire. Mais quoi ? L'idée était bonne, l'enthousiasme avait été total et unanime, et tout s'annonçait sous les meilleurs auspices. Il avait passé des journées à discuter avec les architectes, à dessiner des plans…

Il avait déjà investi toutes ses économies, et s'il ne trouvait pas très bientôt d'autres soutiens financiers, il serait rapidement ruiné.

D'abord, ce ne fut qu'une petite étincelle, provoquée, supposa-t-elle, par les paroles de Tom, qui ne cessaient de tourner dans sa tête.

Dans ce cas, ce serait de la folie de ne pas l'épouser. Dans ce cas, ce serait de la folie de ne pas l'épouser. Dans ce cas, ce serait de la folie de ne pas l'épouser.

Ces paroles la hantaient tandis qu'elle enseignait quelques pas de danse classique à ses camarades, cet après-midi-là, qu'elle corrigeait leur posture, qu'elle riait avec elles. Et même alors qu'elle se disputait avec le Général sur la prochaine figure.

Quand la fierté vint s'en mêler, son esprit s'enflamma. Sans doute tenait-elle à être celle qui dirait à Tom : « Non, c'est impossible. Je suis promise à un autre. Merci pour ces moments de plaisir. » Sylvie Lamoureux, la reine de l'Opéra, adulée de tous, avait pris un amant, un gredin sans foi ni loi. Et c'était terminé. Elle avait goûté à un plaisir qu'elle désirait, mais cela n'irait pas plus loin.

Mais Tom Shaughnessy, dont le nom suffisait à faire se pâmer bien des femmes à travers tout Londres, du moins selon la légende, s'était lassé d'elle après une seule nuit torride. C'était en tout cas ce qu'elle se disait, histoire de voir si cela pouvait être vrai, si c'était là la raison de sa fureur, ce qui lui permettrait de s'en débarrasser une fois pour toutes.

Mais non. Cela ne lui semblait pas plausible. Elle retourna la question dans son esprit, cherchant ce qui attisait ainsi sa colère.

C'est alors qu'elle trouva la réponse.

Et que la fureur s'empara d'elle.

Elle ouvrit la porte du bureau de Tom à la volée sans se soucier qu'on la voie, la claqua derrière elle et balaya la pièce des yeux. Saisissant le presse-papiers, elle le brandit en direction de Tom.

Il l'aurait reçu en pleine poitrine s'il ne l'avait rattrapé de justesse. Il semblait abasourdi, et un peu impressionné, soit par ses propres réflexes, soit par la façon dont la jeune femme l'avait visé.

— Bon sang, qu'est-ce que…?

— Tu n'es qu'un lâche! cria-t-elle.

Sur ce, elle attrapa un livre pour le projeter dans sa direction.

Mais Tom était vif. Il l'évita avec adresse et recula.

— Je suis *quoi*? demanda-t-il, déconcerté. Que diable…?

L'acculant derrière le bureau, elle cracha :

— Un lâche!

Elle assista alors à une métamorphose spectaculaire. Les yeux de Tom prirent la couleur de l'ardoise, ses lèvres se pincèrent. De toute évidence, il fulminait.

— Explique-toi.

Toute personne raisonnable aurait battu en retraite. Elle savait qu'il avait un caractère aussi emporté que le sien, mais elle était trop furieuse pour se montrer raisonnable.

— «Dans ce cas, ce serait de la folie de ne pas l'épouser», répéta-t-elle en l'imitant méchamment. Lâche! Tu as simplement peur parce que… parce que…

— Parce que? aboya-t-il.

— Parce que tu es amoureux avec moi.

Tom cilla, comme si cette affirmation l'avait frappé entre les deux yeux. Un silence pesant tomba entre eux. Sylvie perçut sa respiration rapide. De toute évidence, sa fureur égalait la sienne. Il gardait les yeux rivés sur son visage. Ses poings étaient crispés, prêts à entrer en action en cas de nouvelle attaque.

Elle ne put s'empêcher de trouver cette attitude comique en dépit de l'atmosphère oppressante. Puis, au bout d'une éternité, les lèvres de Tom s'incurvèrent. Et, comme toujours, cette esquisse de sourire transforma son visage.

— Amoureux avec toi ? répéta-t-il doucement.

Elle ferma les yeux et prit une profonde inspiration, le temps de retrouver un semblant de dignité.

— *De* moi, corrigea-t-elle. Amoureux *de* moi.

Elle vit la colère de Tom refluer. Et le silence se fit plus doux, plus feutré.

— Eh bien, *je* pense que tu es amoureuse de *moi*, Sylvie, contra-t-il finalement.

Ni l'un ni l'autre ne confirma ni ne nia. Ils se contentèrent de s'observer en silence. Mais l'entêtement silencieux de Tom parvint à attiser les braises de la colère de la jeune femme.

— Et parce que tu as peur, reprit Sylvie en agitant la main dans un geste d'impuissance. Voilà pourquoi tu me repousses.

Il la fixa d'un air pensif, plissa le front. Puis il prit une profonde inspiration, comme s'il puisait en lui des trésors de patience. Il se rassit abruptement derrière son bureau.

— Écoute-moi, Sylvie. Tu as vu cet enfant, aujourd'hui.

Elle acquiesça, inutilement. Tom n'attendait pas de réponse. Il s'exprimait avec circonspection. Elle supposa qu'il avait répété son laïus lors du trajet de retour.

— Je n'ai jamais connu mon père, poursuivit-il. Ma mère et moi étions pauvres. Quand elle est morte, j'étais encore très jeune. Ce que j'ai fait pour survivre, jamais je ne m'en vanterai ; je n'oserai même pas t'en parler. J'ai fait ce que je devais faire. À ce jour, je considère que j'ai de la chance de ne pas croupir en prison. Ou de ne pas avoir fini sur l'échafaud. Avec le recul, j'ai quelques regrets, mais Jamie n'en fait pas partie et…

Il leva les yeux vers elle, comme s'il avait oublié son texte, l'espace d'un instant.

— Et toi non plus, reprit-il doucement. Mais je sais aussi que ce serait pure folie d'imposer à quelqu'un mon existence si hasardeuse, ma réputation, alors qu'il peut prétendre à tellement mieux.

Tout cela n'annonçait rien de bon, devina Sylvie.

— Mais cela ne fait pas de moi un lâche, reprit-il. Si tu comprenais vraiment comment…

Il se passa une main impatiente dans les cheveux.

— Tu saurais que cela fait de moi un… un satané *héros*.

Il appuya sur ce dernier mot, partagé entre amusement et stupéfaction. De toute évidence, c'était là un terme qu'il n'aurait jamais, au grand jamais, songé à utiliser pour se décrire lui-même.

Sylvie réfléchit un instant.

— Ça fait de toi un satané imbécile, déclarat-elle calmement.

Il sursauta. Puis se leva et traversa la pièce d'un mouvement fluide. Sans crier gare, il la prit par le menton qu'il maintint fermement.

— Dis-moi, Sylvie, et je veux une réponse sincère, pour une fois : Es-tu fâchée contre *moi*… ou contre toi-même ?

— Je…

Mais déjà sa bouche s'emparait de la sienne sans douceur. Ce fut un baiser avide, un baiser qui la désarçonna, qui ne fit que confirmer ce qu'elle soupçonnait déjà : elle ne voulait que lui. Et cette révélation la mit de nouveau hors d'elle.

Car elle savait qu'elle ne pouvait revenir en arrière.

Il la lâcha tout aussi abruptement, et ferma brièvement les yeux. Quand il les rouvrit, elle lut une résolution inébranlable dans son regard gris.

— Cesse de me faire des reproches, mademoiselle Chapeau. Si tu réfléchissais un peu au lieu de te laisser aller à la colère, tu comprendrais que j'ai raison. Tu as simplement la malchance d'aimer deux hommes à la fois.

— Je ne...

— Oui ? la pressa-t-il, soudain tendu.

Mais elle n'alla pas plus loin.

— Qui est stupide, maintenant, Sylvie ? Qui est lâche ?

Elle le dévisagea et, un instant, oublia ce qu'il disait, fascinée qu'elle était par la beauté de ce visage dur mais élégant, le caractère, la force qui en émanaient, cherchant une raison de le détester.

Elle n'en trouva aucune, ce qui lui inspira de la terreur.

— Ne te sens pas obligée de rester, dit-il doucement.

Elle tourna les talons et, pour le provoquer, referma doucement la porte derrière elle.

16

Il faisait si sombre dans sa chambrette que même les yeux grands ouverts, Sylvie ne voyait rien. Ce soir-là, elle était d'humeur morose. La honte était une partenaire bien moins agréable qu'un amant passionné.

Son caractère emporté était une véritable malédiction. Comment avait-elle pu jeter des objets à la tête de Tom? Le rouge lui montait aux joues rien que d'y songer.

Je crois que tu es amoureuse de moi. Es-tu en colère contre moi ou contre toi-même?

Elle savait comment se comporter avec Étienne, et ce qu'elle pouvait attendre de lui. Elle savait ce qu'il lui apporterait, et regretta fugitivement de l'avoir quitté, car elle avait découvert en elle l'existence d'émotions auxquelles il n'aurait jamais accès. Elle se rendait compte plus que jamais qu'il lui proposait une vie que Tom Shaughnessy était incapable de lui offrir. Et qu'il ne lui avait pas offerte, d'ailleurs. Là était le problème.

En quittant le bureau, elle avait aperçu le message qui devait se trouver sous le presse-papiers qu'elle lui avait lancé au visage: *Pinkerton-Knowles se retire. C'est le dernier.*

Elle en comprenait les conséquences : Tom avait perdu tous ses investisseurs, ainsi que ses capitaux. Son avenir était désormais aussi incertain que lorsqu'il était enfant. Elle le sentait au bord du gouffre. Or elle s'était battue sa vie durant pour s'éloigner de ce genre de gouffre.

Elle se leva et alluma une chandelle. Puis elle ouvrit sa malle et en sortit le portrait miniature de sa mère, qu'elle dissimulait dans un étui en tissu. Elle le contempla longuement.

Elle devait dire à Tom qui elle était vraiment.

Elle lui offrirait cette vérité en guise de cadeau d'adieu, en gage de confiance, et pour s'excuser. Pour lui dire qu'il avait raison sur toute la ligne, qu'elle comprenait que leur aventure était terminée et qu'elle allait sans doute bientôt partir.

Elle voulait le remercier. Pour rien de précis. Juste d'exister. Le cœur battant, elle longea le couloir sombre en direction de l'escalier menant à la chambre de Tom, sous les toits.

La pièce était plongée dans la pénombre. La jeune femme s'attarda sur la dernière marche, l'oreille tendue, guettant un souffle. Elle n'entendit rien.

— Tom ? murmura-t-elle en brandissant sa chandelle.

Le lit n'était pas défait.

La douleur fut instantanée, si violente qu'elle lui coupa le souffle. Elle se contenta de garder les yeux rivés sur le lit, la présence de Tom si palpable qu'elle avait du mal à croire qu'il n'était pas là.

C'est alors qu'elle comprit qu'elle n'était pas venue lui présenter ses excuses. Elle n'était pas non plus venue lui dire qui elle était vraiment. Ni admettre qu'il avait raison sur tout.

Certes, elle aurait fait tout cela, mais seulement après qu'ils eurent fait l'amour encore et encore.

Une horloge dans le lointain sonna trois coups.

Sylvie regagna sa propre chambre, pas moins honteuse que lorsqu'elle avait décidé de venir trouver Tom.

17

Dans le couloir, les danseuses revêtaient leurs toges de nymphes dont l'organdi moiré était assorti à la nacre de l'huître géante. Tandis qu'elles se maquillaient, Tom et le Général mettaient au point les derniers détails du numéro sur Vénus. Car le grand soir était enfin arrivé : en l'absence d'investisseurs, le succès de *Vénus* serait déterminant pour l'avenir de Tom.

— Il faut absolument que ce spectacle fasse un tabac, sinon, nous sommes fichus, déclara-t-il d'un ton qui se voulait désinvolte.

— Nous allons faire un tabac, assura le Général, confiant.

Plus anxieux que jamais, Tom s'agitait sur son siège.

— Général, j'ai eu une inspiration, l'autre jour.

— Ah oui ? fit le petit homme, intéressé.

— Voilà... Et si le *Gentleman's Emporium* se transformait en... *Family Emporium* ?

— En quoi ? s'écria le Général, alarmé.

— En une espèce de paradis familial.

— Familial, répéta lentement le Général, comme s'il entendait ce mot pour la première fois de sa vie. Un paradis familial.

— C'est ce que je viens de dire, oui ! s'exclama Tom, agacé. Il pourrait y avoir un étage réservé aux mères, où ces dames prendraient le thé, et un autre pour les pères, où ils boiraient un verre, joueraient aux cartes, sans oublier une salle de jeux pour les enfants, avec des petits bateaux de pirates, des châteaux et…

Il n'acheva pas sa phrase. Le Général le scrutait comme s'il semblait s'interroger sur sa santé mentale.

— Enfin, ce genre de choses, conclut Tom, mal à l'aise.

Son ami paraissait chercher ses mots, ce qui n'était pas dans ses habitudes.

— Tu possèdes des compétences dans un certain domaine, Tom…

— Dans *plusieurs* domaines.

— Si tu veux, concéda le Général. C'est pourquoi tu es riche aujourd'hui.

— J'étais riche, corrigea Tom. Mais j'ai dépensé jusqu'à mon dernier sou pour acquérir un bâtiment à l'autre bout de la ville, et si nous ne faisons pas un tabac, ce soir…

Le Général eut un geste impatient.

— C'est justement là ton domaine de compétences. *Vénus*… Tes spectacles. Quand tu suis ton instinct, le succès est toujours au rendez-vous.

— Cela ne signifie pas que je suis incapable de développer d'autres activités, rétorqua Tom non sans irritation.

— En effet, acquiesça le Général, l'air de vouloir lui faire plaisir.

— Mon idée n'est pas mauvaise, admets-le, insista Tom. Un paradis familial !

Le Général haussa les épaules, ce qui, de sa part, constituait déjà une concession.

Tom se mura dans un silence boudeur dont il était peu coutumier.

— Elle m'a traité de lâche et m'a lancé des objets à la tête, reprit-il à brûle-pourpoint.

Décidément, se confier à son ami semblait devenir une habitude, ces derniers temps.

— La Française, dit le Général d'un air de commisération.

Tom fut vaguement amusé qu'il ait compris à qui il faisait allusion, mais il n'y avait là rien de surprenant.

— Attends un peu ! Elle t'a traité de lâche ? *Toi* ?

— Absolument.

— Et elle est toujours en vie ?

Tom ne put s'empêcher de rire.

— Puis-je te demander pourquoi elle t'a traité de lâche ? Et cela signifie-t-il… faut-il en conclure que tu as… *finalement*… touché une danseuse ?

Il pinça les lèvres, comme s'il réprimait un sourire.

— J'ai touché une danseuse, Général, admit Tom, le visage fermé. Et tu avais raison, c'est une vraie danseuse.

— Mmm, marmonna le Général en détournant les yeux.

— Cette danse, reprit Tom, elle est…

— Superbe ? hasarda le petit homme.

— Oui, reconnut Tom.

— Alors tu l'as vue danser ?

— Oui. Mais la danse classique ne rapporte pas d'argent, ajouta-t-il aussitôt.

— Mmm, grommela de nouveau le petit homme, le regard dans le vague.

— Tu as remarqué ? Les filles semblent plus minces, depuis peu, reprit Tom en scrutant son ami. Comme si elles faisaient davantage d'exercices.

270

— Tu trouves ? Alors comme ça… elle t'a lancé des objets à la tête et t'a traité de lâche parce que…

— Un noble français fortuné veut l'épouser, apparemment. Je lui ai dit qu'elle devait l'épouser, que ce serait de la folie de refuser.

Il dévisagea le Général, dont l'expression était indéchiffrable. Le petit homme plissa légèrement le front, puis parcourut les fresques du regard comme si la réponse à une question qui le taraudait s'y trouvait.

— Tom ?

— Quoi ?

— Qui est ce personnage, dont tu m'as parlé, dans la mythologie grecque ? Ce noble que sa blessure a rendu plus sage…

— Chiron ? répondit Tom, déconcerté.

— C'est ça, Chiron. Écoute, toi, Tom Shaughnessy, tu n'es pas un noble. Loin de là. Le rôle de martyr, ce n'est pas dans ta nature. Ça, fit-il en indiquant sa main blessée, et ton théâtre, c'est ta nature. Tu te bats. Et tu donnes des coups en vache, au besoin, pour obtenir ce que tu veux. Tu ne craches pas sur un peu de drame. Ce sont là les privilèges de ne pas être bien né. Tu ne recules jamais, conclut-il.

Tom réfléchit un instant.

— Cette fois, c'est différent, Général, maugréa-t-il.

Le petit homme riva sur lui ses grands yeux sombres sous ses sourcils froncés. Tom le foudroya du regard.

— Nom de Dieu, souffla enfin le Général, abasourdi.

Il émit un rire incrédule, puis sortit sa montre. Après quoi, il écrasa son cigare et se leva.

— Quoi ? aboya Tom.

Le Général enfila sa veste et se dirigea vers la porte.

— Elle avait raison, lança-t-il par-dessus son épaule.

Dans la salle, le brouhaha des conversations s'apaisa. Quelques spectateurs toussèrent ou se raclèrent la gorge, puis le silence se fit, étonnamment dense dans ce lieu de perdition où régnait en permanence une certaine agitation. Un silence qui ne révélait que trop l'impatience du public.

Tom s'était posté au fond de la salle. Tous les spectateurs avaient les yeux fixés sur le rideau de velours pourpre. Dans les coulisses, une équipe de jeunes garçons était prête à ouvrir l'huître géante. Les nymphes surgiraient dès que Molly entonnerait sa chanson.

Tom avait les tripes nouées, ce qui ne lui était pas arrivé depuis que le directeur de la *Pomme verte* avait menacé de l'égorger pour avoir perdu de l'argent sur un numéro. L'enjeu de cette soirée était tellement crucial !

Joséphine regarda par-dessus son épaule, guettant son signal. Enfin, il leva la main. Elle joua les premières mesures, et le rideau se leva lentement.

Il y eut des soupirs de satisfaction dans la salle, et Tom s'autorisa à respirer un peu.

L'énorme coquille d'huître apparut, étincelante, surnaturelle. Des algues en bois peint en vert foncé, fort réalistes, ondulaient grâce aux jeunes gens qui actionnaient des mécanismes en coulisses. De gros poissons aux couleurs chatoyantes étaient suspendus dans les airs tels des cerfs-volants, tenus par d'autres jeunes gens perchés dans les cintres.

Au côté de Tom, le Général vibrait littéralement de fierté. Ce décor était une merveille de beauté. Il ne manquait plus que les jeunes femmes dans leurs toges arachnéennes.

Pour souligner la solennité de l'instant, Joséphine interprétait une sonate. Encore trois mesures, et la coquille s'ouvrirait sur… Vénus.

Joséphine joua une mesure, puis une autre, et une troisième…

Mais rien ne se produisit.

Elle continua de jouer. La sonate s'éternisa. Sur la scène, toujours rien. Bientôt, l'impatience du public fit place à une certaine agitation.

— Qu'est-ce qui ne va pas, nom de Dieu ? murmura Tom au Général, qui s'était figé.

Soudain, un bras potelé se glissa entre les deux moitiés de la coquille d'huître.

Le public retint son souffle.

Le bras remua frénétiquement, comme s'il cherchait de l'aide, puis disparut dans la coquille.

— Bon sang, mais ce n'est pas Molly ! C'est… *Daisy* ! gronda Tom. Je vais la tuer !

Les spectateurs échangèrent des murmures intrigués, ce qui n'était pas de bon augure.

Joséphine adressa un coup d'œil affolé à Tom, sans pour autant cesser de jouer sa sonate.

Une jambe surgit de la coquille d'huître. Cette fois, les spectateurs sursautèrent. En réalité, ils ne voyaient qu'un mollet rebondi et un pied dodu moulés dans un bas de soie rose.

Le membre prisonnier s'agita de plus belle.

— Vous croyez que cette… chose l'a avalée ? hasarda un spectateur, à la fois déconcerté et plein d'espoir.

Malgré la pénombre, Tom remarqua que le visage du Général était inondé de sueur. Il s'avança dans l'allée, puis battit en retraite comme l'huître s'entrouvrait.

Révélant bel et bien Daisy. À genoux, la corpulente danseuse soulevait des deux mains le couvercle de son réceptacle, tel Atlas portant le Monde, la jambe toujours posée sur le bord.

— Mon Dieu ! glapit le Général en se prenant la tête entre les mains. C'est sans doute les garçons. Maudits garnements ! Les poulies ! Qu'est-ce que… ?

Daisy sourit à la foule, alors même que son regard exprimait une certaine panique, et que ses joues étaient empourprées par les efforts qu'elle déployait pour ne pas être engloutie de nouveau.

Hélas, la coquille commença à se refermer inexorablement ! Le public, Tom et le Général virent une dernière fois le visage affolé de Daisy avant qu'il ne disparaisse dans la coquille.

Le public fut secoué par une vague de rires.

Imperturbable, Joséphine continuait de marteler le clavier.

— Fais quelque chose ! ordonna Tom au Général entre ses dents.

Le chorégraphe se précipita vers les coulisses.

Le silence retomba. L'huître demeura fermée, véritable mystère nacré. Le public ne cachait pas son impatience.

La coquille se rouvrit dans un craquement.

La foule retint ostensiblement son souffle.

Mais elle se referma brutalement.

Les spectateurs soufflèrent en chœur.

Puis la coquille reprit vie. Le processus se répéta.

— On dirait que la coquille est en train de la *mâcher* ! lança quelqu'un, émerveillé.

Les rires s'intensifièrent, se transformèrent en rugissements. Il n'y avait plus aucun espoir. L'hilarité était contagieuse.

— C'est brillant ! hurla un autre. Shaughnessy, vous êtes un génie !

L'huître craqua de plus belle et s'ouvrit plus largement. Daisy apparut enfin entièrement, échevelée, le regard fou, un sourire forcé plaqué sur le visage. Elle leva les bras pour prendre la pose, tout en surveillant le couvercle du coin de l'œil.

Comme il fallait s'y attendre, la coquille se referma brutalement et Daisy disparut de nouveau dans sa prison nacrée.

Cette fois, la foule était en délire.

Ne sachant que faire, Joséphine jouait sa sonate, le front moite.

La délicate mélodie était noyée dans le fracas des pieds qui tapaient sur le sol et les hurlements de joie des spectateurs.

Envers et contre tout, la coquille se rouvrit. Lentement.

Ayant perdu tout espoir d'en sortir, Daisy était recroquevillée au centre, se protégeant la tête des bras.

Constatant toutefois que la coquille demeurait ouverte, elle leva la tête avec précaution, le cheveu en bataille, les joues en feu.

— Elle va te dévorer, Daisy ! cria un spectateur. File avant qu'il ne soit trop tard !

— Je fais de toi la perle de mon huître quand tu veux, Daisy Jones !

Celle-ci se redressa timidement et demeura à genoux, face au public, non sans jeter des coups d'œil inquiets à la partie supérieure de l'huître.

— Tue-la avant qu'elle ne t'avale, Daisy !

Les rires fusèrent, enthousiastes.

L'un des seins opulents de Daisy s'était quasiment échappé de sa toge et scintillait à présent sous les feux de la rampe, aussi nacré que l'intérieur de l'huître.

—C'est pas possible! s'exclama un homme, fasciné.

Daisy inspira à fond, puis rajusta les plis de sa toge pour couvrir son sein exposé. Puis, quand il apparut que la coquille ne se refermerait pas, elle leva les bras triomphalement, et prit une pose lascive.

—Bravo! Bravo!

Ce fut un tonnerre d'applaudissements comme le *Lys blanc* n'en avait jamais connu. La foule déchaînée lançait des pièces de monnaie sur la scène; des fleurs suivirent, puis des foulards, et même des chaussures.

Un véritable triomphe. Du fond de la salle, Tom vit la peur disparaître progressivement du regard de Daisy. L'incertitude lui succéda, avant d'être balayée par une expression victorieuse.

Mais, après tout, Daisy n'était-elle pas une diva?

Le Général réapparut à son côté, en nage et échevelé.

—Les gredins chargés des poulies se sont envolés.

—Tu les renverras si tu les revois jamais, lâcha Tom. Pourquoi l'huître donnait-elle l'impression de dévorer Daisy?

—J'ai essayé de l'ouvrir plusieurs fois moi-même, mais pas moyen d'actionner la poulie à fond, expliqua-t-il d'un ton neutre. Plusieurs filles ont dû m'aider.

Ils regardèrent Daisy, qui savourait son triomphe.

—Elle a intérêt à refaire exactement le même numéro tous les soirs de la semaine, déclara Tom avec un sourire satisfait.

Les spectateurs enthousiastes avaient fini par évacuer la loge de Daisy, la laissant au milieu d'une telle montagne de bouquets qu'elle se demandait si elle n'allait pas louer un fiacre pour rentrer chez elle. Seule. Peut-être passerait-elle voir Tom, avant de partir.

Elle appréhendait cet entretien.

En entendant frapper à la porte, elle sursauta. Elle tapota vivement ses yeux gonflés et éteignit l'une des lampes. La pénombre masquerait un peu ses yeux rougis.

— Entrez! lança-t-elle d'un ton enjoué, en espérant faire illusion.

La porte s'ouvrit sur le Général.

Il ne prononça pas une parole, se contentant de fixer sur elle ses grands yeux sombres. Daisy soutint son regard.

— Alors? dit-elle enfin, sèchement.

— Tu as pleuré.

Elle se détourna et se mit à rectifier vaguement la disposition d'un bouquet de fleurs très coûteuses. De ceux que les ducs et les comtes lui offraient depuis des années. Combien de temps encore en recevrait-elle? se demanda-t-elle fugitivement.

Naturellement, le Général avait les mains vides.

— Tu as fait un tabac, ce soir, reprit-il.

— Et comment! répondit-elle au miroir.

Le petit homme demeura silencieux. Elle eut beau faire, elle ne put retenir un sanglot. *Bon sang!* Elle qui voulait lui cacher ses larmes...

— Je suppose que je devrais présenter mes excuses à Tom, hasarda-t-elle.

— Oh, je pense que Tom t'a pardonnée, à l'heure qu'il est, répondit-il avec une pointe d'ironie.

Silence.

— J'ai payé Molly pour qu'elle me cède sa place. Ça m'a coûté une guinée, avoua Daisy.

— J'aurais cru que Molly se vendrait pour beaucoup moins.

Daisy faillit presque sourire.

— Je me disais que ce serait si… joli, reprit-elle avec nostalgie. Je le voulais tant, ce rôle. Toutes les filles étaient si… Elles jubilaient que je ne l'aie pas eu.

C'était la vérité, mais c'était aussi la faute de Daisy qui se comportait en diva.

— Je regrette d'avoir gâché ton beau numéro, ajouta-t-elle en toute sincérité.

Le Général haussa les épaules.

— Le public a adoré, répondit-il. Ils t'ont adorée aussi.

— Mais pas pour les raisons que je souhaitais.

Le silence du Général le lui confirma.

— C'est peut-être mieux ainsi, risqua-t-il enfin.

Daisy en conclut que son avenir était dans le burlesque et non dans les rôles de sirènes, et qu'elle ferait aussi bien de s'y habituer dès maintenant.

— Je ne suis plus jolie, n'est-ce pas, Général ?

— Oh, Daisy, tu n'as jamais été jolie.

Elle tourna vivement la tête et le fixa d'un regard à la fois horrifié et stupéfait. Le petit homme la rejoignit en quelques pas et, à son grand étonnement, lui essuya une larme sur la joue.

— Le mot joli est tellement banal. Aucun adjectif ne saurait te décrire, assura-t-il. Tu es beaucoup plus que cela, Daisy, et personne ne t'oubliera jamais…

Soudain, Daisy Jones, qui avait reçu des ducs et des comtes sur son divan rose, et que les hommes les plus fortunés de la capitale avaient comblée de cadeaux, se sentit aussi intimidée qu'une jeune fille, face à ce qu'elle lisait dans les yeux du Général.

Sans hésitation, il lui souleva doucement le menton pour effleurer ses lèvres d'un baiser. Puis il l'embrassa avec une ardeur qui lui fit oublier ses années d'expérience, son cynisme, pour ne laisser que deux êtres seuls au monde.

— Tu sais que je t'aime, n'est-ce pas ? murmura-t-il en s'écartant.

— Oui, je le sais, souffla-t-elle.

— Et ?

— Et je t'aime aussi, espèce d'imbécile.

— Alors nous sommes d'accord, bougonna-t-il. À propos d'argent, je connais un investissement bien plus rentable que Molly. Cela a un rapport avec Tom.

Tom n'en démordit pas. Chaque soir de la semaine, Daisy prit place dans sa coquille d'huître et lutta pour en sortir, sans oublier de laisser surgir un sein de sa toge. Elle était également censée entonner une chanson grivoise, mais, parfois, les acclamations du public l'en empêchaient.

La salle était bondée chaque soir, de sorte qu'il fallut prévoir des représentations supplémentaires. Daisy était très occupée, et Tom respirait un peu plus librement. Il n'avait plus d'investisseurs, était endetté jusqu'au cou, mais ses caisses commençaient à se renflouer. Encore quelques semaines à ce rythme, et il aurait le temps de dénicher d'autres investisseurs avant que le coût des travaux du *Gentleman's Emporium* ne le ruine totalement, et le *Lys blanc* avec lui, et tous ceux qui en dépendaient.

Mais la *Vénus* de Daisy déchaînait un tel enthousiasme qu'il ne pourrait présenter aucun autre numéro sans susciter protestations et sifflets. Fées, pirates, damoiselles en détresse… peu importait, il aurait aussi bien pu déguiser ses danseuses en juments.

Un thème équestre !

Une fois de plus, il venait d'avoir une inspiration de génie.

Il songea au cheval de bois qu'il avait offert à Jamie. Les petits garçons appréciaient beaucoup les jouets représentant des chevaux. Peut-être aimeraient-ils un spectacle présentant des chevaux de bois.

Ou bien des marionnettes...

« Elle avait raison », avait déclaré le Général. « Tu te bats, avait-il dit aussi Et tu donnes des coups en vache, au besoin. »

Il devait bien exister un moyen d'obtenir ce qu'il voulait, comme toujours.

En tout cas, il n'acceptait pas l'idée que, cette fois-ci, ça puisse ne pas être le cas. C'est pourquoi il continuait d'envisager toutes les solutions possibles pour parvenir à ses fins.

Plusieurs soirs de suite, il guetta le bruit de ses pas dans l'escalier, jusqu'à en avoir les yeux irrités à force de lutter contre le sommeil.

Hélas, il ne la vit que sur scène, en fée, en pirate, fière et digne en dépit de ses réticences.

Parfois, il partait en quête de compagnie féminine, d'autres bras, d'autres mains susceptibles de lui rappeler qu'un corps pouvait suffire à apaiser les sens, qu'il n'était nul besoin d'autre chose.

Mais il ne parvenait jamais à franchir le seuil du *Gant de velours*, faute de motivation. Il se retrouvait à fixer la façade du futur *Gentleman's Emporium* en sirotant du whisky et en échafaudant des projets. En méditant, aussi, sur les êtres qu'il aimait : un chorégraphe nain, une diva vieillissante et un petit garçon avec un cheval de bois nommé Nom de Dieu, sans oublier une superbe ballerine au caractère bien trempé qui faisait l'amour comme on lutte pour survivre.

Il savait où elle dormait. Si seulement il avait pu ravaler son maudit orgueil et aller la trouver.

Mais c'était sans doute mieux ainsi, se disait-il. Elle allait partir, et il pourrait reprendre le cours de sa vie.

Augustus Beedle vieillissait mal, mais le Général découvrit, surpris, qu'il n'en éprouvait pas une satisfaction particulière. Ses cheveux, naguère fournis, étaient désormais clairsemés, son front dégarni creusé de rides, et sa bedaine déformait son gilet. Le Général n'en revenait pas! Beedle était si svelte, à l'époque.

À en juger par son apparence, la vie conjugale avec une danseuse au fort tempérament n'était pas de tout repos.

Et cette pensée-*là* ne fut pas sans plaire au Général.

Ils se saluèrent, puis prirent un moment pour se jauger mutuellement. Le Général vit Beedle détailler ses vêtements, en évaluer le coût. Il avait toujours su compenser sa petite taille par une élégance sans faille. Sur ce plan-là, au moins, Beedle n'avait jamais pu rivaliser avec lui. Et son expression en cet instant ne le lui disait que trop.

— Tu nous as manqué, déclara-t-il enfin. Tes dons de chorégraphe demeurent inégalés, quant à ton œil professionnel...

— Ça fait un bail, Beedle, coupa le Général d'un ton ironique comme s'il doutait de la sincérité de ses paroles.

Beedle sourit, un peu gêné.

— Tu avais un talent exceptionnel, et j'aimais travailler avec toi. Si jamais l'envie te prend de...

— Je suis heureux là où je suis.

Le Général pensa à Daisy, sa chère Daisy, si chaleureuse, opulente, honnête, gentille et fière.

— Très heureux, même, ajouta-t-il.

Beedle s'éclaircit la voix.

— J'aimerais profiter de l'occasion pour te présenter mes excuses à propos de ce malentendu...

— Maria n'était pas un « malentendu », Beedle.

Le Général avait pardonné à ce dernier d'avoir fait fi de leur amitié, car ce n'était pas précisément sa faute si Maria avait été incapable d'aimer un homme de petite taille, et si lui-même avait décidé de noyer son chagrin dans l'alcool. Mais pour l'heure, sa stratégie était de déstabiliser son ex-rival, de le faire se sentir coupable.

En d'autres termes, il fallait le placer dans les conditions idéales pour lui demander un service. Car telle était sa mission. Une mission dont Tom n'était pas au courant, même si elle le concernait au premier chef.

— Elle va bien ? demanda-t-il avec sollicitude, d'une voix où perçait une infime tension. Maria ?

— Oui, répondit Beedle avec un sourire las.

— Tant mieux, fit-il, jouant toujours la comédie de l'homme blessé.

Le Général laissa le silence s'étirer entre eux jusqu'à ce qu'il en devienne gênant, puis :

— Tu connais le *Lys blanc*, Augustus ?

— Oui, admit Beedle avec un sourire reconnaissant. C'est le théâtre de Tom Shaughnessy. On y voit des filles superbes.

— Tu seras peut-être intéressé de savoir que j'ai créé mon propre corps de ballet, avec des danseuses très talentueuses. Et elles étaient toutes employées au *Lys blanc*.

Beedle écarquilla les yeux.

— Où puis-je les voir ?

— Eh bien, justement, Augustus. Elles vont se produire au sein d'un nouvel établissement, le… *Family Emporium*.

— Une idée de Shaughnessy ?

— En effet.

— Alors nul doute que ce sera un succès.

— Nul doute, confirma le Général. D'ailleurs, j'aimerais te demander un service, Augustus.

— Tout ce que tu voudras !

— Nous aurions besoin du soutien d'un financier enthousiaste. Plus précisément d'un mécène très connu dans le milieu de la danse.

Beedle n'eut pas à réfléchir longtemps.

— Voilà qui ne devrait pas être très difficile à trouver, mon ami, répondit-il avec un large sourire.

Sylvie cousait en compagnie de Joséphine quand Mme Pool, la gouvernante, les interrompit.

— Mesdames, il y a un certain vicomte de Grantham et une lady Grantham, en bas.

Sylvie se leva si vivement que son ouvrage tomba à ses pieds.

— Ils cherchent une certaine Sylvie Lamoureux, je crois. Ils pensent qu'elle est peut-être venue au *Lys blanc*.

Mme Pool ne put s'empêcher d'éclater de rire tant l'idée lui paraissait absurde.

— M. Shaughnessy m'a envoyée ici. Je leur dis de partir ?

— Je…

Sylvie fixa la gouvernante, puis se tourna vers Joséphine.

Enfin, elle lissa ses cheveux d'une main tremblante, puis sa robe. Renonçant à améliorer son apparence, elle quitta la pièce en courant presque.

Trois personnes se tenaient près de la scène. Deux hommes, un grand blond dont l'assurance lui rappela Tom, le vicomte, sans doute. Tom lui-même, qui affichait une expression sereine, étrangement pensive. Il ne sourit pas en découvrant Sylvie. Il se contenta de poser sur elle un regard appuyé.

Mais ce fut la troisième personne, la femme, qui attira Sylvie comme un aimant.

Elle ralentit le pas, s'arrêta à quelques mètres d'elle et la fixa.

« Elle est jolie, songea-t-elle. Elle ne me ressemble pas. Elle tient de notre mère. Et cette robe superbe... Elle fait partie de ma famille. C'est ma sœur... »

Les pensées se bousculaient dans son esprit, la rendant muette. Ses lèvres s'entrouvrirent. Elle garda les yeux rivés sur Susannah Whitelaw, lady Grantham. Puis elle porta la main à sa bouche, abasourdie. Les larmes lui montèrent aux yeux.

Par chance, Susannah se trouvait dans le même état de stupeur, de sorte que l'attitude de Sylvie ne pouvait passer pour de l'impolitesse.

Ce fut Sylvie qui, la première, parvint à faire une révérence. Sa sœur laissa échapper un rire tremblant avant de l'imiter.

Elles firent un pas timide l'une vers l'autre, comme si chacune redoutait de voir l'autre disparaître. Quand elles tendirent la main, leurs doigts s'entrelacèrent. « Elle est de mon sang, pensa Sylvie en sentant sa paume contre la sienne. »

— Tu lui ressembles beaucoup, souffla-t-elle enfin.

— Pas toi, en revanche, répondit Susannah, tout aussi émue.

— Je dois tenir de lui, hasarda Sylvie.

Elles s'esclaffèrent, prises de vertige, alors même qu'il n'y avait rien de drôle.

Un silence un peu gauche s'ensuivit.

Ce fut Tom qui le rompit.

— Et si vous emmeniez votre sœur dans votre chambre, mademoiselle Lamoureux ? suggéra-t-il.

Sylvie sursauta en entendant son nom, son vrai nom, dans la bouche de Tom.

— Merci, dit-elle doucement en soutenant son regard.

Puis elle prit Susannah par le bras et l'entraîna à l'étage.

Les deux jeunes femmes étaient assises côte à côte, aussi intimidées que deux étrangères. Chacune tenait dans le creux de sa main le portrait miniature de leur mère.

— Ta servante… commença Susannah.

— Mme Gabon ?

— Oui. Elle m'a dit que tu étais danseuse, et que tu étais très célèbre.

— Je suis danseuse étoile, confirma Sylvie. Et je suis célèbre, en effet. À Paris, du moins. Mais je suis connue dans d'autres pays.

— Seigneur ! souffla la vicomtesse, on dirait que tout le monde danse, dans la famille, sauf moi. À moins que la valse ne compte.

— La valse compte toujours, assura Sylvie.

Sa sœur se mit à rire, ce qui l'enchanta, car elle avait deviné que Susannah avait un caractère enjoué.

— Notre autre sœur s'appelle Sabrina, n'est-ce pas ?

— Oui. Nous devons la retrouver, elle aussi.

— Je me demande si elle est danseuse.

— D'après Daisy Jones, elle aurait été adoptée par un vicaire.

— Daisy Jones ? répéta Sylvie en dévisageant Susannah sans comprendre. Que peut-elle savoir de Sabrina ?

— Daisy connaissait notre mère ! Tu l'ignorais ? s'étonna Susannah.

Encore une nouvelle stupéfiante.

— Daisy n'adresse pas la parole aux autres danseuses.

Si Sylvie comprenait en partie cette attitude, elle n'était pas certaine qu'il en irait de même de sa sœur. À coup sûr, Daisy n'oubliait pas d'où elle venait, quel chemin elle avait parcouru, et c'était surtout son passé qu'elle maintenait à distance.

— Je parlerai à Daisy, se contenta-elle de dire.

Une pause, puis :

— Ta servante m'avait dit que tu étais belle, reprit Susannah doucement. Et plus encore quand tu danses.

— C'est vrai, répondit Sylvie en toute modestie.

Susannah éclata d'un rire ravi.

— À présent, j'ai la confirmation que nous sommes bel et bien sœurs !

Elles échangèrent des regards fiers, suffisants, amusés, les premiers témoins d'une complicité naissante. Sylvie pressa la main de sa sœur qui en fit autant, mais une question la taraudait.

— Est-ce que tu… tu as mauvais caractère ?

— Un jour, j'ai giflé un homme dans un accès de colère, confessa Susannah. Et j'ai menacé un autre d'un vase parce qu'il voulait me prendre mes robes.

Sylvie ressentit un immense soulagement.

— Donc, il n'y a pas que moi… Mon emportement me perdra, je le crains.

— Daisy affirme que notre mère avait… a un sacré caractère, elle aussi.

Elles demeurèrent un moment pensives.

— Tu crois qu'elle est vivante ? risqua Susannah.

— Même quand j'étais petite, je sentais qu'elle n'était pas morte, en dépit de ce qu'affirmait Claude. M. Bale m'a dit qu'il y avait eu… une épreuve ?

Susannah raconta tout à Sylvie, qui buvait ses paroles. L'histoire de leurs parents était extraordinaire. Anna Holt avait été accusée du meurtre de leur père, Richard Lockwood, politicien en vue, et contrainte de s'enfuir, laissant derrière elle leurs trois filles. Le véritable assassin, un politicien véreux du nom de Thaddeus Morley, croupissait désormais en prison, attendant sa sentence.

— Tu crois qu'on la retrouvera un jour ? demanda Sylvie.

— Nous ferons tout pour, promit Susannah.

— Et ton mari ?

Susannah rosit légèrement, et Sylvie s'en amusa.

— Tu es donc amoureuse ! s'esclaffa-t-elle.

— Il est…

Elle s'interrompit et secoua la tête, comme s'il n'existait pas de mots capables de décrire son bonheur.

— Et toi, reprit-elle après s'être éclairci la voix, tu as un… un amant. Ta servante m'a dit qu'il se prénommait Étienne.

— Mme Gabon t'a parlé d'Étienne ? s'exclama Sylvie, qui se promit de réprimander l'indiscrète. Elle est décidément trop bavarde.

— Mme Gabon a précisé qu'il était passé prendre de tes nouvelles, et qu'il était furieux en apprenant ton départ pour l'Angleterre. Dis-moi, tu es… *amou-reuse* de lui ?

Sylvie rit, histoire d'esquiver la question.

— Il est très séduisant.

Susannah n'était pas idiote. Elle inclina la tête de côté et dévisagea sa sœur avec curiosité. Sa réaction était déconcertante, mais il en était sans doute ainsi entre sœurs, supposa Sylvie. C'était agréable de susciter un tel intérêt, et d'être ainsi scrutée, devait-elle admettre, même si ce n'était pas très confortable.

— Quand as-tu compris que tu étais amoureuse de Kit ? demanda-t-elle à brûle-pourpoint.

Susannah prit un air pensif.

— Je ne crois pas connaître le moment exact. Je ne suis pas sûre qu'il y en ait un. J'ai eu l'impression… de l'avoir toujours aimé. Au départ, tout est allé de travers. Il n'était pas tel que je m'y attendais, je suppose. Et en même temps… il était tout ce que j'avais toujours recherché. C'est difficile à expliquer, je suis désolée.

Sylvie ne fit aucun commentaire, se contentant d'admirer sa sœur. Elle la trouvait très jolie, ce qui, de façon absurde, lui fit plaisir. Elle semblait intelligente, également.

— M. Shaughnessy est très séduisant, lui aussi, observa Susannah d'un air détaché.

— Tu trouves ? fit Sylvie en se détournant.

Elle se mit à tracer nerveusement des motifs, sur la courtepointe.

— Oh, oui ! La première fois que je l'ai vu, j'en ai eu le souffle coupé, alors même que Kit se trouvait à côté de moi.

Sylvie glissa un regard furtif à la jeune femme, puis se détourna de nouveau.

— Et je ne parle pas seulement de son physique. Il a… il a un je-ne-sais-quoi qui me rappelle Kit.

Durant le silence qui suivit, Sylvie devina que sa sœur l'étudiait.

— Veux-tu venir habiter chez nous, ou préfères-tu rester au *Lys blanc* ? reprit Susannah un peu timidement.

Il était tentant de rester, sachant que Tom dormait non loin d'elle *presque toutes les nuits*. Puis le souvenir de ce qu'elle avait ressenti en découvrant sa chambre vide, cette douleur insupportable, lui revint.

À quoi bon s'attarder ici ? C'était inutile, dangereux, stupide.

— Je peux séjourner chez vous ? risqua-t-elle tout aussi timidement.

En fait, elle se réjouissait de revoir M. Bale, le majordome.

— Avec plaisir !

Elles s'embrassèrent enfin, la première d'une longue série d'étreintes, à n'en pas douter.

Susannah descendit les marches d'un pas léger pour annoncer la bonne nouvelle à Kit, laissant sa sœur s'occuper de ses bagages.

En ouvrant sa malle, le regard de Sylvie tomba sur sa robe de deuil. Son déguisement. Tom Shaughnessy n'avait pas été dupe, mais n'était-ce pas un expert en matière de costumes ?

Elle prit sa cape sur la patère et se souvint qu'elle s'en était drapée avant de monter rejoindre Tom dans sa chambre.

Jamais elle n'oublierait son regard quand elle l'avait laissée glisser au sol. Il l'avait contemplé comme si elle était un cadeau qu'il n'aurait jamais espéré recevoir.

— Tu aurais pu m'en parler, Sylvie Lamoureux. Ou bien est-ce Sylvie Holt ?

La voix fit sursauter la jeune femme, qui fit volte-face. Tom se tenait sur le seuil, ses larges épaules occupant tout l'encadrement de la porte. Le cœur de Sylvie s'emballa douloureusement.

Il s'était exprimé sur le ton de la conversation, presque taquin. Un léger sourire flottait sur ses lèvres, mais son attitude reflétait comme de l'embarras.

— Je voulais te le dire, commença-t-elle. Je suis allée…

Elle s'interrompit, refusant de lui avouer qu'elle était montée dans sa chambre… pour trouver un lit vide. Et ce qu'elle avait ressenti en l'imaginant dans les bras d'une autre.

Elle redressa fièrement le menton.

— M'aurais-tu considérée différemment ? lui demanda-t-elle. Si je t'avais tout avoué dès le départ ?

— Si tu m'avais avoué que tu étais danseuse étoile à l'Opéra de Paris et que tu avais un lien de parenté avec un vicomte ? railla-t-il.

— Je craignais que tu ne me prennes pour une usurpatrice de plus, pour une de ces femmes qui se font passer pour la sœur de Susannah. Et je ne le voulais pas.

— Tu craignais aussi que je ne te dénonce pour toucher la récompense, observa-t-il, désabusé.

Elle rougit.

— Quelle piètre usurpatrice tu aurais fait, Sylvie ! On lit dans tes yeux comme dans un livre ouvert. Pas une seconde je n'aurais cru que tu pouvais être une usurpatrice.

Il s'exprimait d'un ton posé.

Et ses paroles firent infiniment plaisir à la jeune femme, tout en la rendant affreusement triste. Troublée, elle baissa la tête et acheva de plier sa cape pour se donner une contenance.

— Ta sœur est ravie que tu t'installes chez elle.

— Et je suis ravie d'avoir une sœur, murmura-t-elle avec un sourire, les joues roses de plaisir.

Tom la dévisagea un moment, comme s'il savourait son bonheur.

— Tant mieux, dit-il doucement.

Elle s'agenouilla prestement et déposa la cape dans la malle pour ne pas avoir à regarder en face cette douceur si émouvante, pour ne pas avoir à s'interroger sur ce qu'elle ressentait.

— C'est lui que tu fuyais, en venant en Angleterre ? demanda-t-il soudain.

— Étienne ? fit-elle en relevant la tête.

Il sourit imperceptiblement.

— Oui, répondit-il.

Il venait une fois de plus de l'inciter à en révéler plus qu'elle ne le souhaitait. Cette fois, c'était le nom de son amant. Tom avait raison : elle aurait fait une piètre usurpatrice.

— Je suppose que je… je ne voulais pas le blesser, ni qu'il me persuade de ne pas venir en Angleterre. Alors je lui ai caché mon départ.

Ce n'était que partiellement vrai. Elle n'était toujours pas certaine de connaître toute la vérité, qui semblait s'évertuer à se dérober. À moins qu'elle ne l'ait enfouie au fond de son esprit parce qu'elle l'effrayait.

— Ah, fut le seul commentaire de Tom.

Son visage se ferma. Il détourna les yeux, mais ne trouva rien à regarder, aussi revint-il vers elle.

— Et tu vas retourner auprès de lui ? demanda-t-il, presque légèrement. Après avoir passé un peu de temps avec ta sœur ?

Elle le regarda droit dans les yeux, cette fois.

— Oui.

« S'il veut bien de moi », songea-t-elle. Elle supposait que c'était là la vérité.

Tom prit une profonde inspiration et opina. Puis il sortit sa montre de sa poche. Toujours aussi occupé…

—Je venais te voir à propos du spectacle de ce soir, reprit-il avec brusquerie. Comptes-tu partir tout de suite ou accepterais-tu de travailler jusqu'à la fin de la semaine ?

—Pour toi, je serai une fée, un pirate, une damoiselle jusqu'à la fin de la semaine, répondit-elle avec une esquisse de sourire.

Il ne sourit pas en retour.

—C'est ainsi que je te vois, tu sais.

Surprise, elle se mit à rire. Il s'approcha alors d'elle, et du doigt dessina le contour de son visage. Lentement.

Sylvie ferma les yeux malgré elle, comme pour graver dans sa mémoire le souvenir de cette ultime caresse.

—Au revoir. Je te souhaite le meilleur, Sylvie Lamoureux.

Sur ce, il tourna les talons et disparut.

18

On était vendredi soir, fin de la semaine consacrée à *Vénus*, et les portes du théâtre venaient de s'ouvrir. Les spectateurs affluaient, salués par Tom et le Général. Crumstead, l'agent du roi chargé de la censure, fit son entrée, visiblement mal à l'aise.

Trois hommes que Tom n'avait jamais vus l'accompagnaient, l'air tout aussi embarrassé, mais résolu.

— Crumstead ! le salua Tom. Déjà de retour ? Ne venons-nous pas de vous verser votre... commission ?

— Nous sommes là pour vous signifier la fermeture du théâtre, Shaughnessy, lâcha l'autre d'une traite, désireux de se débarrasser au plus vite de cette tâche pénible.

Abasourdi, Tom adressa un regard interrogateur au Général, qui veillait en principe à ce que Crumstead reçoive son pot-de-vin. Le chorégraphe haussa les épaules, aussi déconcerté que lui.

— Vous plaisantez, je suppose ? demanda Tom.

— Je regrette, Shaughnessy, mais c'est la loi. Nous avons ordre de fermer l'établissement.

Il se redressa comme s'il avait besoin de rassembler toutes ses forces pour accomplir sa tâche.

Tom émit un rire sans joie.

— Allons, Crumstead, si c'est encore de l'argent que vous voulez, il suffit de le demander ! Nous sommes amis, non ?

Crumstead marmonna quelques mots.

— Pardon ? fit Tom sèchement.

L'agent du roi se racla la gorge.

— Atteinte aux bonnes mœurs. Nous fermons l'établissement pour atteinte aux bonnes mœurs.

Crumstead eut au moins la décence d'avoir l'air honteux, car le *Lys blanc* n'était pas l'établissement le plus licencieux de la capitale, loin de là. C'était simplement le plus populaire, le plus prospère et le plus inventif.

Il glissa un regard nerveux aux poings crispés de Tom, puis à son visage, que la colère durcissait.

— Si vous ne fermez pas les portes sur-le-champ, si vous n'annulez pas la représentation, nous… hum… nous devrons procéder à votre arrestation.

— À mon *arrestation* ? s'insurgea Tom.

Crumstead eut un mouvement de recul.

— Pour l'amour du ciel, qu'est-ce que c'est que cette histoire ? Dites-le-moi, Crumstead, et nous réglerons le problème à l'amiable, comme d'habitude. Tout ceci est ridicule, vous le savez aussi bien que moi.

— Je ne sais rien, Shaughnessy, avoua Crumstead. Vraiment ! J'ai simplement reçu l'ordre de ma hiérarchie de fermer l'établissement. S'il vous plaît. Il faut obéir. Je ne voudrais pas avoir à vous arrêter comme un malfaiteur.

À en juger par l'expression des hommes qui l'accompagnaient, il ne plaisantait pas. Tom comprit qu'ils n'hésiteraient pas à lui passer les menottes à la moindre résistance.

Le regard qu'il posa sur Crumstead fit blêmir ce dernier. Mais Tom ne le voyait même plus. Il était en proie à une rage froide tandis que tout s'éclairait. Quelqu'un avait tiré les ficelles dans l'ombre pour convaincre ses investisseurs de se désister. Et voyant que cela n'avait pas suffi à le ruiner, ce même quelqu'un s'était arrangé pour que le *Lys blanc* soit fermé. Obtenir une fermeture administrative n'était pourtant pas chose facile. Tom n'osait imaginer ce que cette personne devait avoir comme relations, argent, pouvoir pour y être parvenu. Ce complot le visait personnellement.

Mais qui diable lui en voulait à ce point ?

— Une fermeture pour combien de temps ? demanda-t-il d'un ton brusque.

— Le tribunal en décidera.

Ce qui pouvait prendre des années !

Conscientes de l'agitation, les danseuses avaient quitté les coulisses et se tenaient à présent au bord de la scène.

— Je peux compter sur vous pour fermer ? demanda Crumstead avec un soupir. Ou devons-nous vous appréhender ?

L'esprit de Tom fonctionnait à toute allure. Il étudiait les solutions qui s'offraient à lui, les rejetant les unes après les autres, avant de les reconsidérer.

— Shaughnessy, je ne voudrais vraiment pas…

— Je vais fermer, coupa-t-il sèchement.

— Je regrette, Shaughnessy. Vous n'imaginez pas à quel point. Vous présenterez mes hommages à Molly, ajouta-t-il tristement.

Connaissant la lenteur de la justice, il savait qu'il ne la reverrait pas avant une éternité. Crumstead et ses hommes pivotèrent et quittèrent les lieux. Sur le seuil du théâtre se tenait un homme que Tom n'avait encore jamais vu. Il était grand, presque aussi grand que lui. Son visage demeura dans l'ombre jusqu'à ce qu'il s'avance dans la salle et s'arrête à un peu plus d'un mètre de Tom.

Il toisa ce dernier d'un air de triomphe.

Cet homme exsudait la noblesse par tous les pores de sa peau. Il était d'une beauté ténébreuse et portait des vêtements si élégants, si soignés, qu'il semblait que rien ne pouvait les souiller. C'était le genre d'homme qui n'avait aucune chance de passer inaperçu. Et ne le souhaitait probablement pas, devina Tom.

Un peu comme lui.

Soudain, il sut qui était cet homme.

Il était plus âgé qu'il ne se l'était imaginé. Son regard était las, son visage un peu dur, reflet sans doute d'une vie dissolue. À moins qu'il n'ait vu trop de proches mourir sur l'échafaud. N'était-il pas un noble français, après tout?

Sylvie confirma vite ses soupçons.

— Étienne, souffla-t-elle, stupéfaite.

Une autre voix féminine avait prononcé ce prénom presque simultanément. Abasourdi, Tom pivota pour découvrir qu'il s'agissait de...

Molly.

Les yeux écarquillés, la jeune femme croisa son regard, puis elle secoua la tête et se détourna.

Le regard d'Étienne glissa sur Molly. Tom devina qu'elle n'avait été pour lui qu'un instrument afin d'obtenir les informations dont il avait besoin. Elle ne lui servait plus à rien, désormais.

Étienne chercha Sylvie des yeux, détailla sa tenue, son costume, sa baguette magique, ses ailes...

Avec stupeur, Tom comprit que cet homme l'aimait.

Étant prince, il pouvait avoir tout ce qu'il voulait, mais son statut ne le protégeait pas des vicissitudes de l'amour. Sans doute se sentait-il humilié par la désaffection d'une danseuse, fût-elle une étoile. Il avait aussi probablement du mal à imaginer que *qui que ce fût*, et encore moins un bâtard aux origines douteuses, directeur d'un théâtre qui attentait aux bonnes mœurs, puisse se croire autorisé à *toucher* ce qui lui appartenait de droit.

Il s'était donc mis en tête de ruiner Tom. Pour donner une leçon à la danseuse ? Ou au bâtard ?

L'amour qui se lisait dans le regard d'Étienne laissa rapidement place à la colère.

— Comment m'as-tu… ? commença Sylvie, qui semblait incapable de détacher le regard de cet homme.

— Tu aurais pu m'avertir que tu partais ! coupat-il avec une pointe infime d'accent français. Cela dit, je n'ai eu aucun mal à te retrouver dans ce… lieu, ajouta-t-il, presque condescendant.

Tom dut se retenir pour ne pas l'attraper par le col.

La foule grandissait à l'entrée, se demandant pourquoi un seul homme bloquait l'accès à la salle. Tom aperçut Bateson et, derrière lui, Belstow, celui qu'il avait corrigé quelques semaines plus tôt. Sans doute s'était-il fait un plaisir d'apporter son soutien à Étienne.

— Tu m'aurais empêchée de venir à Londres, répondit Sylvie. Et je voulais connaître la vérité sur ma famille, voilà tout.

Étienne la dévisagea, la mine indéchiffrable, sans nier la véracité de ses propos.

— Je te pardonne, déclara-t-il enfin. Nous en discuterons sur la route du retour.

Tom vit Sylvie crisper les doigts sur sa baguette magique, et se demanda fugitivement si elle avait l'intention de la lancer sur Étienne.

Tel était donc l'homme qui l'avait... prise, songea-t-il. Comme si tel était son droit. Comme si ce n'était pas un être précieux, rare et superbe qu'il fallait mériter, pour qui il fallait se battre.

Et voilà qu'il allait la reprendre, comme si cela allait de soi.

« Tu te bats, lui avait dit le Général. Et tu donnes des coups en vache, au besoin. »

Soudain, tout lui apparut d'une élégante simplicité.

— Désignez vos témoins, monsieur ! lança-t-il.

Un murmure choqué accueillit ses paroles. L'homme de spectacle qu'était Tom en fut flatté, même s'il avait du mal à croire qu'il venait de prononcer cette phrase pourtant familière. En vérité, il n'était pas en droit de la prononcer, car il n'était pas un gentleman.

Mais il connaissait les codes de l'honneur, et il était prêt à « donner des coups en vache » en guise d'honneur.

Les lèvres d'Étienne s'incurvèrent à peine et ses sourcils se haussèrent une fraction de seconde. Comme si rien ne pouvait l'atteindre.

— Vous me provoquez en duel, Shaughnessy ? D'où tenez-vous que vous en avez le droit ?

— Je vous provoque en duel, en effet.

— Tom, pour l'amour du ciel ! siffla le Général. Tu vas le tuer. Et il te tuera aussi...

Étienne se tourna vers le petit homme et fronça les sourcils.

— C'est un tireur hors pair, Étienne, se risqua à lancer Belstow.

— Vous n'avez aucun droit de me provoquer en duel, monsieur Shaughnessy, déclara posément Étienne. Les duels sont réservés aux...

Il n'acheva pas sa phrase, comme s'il jugeait discourtois de souligner l'absence de noblesse de Tom.

— Et que me reprochez-vous, au juste ? reprit-il.

Un silence presque surnaturel planait dans la salle.

— Vous avez peur de moi, n'est-ce pas, prince de mes… ?

La boutade n'était pas très fine, mais Tom mit sa réaction sur le compte de la colère.

Étienne se crispa.

— Allons, Shaughnessy, vous serez pendu pour meurtre !

— Mais vous serez aussi mort que moi, quoique un peu plus tôt, car je vous garantis que je suis un tireur hors pair.

— Il met dans le mille chaque fois, intervint de nouveau Bateson.

— Si des hommes préfèrent ne pas investir dans vos projets, reprit froidement Étienne, si les autorités décident de fermer cet établissement que vous appelez un théâtre…

— Il a su trouver des arguments, d'après ce qu'on dit, marmonna quelqu'un.

— Il a menacé de révéler à la femme de Pinkerton-Knowles que son mari aimait aller regarder des jolies filles.

— … c'est leur choix, conclut Étienne.

— C'est *toi* l'instigateur de tout cela ? demanda Sylvie, abasourdie. C'est *toi* qui as obtenu la fermeture du *Lys blanc* ?

Étienne tourna la tête vers elle, parut sur le point de lui répondre, puis se ravisa.

Tom vit les yeux de Sylvie lancer des éclairs.

— Désignez vos témoins, répéta-t-il.

Les regards des deux hommes se verrouillèrent, et Tom décela une lueur de panique dans les prunelles sombres de son rival, quand bien même son visage demeurait impassible.

—Étienne… fit Molly.

Il lui adressa un coup d'œil si méprisant qu'elle en pâlit.

—Je suis désolée, gémit-elle. Monsieur Shaughnessy, je…

—Arrêtez, lâcha Sylvie d'une voix sourde où la rage le disputait à l'affolement. Tous les deux !

—J'arrêterai, fit Tom d'un ton neutre s'il accepte de demander pardon pour ses agissements.

Étienne afficha un rictus dédaigneux.

—Ce sont les affaires, Shaughnes…

—Non, coupa Tom d'une voix tranchante. Ce ne sont *pas* les affaires. Je veux que vous présentiez des excuses à Sylvie. Il n'est question que d'elle, et vous savez pourquoi.

Étienne demeura silencieux, mais la haine assombrit son regard. De toute évidence, il ne s'attendait pas à un rival de cette trempe.

—Je vous en prie, implora la jeune femme. Arrêtez !

—Très bien, fit Tom en se tournant vers elle. Dis-moi que tu ne m'aimes pas, Sylvie, et il n'y aura pas de duel.

Elle le fixa, les yeux brillants, le visage dur. Tous les regards convergèrent sur elle.

—Dis-moi que tu ne m'aimes pas, Sylvie, répéta Tom calmement. Regarde-moi dans les yeux et dis-moi, devant tous ces témoins, que tu ne m'aimes pas, et il n'y aura pas de duel. Tu pourras repartir pour Paris avec Étienne.

Elle carra les épaules comme elle l'avait fait juste avant d'embrasser Biggsy, le bandit de grand chemin, et le regarda droit dans les yeux.

—Je ne t'aime pas.

Sa voix tremblait à peine. Ces cinq mots énoncés sobrement résonnèrent comme la sentence d'un juge.

Tom soutint le regard de la jeune femme, la défiant de se détourner.

— À Présent dis-moi que tu aimes Étienne. Regarde-moi dans les yeux, en présence de tous ces témoins, et dis-moi que tu l'aimes, et il n'y aura pas de duel.

Elle était livide, ses mains tremblaient, mais elle gardait la tête haute.

— J'aime Étienne.

Vaincu, Tom baissa la tête.

— Nous nous retrouverons à l'aube, monsieur, reprit-il à l'adresse d'Étienne. Mes témoins s'arrangeront avec les vôtres.

— Mais… protesta Sylvie.

— Je t'ai menti, avoua Tom, sans la regarder.

Étienne émit un grommellement exaspéré. Visiblement déconcerté, il leva la main.

— Allons, Shaughnessy, vous n'avez rien à prouver. Autant éviter le drame. Elle ne veut pas de vous, elle vient de vous le dire. Et il me déplairait de gaspiller une balle pour un bâtard.

Tom l'écouta, comme si ses propos le passionnaient.

— Vous m'avez pris tout ce que j'avais, y compris Sylvie, qui vient d'affirmer qu'elle ne m'aime pas. Je n'ai plus rien à perdre. Je me moque de vivre ou de mourir.

Il devisait comme s'ils échangeaient des propos philosophiques autour d'un bon cognac.

— Je savais que j'aurais plus de satisfaction à vous ruiner qu'à vous tuer, dit Étienne. Et vous n'avez aucun droit sur elle. Vous n'en avez jamais eu.

— Je vois, fit Tom. Donc, maintenant que vous m'avez ruiné… vous croyez que Sylvie va vous aimer ? enchaîna-t-il, feignant d'être sincèrement dérouté par cette logique. Parce qu'il est clair, vu les efforts que vous avez fournis pour me ruiner, que vous ne croyez pas vraiment qu'elle vous aime. Ou vous aimera jamais. En dépit de ce qu'elle affirme.

Non sans satisfaction, Tom vit Étienne pâlir de fureur.

— Vous l'avez entendue, répliqua froidement Étienne. Elle ne veut pas de vous, Shaughnessy.

— Je l'ai entendue, confirma Tom avec un petit sourire énigmatique.

Étienne commençait à perdre patience.

— Fort bien ! Puisque vous avez envie de mourir, je vous tuerai à l'aube.

— Parfait. Mes témoins s'organiseront avec les vôtres.

Sur ces mots, Tom tourna les talons. Il passa devant Sylvie et les autres sans regarder personne.

— Tu ne vas tout de même pas aller jusqu'au bout ?

Le Général regardait, comme il l'avait fait maintes fois, Tom sortir ses pistolets de ses étuis. Il n'avait pas allumé de cigare, car il n'avait pas le temps de le savourer. Dans une heure, le jour se lèverait.

— Si, répondit Tom à son ami en se demandant s'il inspectait ses armes pour la dernière fois.

— Tu comptes le tuer ?

— Je ferai de mon mieux. S'il faut en arriver là.

Dans le couloir, Kit Whitelaw, vicomte de Grantham, discutait avec Belstow. Il s'était porté volontaire pour être le second témoin de Tom. Cette conversation n'était qu'une formalité, car le duel se déroulerait, comme de coutume, dans la clai-

rière située à la lisère de Saint-John's Wood, à
l'aube, au pistolet.

— Et ton fils ?

— Il saura que son père n'était pas un lâche – si
quelqu'un se souvient de moi et lui en parle. Ce
sera toi, je suppose.

Le Général haussa les épaules, comme si cela
allait de soi.

— Tu ne vas pas me rappeler que tu m'avais prévenu, à propos de Sylvie ? Qu'elle m'attirerait des
ennuis ?

— Elle en vaut peut-être la peine, admit le petit
homme. Une seconde ! Tu as dit « s'il faut en arriver là » ? Tu as donc un plan ?

— N'en ai-je pas toujours ? répondit Tom avec
un grand sourire.

Pendant que Tom vérifiait ses pistolets, Kit
avait envoyé Susannah et Sylvie à l'hôtel particulier des Grantham afin de se consacrer à son
rôle de témoin.

Dans le salon, les deux sœurs buvaient une tasse
de thé arrosé de whisky. Susannah tenait la main
de Sylvie, qui se rendit vaguement compte qu'elle
portait encore son costume de fée.

— Voilà ce dont je me souviens, dit doucement
Susannah. Une autre nuit sombre, il y a longtemps.
Et c'était toi qui me tenais la main.

— Tu pleurais, murmura Sylvie.

Depuis, elle-même n'avait pratiquement plus
versé une larme. En ce moment même, elle ne
pleurait pas. Elle en était incapable. Elle se sentait
engourdie et glacée.

— Je suis heureuse de te tenir la main en cet
instant.

Sylvie ne dit rien.

— D'une certaine façon, je savais que ce ne serait pas banal d'avoir une sœur, ajouta Susannah.

Cette fois, Sylvie parvint à rire.

— Je pense que nous sommes vouées au peu banal, vu l'histoire de notre mère…

— Parfois, les hommes se battent en duel et échouent volontairement. Kit a tiré sur son meilleur ami à cause d'une femme, quand il avait dix-sept ans, et il l'a raté délibérément, raconta Susannah pour la rassurer.

— Étienne ne ratera pas son coup, répondit Sylvie sombrement. Il ne cherchera même pas à échouer… Et Tom… Tom non plus, acheva-t-elle d'une voix cassée.

Susannah ne dit rien, mais Sylvie la sentait tendue.

— M. Shaughnessy est très séduisant. Oh…

Sylvie venait de serrer la main de sa sœur un peu trop fort.

— Désolée, Susannah.

Le silence se fit plus pesant.

— Tu viens de l'appeler Tom, reprit doucement Susannah.

Et avec insistance, admit Sylvie. La sécurité, la certitude, voilà ce qu'elle avait toujours recherché. Du moins le croyait-elle. Tout ce qu'Étienne lui promettait, un avenir somptueux, confortable, loin du demi-monde.

Alors pourquoi – et depuis quand – cette perspective était-elle devenue si oppressante ? Effrayante, presque ? Tom lui avait demandé si elle fuyait Étienne en venant en Angleterre.

Elle comprit soudain qu'il avait vu juste. Elle fuyait Étienne autant qu'elle recherchait la vérité sur son passé. Sa respiration s'accéléra. Étienne prétendait l'aimer, mais les paroles de Tom lui revinrent en mémoire : « Maintenant que vous m'avez ruiné... vous croyez que Sylvie vous aimera ? »

En fait, Étienne se sentait un droit sur elle. Susannah avait déclaré que Kit lui avait donné l'impression d'être tout ce qu'elle avait toujours recherché, mais qu'il n'était pas du tout tel qu'elle s'y attendait.

Elle songea à Tom Shaughnessy. Il avait beau aimer les paillettes et les chansons paillardes, et avoir de mauvaises fréquentations, le moindre regard, le moindre contact de ses mains et de ses lèvres suffisait à la faire se sentir...

En sécurité.

Ce n'était pas tant ce qu'il faisait, ce qu'il possédait. C'était en lui, tout simplement, cette force, cette assurance, cette...

Dieu que cela l'amuserait de lire dans ses pensées en cet instant ! Jamais elle n'avait rencontré d'homme meilleur.

— Susannah, fais préparer la voiture, vite ! ordonna-t-elle en se levant d'un bond.

— Dieu du ciel ! J'ai bien cru que tu ne me le demanderais jamais !

Tom connaissait désormais cette clairière presque aussi bien que son théâtre. La lune luisait encore dans le ciel, au milieu de lambeaux de nuages. L'aube approchait, teintant l'horizon de pourpre.

Deux véhicules étaient garés à proximité. Les chevaux étaient calmes, indifférents à la folie des hommes. Sans doute broncheraient-ils à peine lorsque les coups de feu claqueraient.

L'air était vif en ce début d'automne. Le vent soufflait, soulevant les pans des manteaux. Les témoins avaient chargé les pistolets. Le médecin, tiré de son lit, se frottait les yeux.

Ils s'étaient séparés du nombre de pas requis, bras levé, arme pointée vers l'adversaire quand un martèlement de sabots déchira le silence. Une voiture lancée à toute allure apparut à la vue. La portière s'ouvrit à la volée avant même qu'elle ne s'immobilise.

— Arrêtez !

Une chevelure sombre et une cape jaillirent du véhicule. Une seconde plus tard, une silhouette mince s'interposait entre les deux hommes.

Un silence stupéfait accueillit l'intruse, le code du duel n'ayant pas prévu ce cas de figure. Étienne fut le premier à réagir.

— Sylvie, dit-il, ne sois pas ridicule. Écarte-toi et laisse-nous achever ce que nous avons commencé.

Elle pivota vivement vers lui.

— Baisse ton arme, Étienne, ou je te tue de mes propres mains !

Elle tenait en effet un pistolet qu'elle pointa dans sa direction. Qui avait pu le lui fournir ? Sa sœur ?

À cet instant précis, celle-ci tendit le cou par la portière.

— Susannah, gronda Kit, qui avait dû en arriver à cette conclusion.

Il lui adressa un tel regard qu'elle n'insista pas et rentra dans la voiture.

— Je regrette, mais je suis d'accord avec Étienne, dans une certaine mesure, Sylvie, intervint Tom d'une voix posée. S'il te plaît, ne pointe pas une arme sur un homme armé et en colère.

Sylvie se tourna vers lui et crispa le poing.

— Aurait-on changé les règles ? murmura Kit au Général. D'ordinaire, il n'y a que deux hommes armés.

— Sylvie… commença Étienne, menaçant.

— J'ai menti ! cria-t-elle. *Menti !*

— À quel sujet, mademoiselle Chapeau ? s'enquit Tom sur le ton de la conversation.

Elle lui adressa un regard noir, puis concentra son attention sur Étienne.

— Je regrette, Étienne, articula-t-elle d'un ton résolu, quoique plus doux. En prétendant que je t'aimais, je ne cherchais qu'à empêcher ce duel. Mais puisque vous êtes tous les deux des imbéciles et que vous tenez à ce duel…

Soudain, une vague de fureur la submergea.

— J'ai menti, Étienne. Je ne veux plus être avec toi. Je ne t'aime pas. Ce… ce n'est pas toi que j'aime !

La posture d'Étienne était si rigide qu'il aurait pu tout aussi bien avoir reçu une balle en plein cœur.

— Quand Molly m'a dit… Quand elle m'a raconté qu'elle pensait t'avoir entendue lui jeter des objets à la figure…

Étienne baissa son arme, la tendit à Belstow, et il laissa échapper un rire bref, teinté de douleur et de dégoût.

— Je suppose que j'ai compris.

Il luttait visiblement pour conserver un semblant de dignité. Sylvie demeura silencieuse, les yeux rivés sur lui.

Il hocha alors la tête, puis leva la main, en signe de reddition ou d'adieu, avant de regagner sa voiture. Belstow lui emboîta le pas, et referma la portière sur eux.

Tous regardèrent l'attelage s'ébranler, puis Tom se racla la gorge.

Sylvie pivota pour lui faire face, se pencha pour poser son pistolet à terre, et fit deux pas dans sa direction avant de s'immobiliser.

Tom remit son arme à Kit.

L'instant d'après, Sylvie se jetait à son cou. Il l'enlaça étroitement, enfouit le visage dans sa chevelure comme s'ils étaient seuls au monde.

— J'ai menti, répéta-t-elle dans un souffle.

— C'est ce que tu viens de dire, en effet. Dommage que tu n'aies pas confiance en mes talents de tireur, observa-t-il d'une voix rauque. Tu as cru qu'il me tuerait. Tu voulais me sauver.

— J'ai menti parce que je t'aime! répliqua-t-elle, indignée.

— Je le sais. *Toi*, en revanche, tu l'ignorais.

Il la serra contre lui, essuya une larme sur sa joue avant d'y poser les lèvres.

— Alors? fit-elle en cherchant son regard. Tu n'as rien à me dire?

— Eh bien, si ce n'est pas de l'amour, l'amour n'existe pas.

— Tom!

— Très bien. Je t'aime aussi.

C'était la première fois qu'il prononçait ces paroles, et il en fut bouleversé. Soudain, il fut heureux de la tenir ainsi dans ses bras parce que s'il n'était pas un lâche, il se sentait tout à coup affreusement vulnérable.

À en juger par le doux sourire dont elle le gratifia, Sylvie l'avait deviné.

Le baiser qu'ils échangèrent après cette déclaration d'amour fut différent de tous les baisers qu'il avait donnés auparavant. Et Tom eut la certitude qu'il ne se lasserait jamais de ces lèvres, de leur saveur.

Relevant enfin la tête, il déclara non sans satisfaction :

— N'ai-je pas été habile ? Tu étais convaincue qu'Étienne me tuerait, et tu me voyais déjà étendu sur le sol en train de me vider de mon sang. Je savais que tu viendrais t'interposer, que tu serais incapable de me laisser aller à la mort sans m'avoir dit que tu m'ai…

Elle plaqua la main sur sa bouche pour le faire taire. Puis fronça les sourcils et se raidit.

— Tu… tu as maintenu ce duel uniquement pour que je vienne l'interrompre en faisant une scène ? balbutia-t-elle en s'écartant.

Il refusa de la lâcher. Pas alors qu'il venait de lui avouer son amour.

— Bien sûr. Comment aurais-tu su que tu m'aimais si je n'avais pas agi de la sorte ? Comment aurais-tu trouvé le courage de prendre ce que tu voulais vraiment, Sylvie ? Si je n'étais pas allé jusqu'au bout, comment aurais-tu su que je t'aimais aussi ? Tu étais bien capable de rentrer à Paris avec Étienne pour me sauver la vie.

Elle réfléchit un instant, pensive.

— C'était risqué.

— Certes. Mais j'ai l'habitude de prendre des risques.

Il la sentit se crisper entre ses bras tandis qu'une lueur qu'il connaissait bien s'allumait dans son regard. Elle était en colère.

— En amour comme à la guerre, tous les coups sont permis, Sylvie.

Il avait donné des coups en vache, bien sûr, mais pas contre Étienne. Contre elle.

Qui continuait à le foudroyer du regard.

— Tu vas te mettre à me lancer des objets à la figure ? s'enquit-il. Dans ce cas, si tu te jetais de nouveau dans mes bras ?

Elle esquissa un sourire. Doucement, il l'attira contre lui, l'enveloppa de ses bras. Elle posa la joue contre son torse, là où battait son cœur.

Les autres s'étaient éloignés à distance respectable, leur laissant un peu d'intimité. Du coin de l'œil, Tom aperçut un rougeoiement : le cigare du Général.

— Je suis désolée, murmura Sylvie. J'ai vraiment été stupide.

— Je ne te le fais pas dire, admit-il, magnanime.

— Tu cherches une épouse ? chuchota-t-elle contre sa poitrine.

— Serait-ce une demande en mariage, mademoiselle Lamoureux ?

— Je crois, oui.

— Mais je ne suis qu'un bâtard sans le sou, alors que tu es une danseuse étoile, parente d'un vicomte, qui plus est !

— Tu n'es pas si pauvre.

— Tu aurais dû avoir la décence de me permettre de faire cette demande.

— Pardonne-moi, fit-elle contrite. Comment t'y serais-tu pris ? Tu aurais composé une chanson grivoise ?

— Je t'aurais simplement demandé : Veux-tu être ma femme ?

Ces paroles prononcées, il connut un bref moment d'angoisse. Un vertige durant lequel il sut que rien ne serait plus jamais comme avant.

— Oui, souffla-t-elle, je crois que cela me plairait bien.

Il se sentit à la fois désemparé, heureux, immortel.

Une demande en mariage appelait un nouveau baiser, décida-t-il. Celui qui suivit fut encore différent des autres : émerveillé et plein de promesses.

— Dis-moi, qu'entendais-tu par « pas si pauvre » ? demanda-t-il soudain.

Elle leva les yeux vers lui, l'air presque coupable alors même que l'éclat de son regard rivalisait avec celui du soleil naissant.

— Le Général et moi avons quelque chose à te dire.

Ils décidèrent de rentrer dans deux voitures. Lorsque Sylvie demanda à sa sœur et à son beau-frère si elle pouvait passer la soirée avec son fiancé, ces derniers se montrèrent compréhensifs – plus que cela même, à en juger par leurs regards entendus et leurs sourires attendris. Ils étaient en famille, après tout. Le médecin était sans doute trop endormi pour songer à répandre le récit scandaleux de ce duel avorté. De toute façon, qui s'en souciait ? Certainement pas Kit et Susannah qui avaient eux-mêmes fait scandale en leur temps.

Le couple et le Général raccompagnèrent le médecin, tandis que les fiancés montaient à bord de l'autre voiture. Dès que celle-ci s'ébranla, Tom attira Sylvie sur ses genoux.

— Tu as ton costume de fée sous cette cape ? voulut-il savoir.

— Mmm…

Mais déjà, il déposait des baisers brûlants dans son cou tandis que ses doigts fourrageaient sous sa cape. La peur, le soulagement, la violence des émotions qu'ils venaient de connaître vibraient encore en eux, attisant leur désir. Vivement, presque maladroitement la robe fut retroussée, le pantalon déboutonné. Ils s'embrassèrent avec ardeur, avant de s'unir, riant à demi de leur propre fébrilité. L'extase les balaya comme une tornade.

Puis une paix délicieuse descendit en eux.

Tom garda la jeune femme contre lui, nicha la tête au creux de son épaule, et murmura tout contre sa peau parfumée :

— Au fait, Sylvie, je sais.

— Quoi ? demanda-t-elle, feignant l'innocence.

— Tu n'as pas remarqué qu'il y avait six miroirs ? Un pour chaque fille. J'avais comme l'intuition que tu prendrais les choses en main, côté danse classique.

— Que tu es futé, commenta-t-elle après un silence.

— Hum…

— Mais il y a quelque chose que tu ignores, Tom.

— Vraiment ?

— La danse classique rapporte bel et bien de l'argent.

Elle lui fit alors part de ses projets.

La rumeur prétend que, le jour du mariage de Tom Shaughnessy avec Sylvie Lamoureux, des femmes désespérées se jetèrent du haut des tours de la ville. Tom contribua à propager cette rumeur, qui l'amusait, même si sa femme en riait moins.

En fait, il était plutôt cocasse de voir Tom Shaughnessy, à la réputation autrefois sulfureuse, arpenter le *Family Emporium*, sa ravissante épouse au bras, un garçonnet perché sur les épaules.

Si l'établissement remportait un scandaleux succès, c'était avant tout parce que Tom avait toujours eu de la chance en amitié.

Après que le Général lui eut parlé du projet, Augustus Beedle n'avait pas seulement réussi à susciter l'intérêt de riches investisseurs, il avait également persuadé le roi George IV de venir admirer le travail du nouveau corps de ballet composé de danseuses prénommées Molly, Lizzie, Jenny, Sally, Rose et Sylvie, lors d'une représentation chorégraphiée par le Général en personne.

Naturellement, le spectacle s'intitulait *Vénus*.

Sa Majesté ne s'était pas vraiment fait prier. Peu d'hommes se font prier quand il est question de jolies femmes.

— C'était le moins que je pouvais faire pour toi, Tom, avait expliqué le Général.

À chaque étage, il se passait quelque chose : spectacles pour enfants, attractions diverses, chevaux de bois, bateaux de pirates. Ailleurs, dames et messieurs pouvaient, ensemble ou séparément, boire un thé, jouer aux cartes ou fumer un cigare.

Les couples assistaient au ballet ensemble, pour imiter le roi.

Une chose était certaine : depuis qu'il était marié et que son fils vivait sous son toit, Tom avait abandonné les vilaines habitudes qui avaient forgé sa mauvaise réputation.

Mais chaque soir, dans leur chambre douillette, sa femme insistait pour qu'il lui rappelle ce qu'étaient ces vilaines habitudes...

Le 4 novembre :
La fugitive des bayous ∾ Heather Graham (n°4170)

Ils avaient surgi dans la forêt silencieuse, comme venus de nulle part, armés de couteaux et de fusils, le corps bariolé de peintures. Tara tente de s'enfuir, mais les Séminoles se jettent sur elle...
Lorsque les yeux de leur chef, un guerrier chevauchant un superbe alezan, se posent sur la jeune femme, celle-ci éprouve un sentiment de malaise : les prunelles de l'Indien sont d'un bleu intense ! Elle a l'impression de le connaître ou de l'avoir déjà vu dans un cauchemar...

Secrets dévoilés —2. Celui qui ne voulait pas être duc ∾ Liz Carlyle (n°9102)

Gareth Lloyd dirige la Neville Shipping d'une main de fer. Il a mis derrière lui son passé d'orphelin abandonné, vendu et jeté sur un navire. Une fois en Amérique, il a tiré un trait sur l'Angleterre. Or, la mort du duc de Warneham fait de lui son lointain héritier et il doit se rendre à Selsdon Court afin de rencontrer la veuve du duc, Antonia. Celle-ci s'est jurée de ne jamais se remarier pour ne pas tomber une nouvelle fois sous la tyrannie d'un époux. On la croit folle, on la soupçonne du meurtre de son mari. Entre ces deux êtres meurtris, la passion va bientôt s'installer. Mais pourront-ils, l'un comme l'autre, enterrer le passé pour pouvoir vivre leur avenir ?

La ronde des saisons —2. Parfum d'automne ∾ Lisa Kleypas (n°9171)

Désespérant de marier leur fille en Amérique, où la bonne société méprise les parvenus, les parents de Lillian Bowman comptent lui « acheter » un mari titré en Angleterre. Alors que la famille est invitée à séjourner chez le comte de Westcliff, le célibataire le plus convoité d'Angleterre, les relations se révèlent très tendues entre Lillian et ce dernier : elle le trouve froid, autoritaire et arrogant, et lui la considère comme vulgaire, effrontée, impertinente.
Entre l'héritière yankee et l'aristocrate britannique, l'hostilité paraît irrémédiable... jusqu'à ce que la magie s'en mêle, car Lillian a inventé un philtre d'amour...

*Nouveau ! 2 rendez-vous mensuels
aux alentours du 1er et du 15 de chaque mois.*

Le 18 novembre :
L'esclave du désert ❧ **Iris Johansen (n°4815)**

Au cœur du désert de Syrie se dresse une forteresse imprenable. Chaque soir, le maître de Dundragon scrute l'horizon. Au loin, la lueur d'un feu troue l'obscurité. L'espion des Templiers est là ! Jamais le Grand Maître ne renoncera à sa vengeance. Est-ce l'Orient dont Duncan rêvait, il y a des années, en Écosse ? Hélas, le désert s'est refermé sur lui et ces murailles austères où il avait cru trouver un abri sont devenues sa prison. Où fuir à présent ? Sa situation est comparable à celle de cette esclave qu'il a trouvée, errant dans les dunes, quelques jours plus tôt. Évadée de Constantinople, elle tentait de rejoindre Damas. Avec ses cheveux d'or et son corps parfait, elle devait valoir un bon prix ! Mais Duncan a deviné que, sous une apparence gracile, cette délicieuse créature dissimule une volonté de fer...

La plus douce des victoires ❧ **Kristina Cook (n°9107)**

Quand on lui annonce qu'elle va épouser Frederick Stoneham, l'homme qu'elle aime en secret depuis si longtemps en dépit de sa mauvaise réputation, Eleanor est stupéfaite. Mais la persévérance de Frederick – et la passion effrénée qu'il éprouve pour la jeune femme – affaiblissent peu à peu la résolution d'Eleanor. Frederick doit désormais lui prouver que son passé de libertin est révolu et qu'elle est la seule femme de sa vie...

Si vous aimez Aventures & Passions,
laissez-vous tenter par :

$\mathcal{P}$assion
intense
Quand l'amour vous plonge dans un monde de sensualité

Le 18 novembre :
Ravages ❧ **Lori Foster (n° 9108)**

Orphelin à neuf ans, Dean « Havoc » Conor s'est mis à aimer sa vie de solitaire. Quand il reçoit une lettre de ses deux jeunes sœurs, qui ne l'ont pas vu depuis la mort de leurs parents, plus de vingt ans auparavant, Dean retourne à contrecœur dans sa ville natale du Kentucky. À son arrivée, il découvre que sa tante, qui a élevé les filles, a dilapidé leur héritage, que l'une de ses sœurs, Cam, s'est fiancée à un voyou nommé Roger, et enfin qu'il est menacé de mort. Il rencontre aussi la meilleure amie de Cam, Eve Lavon, superbe femme à la langue bien pendue, qui déteste le mot même de mariage. Cependant, si Dean veut débarrasser sa sœur de Roger et trouver son ennemi, il devra accepter l'aide d'Eve et affronter les sentiments qu'il éprouve pour elle.

Nouveau ! 1 rendez-vous mensuel
aux alentours du 15 de chaque mois.

Et toujours la reine du roman sentimental :

Barbara
Cartland

Le 4 novembre :
Musique miraculeuse (n° 3033)
Romance irlandaise (n° 9101)

Le 18 novembre :
L'amour est un songe (n°1843)

Nouveau ! 2 rendez-vous mensuels
aux alentours du 1er et du 15 de chaque mois.